重庆红色故事

CHONGQING HONGSE GUSHI

（第一辑）

中共重庆市委宣传部 / 编

重庆出版集团 重庆出版社

图书在版编目(CIP)数据

重庆红色故事.第一辑/中共重庆市委宣传部编.
—重庆:重庆出版社,2020.5(2021.9重印)
ISBN 978-7-229-14943-7

Ⅰ.①重… Ⅱ.①中… Ⅲ.①革命故事—作品集—中国—当代 Ⅳ.①I247.81

中国版本图书馆CIP数据核字(2020)第064612号

重庆红色故事(第一辑)
CHONGQING HONGSE GUSHI(DIYIJI)
中共重庆市委宣传部 编

责任编辑:徐 飞 吴 昊 卢玫诗
责任校对:李春燕
装帧设计:刘 颖

**重庆出版集团
重庆出版社** 出版

重庆市南岸区南滨路162号1幢 邮政编码:400061 http://www.cqph.com
重庆出版社艺术设计有限公司制版
重庆奥博印务有限公司印刷
重庆出版集团图书发行有限公司发行
E-MAIL:fxchu@cqph.com 邮购电话:023-61520646
全国新华书店经销

开本:787mm×1092mm 1/16 印张:19.5 字数:225千
2020年5月第1版 2021年9月第5次印刷
ISBN 978-7-229-14943-7
定价:68.00元

如有印装质量问题,请向本集团图书发行有限公司调换:023-61520678

版权所有 侵权必究

前　言

　　重庆，具有悠久的历史文化传统和优秀的人文精神积淀。近代以来，在争取民族独立、人民解放，实现国家富强和人民幸福的伟大历史进程中，一大批老一辈革命家、革命先烈及革命志士在此留下了光辉足迹，成为中国共产党史和新中国史的重要内容，凝结成以"红岩精神"为代表的不朽革命精神，成为中国共产党、中国人民和中华民族的宝贵精神财富。

　　习近平总书记指出，"要把红色资源利用好、把红色传统发扬好、把红色基因传承好"，"要讲好党的故事、革命的故事、根据地的故事、英雄和烈士的故事，加强革命传统教育、爱国主义教育、青少年思想道德教育，把红色基因传承好，确保红色江山永不变色"。2019年4月，习近平总书记在重庆考察工作时强调，"重庆是一块英雄的土地，有着光荣的革命传统"，"重庆要运用这些红色资源，教育引导广大党员、干部坚定理想信仰，养成浩然正气"。

　　为深入贯彻落实习近平总书记重要讲话精神，中共重庆市委决定，结合"不忘初心、牢记使命"主题教育活动，在全市开展"讲红色故事、讲革命精神"活动，传承红色基因、弘扬红岩精神，教育引导党员、干部坚定理想信仰、养成浩然正气，打造忠诚干净担当的高素质干部队伍。

为充分调动广大干部群众参与"两讲"活动的积极性，我们在全市范围内广泛征集红色故事。在此基础上，市委宣传部组织专业人员精心遴选、认真编辑，立足于可读可讲，把好思想关、史实关、语言关，每个故事尽量做到"开头要紧张、中间有细节、结尾有点评"，讲出革命精神，体现红色故事的时代价值，力求让大家读有所感、读有所获、读有所悟。

本书入选故事，涉及历史人物众多，但都跟重庆有关，或人物籍贯为重庆，或故事发生在重庆。这批红色故事，构成了一幅丰富多彩、跌宕起伏的重庆革命历史人物长卷，展现出老一辈革命家、革命先烈及革命志士的崇高精神和优秀品质。故事涉及范围以新民主主义革命时期为主，适当选入新中国成立之后的故事。主要人物，既有以毛泽东、周恩来、邓小平、刘伯承、聂荣臻、杨尚昆等为代表的老一辈革命家，又有以王良、江竹筠、王朴等为代表的革命先烈，还有以卢绪章、沈安娜、周宗琼等为代表的革命志士，以及社会主义革命、建设和改革开放时期的英雄模范，涵盖了政治、经济、文化、军事、统战等各条战线。每个故事篇幅不长，重在以小见大，力求还原当时的历史现场，生动反映波澜壮阔的中国革命历史。

了解昨天，是为了更好地把握今天、开创明天。希望广大党员干部以"两讲"活动为契机，进一步把习近平总书记的殷殷嘱托全面落实在重庆大地上，为推动新时代重庆改革发展和实现中华民族伟大复兴中国梦作出新的贡献。

目 录

001 ‖ 前 言

001 ‖ 毛泽东重庆谈判的故事

009 ‖ 毛泽东：《沁园春·雪》的故事

016 ‖ 毛泽东三顾特园

021 ‖ 周恩来：一个特殊的生日

027 ‖ 周恩来：我要坚持到最后

033 ‖ 周恩来与张冲的故事

039 ‖ 邓小平主政西南：心中最重人民事

046 ‖ 邓小平：一份延续39年的师生缘

051 ‖ 邓小平怒惩"陈世美"

056 ‖ 宋庆龄与保卫中国同盟的故事

063 ‖ 吴玉章哭妻

069 ‖ 刘伯承：意志如钢的"军神"

076 ‖ 刘伯承：彝海结盟

082	‖	贺龙：不拘一格聚贤才
087	‖	聂荣臻：搞不出"两弹"死不瞑目
093	‖	聂帅救孤
101	‖	叶剑英舌战群儒
106	‖	杨尚昆：三块弹片的故事
110	‖	杨尚昆：当革命的"听用"
117	‖	赵世炎：信仰之火永不灭
124	‖	王良：军功传千古
131	‖	江竹筠：碧血丹心铸丰碑
138	‖	许建业：为天下母亲尽孝
144	‖	陈然：以身殉真理
151	‖	王朴：毁家纾难助革命
157	‖	邱少云：烈火真金铸英雄
163	‖	杨闇公：民主生活会留佳话

169 ‖ 傅烈：用生命保护党组织和同志

174 ‖ 刘愿庵：为劳苦大众献身

178 ‖ 周贡植：临难不苟为大义

184 ‖ 万涛：忠魂系楚天

189 ‖ 车耀先：办好革命"努力餐"

193 ‖ 许晓轩：共产党人是不可动摇的

198 ‖ 刘国铉：党的荣誉不容丝毫玷污

205 ‖ 张露萍：七月里的石榴花

212 ‖ 杨汉秀：卓节流芳播海瀛

218 ‖ 谭祖尧：不为家愁为国仇

224 ‖ 狱中制红旗

229 ‖ 狱中八条：血与泪的政治嘱托

237 ‖ 韩子栋："疯老头"魔窟脱险记

244 ‖ 沈安娜：战斗在敌人心脏的无名英雄

250 ‖ 卢绪章：身家百万的无产者

255 ‖ 黎强：潜伏者

260 ‖ 肖林：三块银元的故事

266 ‖ 陈同生：心中有一面不倒的红旗

271 ‖ 周宗琼：从来不跟党算账的"老板娘"

276 ‖ 曾霖：时刻把党组织装在心中

282 ‖ 金永华：英雄母亲的壮举

287 ‖ 康岱沙：从豪门闺秀到延安青年

294 ‖ 漆鲁鱼：万里寻党

300 ‖ 后记

毛泽东重庆谈判的故事

1945年10月8日，决定中国前途命运的重庆谈判行将结束，毛泽东、周恩来正在国民党军事委员会大礼堂出席欢送晚宴，气氛热烈。晚宴后，张治中邀请毛泽东观看文艺演出。晚8时许，演出进入高潮之际，一位身材魁梧、行色匆匆的中年男子步入剧场，向中共首席谈判代表周恩来附耳低声报告，下午6时许，办事处秘书李少石从沙坪坝回红岩村途中，遭遇枪杀，送市民医院抢救无效，不幸遇难。在如此敏感的时刻，发生这样的事件，使周恩来不觉一震！为了避免惊动毛泽东，周恩来立即沉着地离开会场，找到负责治安警卫的国民党宪兵司令张镇，向他提出严正质问和抗议。

李少石是国民党元老廖仲恺的女婿，他的形象儒雅，从侧面看上去，与周恩来颇有几分相似。这件事是否是针对周恩来策划的？有没有政治背景？它是否意味着国民党高层对国共关系的态度发生了变化？毛泽东是否能够顺利地离开重庆返回延安？这一系列的问号，一下子涌上周恩来的心头。从重庆谈判开始以来，所有关心中国前途命运的人，无不对毛泽东的安危

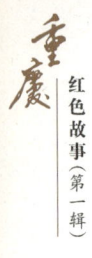

忧心忡忡。为了保障毛泽东的安全，周恩来和所有在重庆的同志都处于一种高度戒备的精神状态，如履薄冰，如临深渊，不敢有一丝一毫懈怠。李少石事件的发生，无疑将同志们的忧虑情绪推向了最高峰……

让我们把目光回溯到两个月以前。

1945年8月10日，日本即将投降的消息传到了重庆。经历14年浴血奋战，中国人民终于取得了百年以来反侵略战争的第一次完全胜利，举国上下奔走相告，普天同庆。抗日战争取得胜利，国内矛盾顿时凸显。中国人民普遍要求和平民主建国，这个愿景能否顺利实现？国民党与共产党的一举一动，成为国内外关注的焦点。在这个关键时刻，蒋介石先下手为强，作出一个出人意料的决定：邀请毛泽东赴重庆谈判！

8月14日，蒋介石给毛泽东发了第一份电报，称"倭寇投降，世界永久和平局面，可期实现，举凡国际国内各种重要问题，亟待解决，特请先生克日惠临陪都，共同商讨"。国民党《中央日报》也大造声势，在国内要闻版以大字标题刊出新闻"蒋主席电毛泽东，请克日来渝共商国是"，摆出要以谈判求和平的姿态，企图抢先占领舆论制高点和战略主动权。

兵来将挡，水来土掩。毛泽东不温不火地回以"朱总司令本日午有一电给你，陈述敝方意见，待你表示意见后，我将考虑和你会见的问题"。朱德总司令电文提出的是受降程序未明的问题。

8月20日，蒋介石给毛泽东发了第二封电报，"大战方告终结，内争不容再有。深望足下体念国家之艰危，悯怀人民之疾苦，共同勠力，从事建设。如何以建国之功收抗战之果，甚有赖于先生之惠然一行，共定大计"。蒋介石的这封电报，蒙蔽了一些媒体，《大公报》社论的评价是："蔼然诚坦，溢于言表，不须我们多作解释。我们相信全国同胞的心情，都与蒋主席相同，殷切盼望毛先生不吝此一行，以定国家之大计。"《纽约时报》发表社论声称"中国共产党不愿参加合作"。《中央日报》总主笔陶希圣说："我们明知道共产党不会来渝谈判，我们要假戏真做，制造空气。"

8月23日，蒋介石第三次发电，继续坚持邀请毛泽东赴重庆谈判。

蒋介石这三封电报，将中国共产党推向了风口浪尖，使其处于一种进退两难的境地。明眼人一看就知道，蒋介石摆下了一场"项庄舞剑，意在沛公"的鸿门宴。如果不去，蒋介石就可以顺理成章地把"不要和平、挑起内战"的罪名扣到共产党和毛泽东身上。去，无异于深入龙潭虎穴，毛泽东的安全如何保障？张学良被长期监禁，国民党元老胡汉民、李济深曾被软禁的遭遇，即是前车之鉴。

面对这种咄咄逼人的态势，中共中央政治局连日召开会议进行讨论。8月23日，毛泽东在延安枣园召开的中共中央政治局扩大会议上，郑重表态："我是否去重庆？还是出去。出去的时机由政治局、书记处决定。"

8月24日，毛泽东即回复蒋介石："鄙人极愿与先生会见，商讨和平建国大计。俟飞机到，恩来同志立即赴渝晋谒。弟亦准备随即赴渝。"同日，《新华日报》发表署名"莫一尘"的文章《解决问题的关键》，文章批评那种一定要毛泽东亲赴重庆的论调，认为"显然蓄着一个很大的阴谋"，并以政治犯遭关押、政党无合法地位和特务横行暗示毛泽东赴重庆不安全。

这件事如何决策，事关重大。一些解放区领导人向中共中

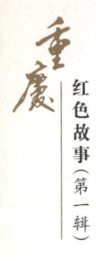

央发电报,坚决反对毛泽东亲赴重庆。8月25日、26日,中央政治局继续开会讨论这个问题。为了国内和平、民主、团结的实现,毛泽东毅然决定,接受蒋介石的邀请,深入虎穴!他认为"去,这样可以取得全部主动权。要充分估计到蒋介石逼我城下之盟的可能,但签字之手在我","由于有我们的力量、全国的人心、蒋介石自己的困难、外国的干预四个条件,这次去是可以解决一些问题的"。同时毛泽东也作了最坏打算,如果作出最大让步还不行,就"准备坐班房","如果是软禁,那倒不怕,正是要在那里办点事"。

毛泽东的发言,一锤定音。中央政治局同时决定,由周恩来、王若飞陪同毛泽东前往重庆进行谈判。作为深谋远虑的战略家,毛泽东郑重地向中央建议,他离开延安期间,由刘少奇代理党中央主席职务;中共中央书记处增补陈云、彭真为候补书记,以便在毛泽东、周恩来都不在的情况下,书记处还能正常运转,高效决策,指挥全党继续奋斗。中央政治局的同志们十分清楚,作出这样的人事安排,无疑是以防不测,确保党和人民的事业后继有人。大家的心里都沉甸甸的。

作了最坏的准备,还要争取最好的结果。对于毛泽东在重庆的安全警卫工作,中央政治局委托周恩来考虑具体方案。经过反复研究,周恩来指定龙飞虎、颜太龙、陈龙等三人做毛泽东的贴身警卫员。龙飞虎和颜太龙都是井冈山时期的老红军,抗战爆发后,先后跟随周恩来赴重庆,政治上绝对可靠,熟悉重庆情况,长期从事保卫工作,是最佳警卫人选。

随后,周恩来又召集会议,专门研究毛泽东在重庆的警卫工作,决定增派毛泽东的警卫班战士齐吉树照料生活,另派枪法精准的警卫员舒光才、戚继恕等随行。同时,周恩来决定,曾家岩50号周公馆的保卫，由武全奎负责安排；红岩村八路军办事处的保卫，由办事处处长钱之光负责；谈判期间代表团对外办公地点的保卫，由朱友学负责。

一切俱已安排妥当。临行前，毛泽东与刘少奇彻夜长谈。中共中央发出通知，正式向全党公布了毛泽东亲自去重庆谈判的决定。

中央的决定公布后，基层的同志对毛泽东亲赴重庆谈判是什么看法？著名作家方纪在散文《挥手之间》中，为我们留下了详细的记述："八月二十七日，延安飞机场上飞来一架美国飞机，那是美国特使赫尔利和国民党政府的代表张治中将军来了。来做什么？'还不是缓兵之计！'人们私下这样议论。当天夜里，党支部忽然传达了中央关于和国民党政府进行和平谈判的通知，思想上说什么也转不过弯来，何况是毛主席要亲自去重庆！当时心里像压上一块石头，点着一把火，又沉重又焦急，通夜不能入睡……有不少老同志感情深重地说：自从上了井冈山，毛主席就没有离开过我们一步，五次反'围剿'，万里长征，抗日战争，毛主席和我们在一起，没有离开过自己的军队和自己的根据地。如今，却要亲自去重庆和蒋介石谈判！"

8月28日，是毛泽东启程的日子。延安数千军民到机场相送，气氛十分凝重。登机后，"主席的面容出现在飞机窗口，人们又一次拥上去，拼命地挥手。主席把手放在机窗玻璃上。直到飞机转了弯，奔上跑道，升到空中，在头顶上盘旋，向南飞去，人们还是仰着头，目光越过宝塔山上的塔顶，望着南方的天空，久久不肯离去"。

8月28日下午3时36分，经过3个多小时的飞行，毛泽东、周恩来一行乘坐的476650号军用飞机在重庆九龙坡机场安然着

陆。头戴灰色拿破仑帽、身着中山装的毛泽东第一个走出机舱，并向在场的人们挥手致意。山城重庆再次沸腾了！这是一件轰动国内外的大事，使许多人真正认清了中国共产党谋求和平的真诚愿望，受到舆论的热烈赞誉。诗人柳亚子赋诗，称颂毛泽东的这一行动是"弥天大勇"。

重庆谈判十分艰难曲折。历经40多天的艰苦谈判，国共双方基本达成协议，准备签署《双十协定》。但是，就在协议签署的前两天，就在为毛泽东举行欢送宴会的时刻，突然发生了李少石事件。在这个微妙而敏感的时刻，这不能不引起共产党方面的高度警觉。周恩来得到报告后，立即起身离开晚会现场，当面质问国民党宪兵司令张镇"这究竟是不是有计划的暗杀"，要求他立即彻查此事，并切实保证毛泽东的安全。

随后，周恩来赶到重庆市民医院，慰问李少石家属。在医院里见到李少石的遗体，周恩来想起了李的岳父廖仲恺先生，不禁悲从中来："二十年前廖仲恺先生遭反革命暗害，其情景犹历历在目，不料二十年后，他的爱婿又遭凶杀。"现场笼罩在悲愤之中。

但是，为了确保毛泽东的安全，周恩来不能久留。他抑制住自己的悲愤，初步安排了李少石的后事，又匆匆赶回宴会现场。他要求宪兵司令张镇，必须用自己的汽车亲自护送毛泽东。于是，张镇按照周恩来的要求，亲自布置了一次最高级别的警卫行动，深夜11点多把毛泽东安全送回红岩村驻地。

李少石遇难的消息传出后，在社会上引起强烈不安和震动。第二天上午，宋庆龄、邵力子、沈钧儒、陈铭枢、郭沫若、茅盾等社会各界知名人士纷纷前往医院吊唁。重庆各报记者和在渝外籍记者10多人，也先后去医院探视采访，使这一事件迅速传遍了国内外，产生了很大影响。

10月9日，案情基本查清，国共双方确认，这是一次交通事故引发的偶然事件，没有复杂政治背景。

10月11日下午，毛泽东安全返回延安。当他乘坐的飞机在延安机场平稳降落时，早就等候在机场的两万多延安军民，拼命鼓掌，热烈欢呼，迎接领袖的胜利归来！

从近些年新发现的史料来看，重庆谈判期间，蒋介石的心情真是波澜起伏，他的确曾经考虑过趁谈判之机扣押毛泽东的方案。在1945年9月27日的日记中，他写道："如此罪大恶极之祸首……如不加审治，何以对我为抗战而死军民在天之灵耶？"经过反复权衡掂量，直到10月6日他才放弃了这个打算。这些新披露的史料再次证明，当年党内外的同志和朋友担心毛泽东安全问题，绝不是杞人忧天。

重庆谈判期间，毛泽东曾经询问老朋友章士钊对时局的看

重庆谈判旧址——桂园　　　　　　　　　　（红岩联线管理中心　供图）

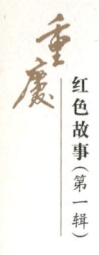

法，章士钊沉吟良久，在毛泽东手心里轻轻地写了八个字：三十六计，走为上计。更有许多素不相识的具有正义感的中国人，默默地关心着毛泽东。比如，在国民政府行政院工作的钱剑夫，听说毛泽东在桂园会客的间隙，喜欢走出大门，在警戒范围之外散步。他敏锐地意识到，国民党内部各派系对重庆谈判的态度并不一致，在重庆复杂的政治环境下，这十分危险，他立刻请朋友带给毛泽东一张字条："晨风加厉，白露为霜；伏莽堪虞，为国珍重。"毛泽东看到字条后，立刻会意，再未轻易走出桂园大门。点点滴滴，可见人心向背。

重庆谈判是人民力量的一次胜利。国民党当局表示承认"和平建国的基本方针"，同意"长期合作，坚决避免内战，建设独立、自由和富强的新中国"，同意结束国民党的"训政"，召开政治协商会议。重庆谈判期间，毛泽东广泛会见各界知名人士，开展多层次的统战工作，展现出中国共产党领袖的风采，有力地推动了国民党统治区的民主运动，为中国共产党赢得了人心。

【点评】

在历史的转折关头，毛泽东为了国家的前途和人民的利益，置个人安危于不顾，深入虎穴，以身犯险，体现了革命领袖始终牢记为人民谋幸福、为民族谋复兴的初心使命，体现了敢于斗争、善于斗争的大智大勇。这一切，必将在历史的长河中熠熠生辉，激励我们走向更加光辉的未来。

供稿：丁 颖

毛泽东：《沁园春·雪》的故事

> 北国风光，千里冰封，万里雪飘。望长城内外，惟余莽莽，大河上下，顿失滔滔……

在中国，这首毛泽东的词作《沁园春·雪》，影响极为深远。它入选中学语文课本，每一所学校，每一间教室，都可以听到孩子们朝气蓬勃地朗读词作的声音；大多数具有中等文化程度的中国人，都能够背诵这首词。回溯历史，这首词创作于陕北，却在9年后公开发表于重庆。当年，词作发表后，轰动山城，享誉全国，引起国民党高层深深的不满，国共双方在文化战线上展开了一场不见硝烟的较量……

1945年8月28日，毛泽东赴重庆谈判。在此期间，他广泛会见各界人士，宣传中国共产党的主张，发展人民民主统一战线。9月6日，毛泽东赴沙坪坝津南村拜访爱国民主人士、著名诗人柳亚子，谈诗论政，相聚甚欢。9月28日，毛泽东又邀请柳亚子到红岩村八路军驻重庆办事处促膝畅谈。毛泽东详细分析了国共双方军力的运动态势和谈判情况，有理有据地戳穿了

国民党反动派假和平、真内战的图谋,希望柳亚子对中国共产党的主张进行宣传。不久,毛泽东又亲笔写信给柳亚子,恳切劝勉:"……前途是光明的,道路是曲折的。吾辈多从曲折(即困难)二字着想,庶几反映了现实,免至失望时发生许多苦恼。"字里行间,流露出深厚的友情。通过几次面谈和笔谈,柳亚子对时局的认识越来越清楚。他关心政局之余,仍不改诗人本色,趁便向毛泽东索要诗词新作。

10月7日,毛泽东返回延安前夕,斟酌良久,将作于1936年2月的《沁园春·雪》重新抄录,赠送给柳亚子:

> 北国风光,千里冰封,万里雪飘。望长城内外,惟余莽莽;大河上下,顿失滔滔。山舞银蛇,原驰蜡象,欲与天公试比高。须晴日,看红装素裹,分外妖娆。
>
> 江山如此多娇,引无数英雄竞折腰。惜秦皇汉武,略输文采;唐宗宋祖,稍逊风骚。一代天骄,成吉思汗,只识弯弓射大雕。俱往矣,数风流人物,还看今朝。

毛泽东在附信中谦逊地说明:"初到陕北看见大雪时,填过一首词,似于先生诗格略近,录呈审正。"原来,这首词诞生已经有9年的历史了。

1935年10月,中央红军完成长征,胜利到达陕北。1936年2月7日,毛泽东率领东征的红军部队到达陕西清涧县袁家沟。这一带已经下了几天鹅毛大雪,雄浑壮观的北国雪景触发了毛泽东的诗兴,他想起多年惊心动魄的武装斗争和艰难曲折的革命道路，不禁心潮澎湃，怀着革命必胜的坚定信念，创作了这首思接千载、视通万里的词作。

此后，毛泽东忙于军政事务，在长达9年的时间里，没有向任何人提起过这首词。此次赴重庆，将这首珍藏多年的作品抄赠给老朋友柳亚子，是毛泽东对他多次赠

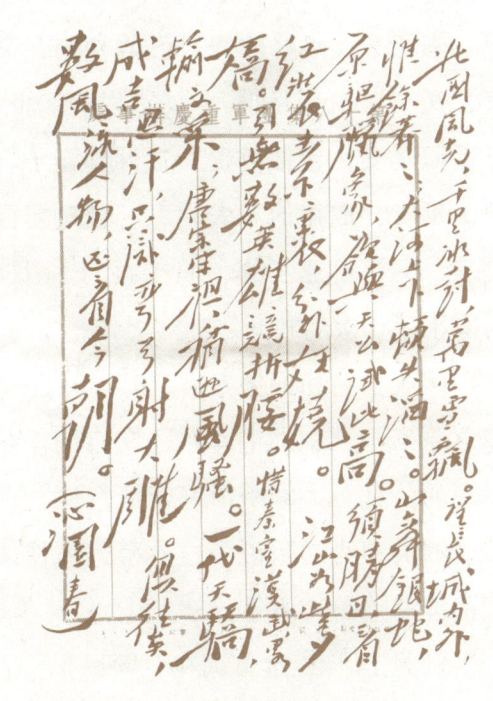

《沁园春·雪》手迹　　（红岩联线管理中心　供图）

诗的郑重酬答。这不仅是诗人之间风雅的交往，更是志趣相投的革命者之间珍贵的情谊，展现了他在历史转折关头胸有成竹、高瞻远瞩的气度。

柳亚子展卷品读，拍案叫绝，"叹为中国有史以来第一作，高如苏辛犹未能抗耳"，立刻依韵奉和，称赞毛泽东"才华信美多娇，看千古词人共折腰。算黄州太守，犹输气概；稼轩居士，只解牢骚。更笑胡儿，纳兰容若，艳想浓情着意雕"，并在词尾以"君与我，要上天下地，把握今朝"之句抒发了他决心与共产党人合作，慷慨投身建立新中国事业的信念。

10月25日，柳亚子与画家尹瘦石在重庆中苏文化协会举办"柳诗尹画联展"，柳亚子把毛泽东的手迹公开展出，引起了部

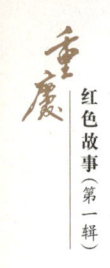

分文化界人士注意，开始在社会上相互传抄。

柳亚子反复修改好自己的和词，又将毛泽东的原词誊抄一遍，送交《新华日报》，请求发表。此时，毛泽东已于10月11日返回延安，报社负责人告诉柳亚子，发表毛泽东的作品必须请示延安，取得他本人同意。经过协商，对毛泽东的原词暂不发表，只将柳亚子的和词在11月11日的《新华日报》上刊出，前有小序"次韵和润之咏雪之作，不尽依原题意也"。

柳亚子的和词见报后，其"小序"引起重庆各界极大的兴趣，原来中共领袖毛泽东还有诗词作品留下。毛泽东的原词究竟写的什么？大家纷纷好奇地打探。在重庆《新民报》任副刊编辑的吴祖光，听说了这件事，抓住线索紧追不放，终于得到了一首完整的《沁园春·雪》。

11月14日，这首词在《新民报》发表，标题是《毛词·沁园春》，并在后面加写了一段话："毛润之氏能诗词似鲜为人知。客有抄得其沁园春咏雪一词者，风调独绝，文情并茂，而气魄之大乃不可及。"随后，《大公报》也不甘落后，同时发表了毛泽东原词和柳亚子的和词。

《沁园春·雪》公开发表后，轰动山城，各种报刊纷纷发表和词与评论，一时间洛阳纸贵，"雪"满雾都，唱和之作层出不穷。据不完全统计，当年刊发的和词不下50首，评论将近20篇，成为中国文坛上的一桩盛事。

人们没有想到，一直以来被国民党称为"山大王""毛匪""土包子"的毛泽东，不仅是一个会带兵打仗的统帅，还熟谙中国传统文化，是一个杰出的诗人。人们也无法相信，一个国民党宣传中洪水猛兽一样的"匪首"，竟然能够写出这种堂皇高古、风骚并举的绝妙好词。人们不禁耳目一新，争相传诵。

蒋介石看到这首词后十分恼火,询问为他起草文稿的陈布雷:"你看毛泽东的词如何?"陈布雷如实答道:"气势磅礴、气吞山河,可称精品。"蒋介石说:"我看他毛泽东野心勃勃,想称王称霸,想复古,想倒退。你要赶快组织一批人,写文章批判他。"国民党国防部新闻局官员把《新民报》负责人找去,申斥他不该"为共产党张目"。12月4日,《中央日报》等报刊同时登出"围剿"《沁园春·雪》的和词。

重庆进步文化界在周恩来直接指导下,对于种种荒谬的攻击迅速予以反击。郭沫若率先发表两首和词,盛赞毛泽东咏雪词"气度雍容格调高",又揭露御用文人"鹦鹉学舌"的丑态。陈毅、黄齐生、邓拓、聂绀弩、崔敬伯等擅长诗词的党内外人士,也都发表唱和之作,扶正祛邪,激浊扬清。甚至连关押在渣滓洞监狱的唐弘仁,也读到了毛泽东的作品,备受鼓舞,也唱和一首,在难友中秘密流传。这些词章,反映了广大人民群众对解放区大好形势的歌颂,对国统区独裁专制、贪污腐败的揭露,充分表达了人民群众对中国共产党提出的和平、民主、团结三大口号的坚决拥护。

面对全国各地兴起的《沁园春·雪》唱和热潮,国民党顽固派感到莫大的惶恐和不安。重庆谈判期间,国民党在新闻宣传上的方针是"尽量缩小此事的影响"。他们万万没有想到,毛泽东离开之后,他的一首词竟引起了人心震动。为了把毛泽东这首词压下去,国民党暗中在内部发出通知,要求会作诗填词的国民党党员,每人写一首或数首《沁园春》,选出意境、气势和文字超过毛泽东的,准备以国民党领导人的名义公开发表。通知下达后,虽然有不少词作应征,但都是平庸之作,没有一首令人满意。后来,虽然又在南京、上海等地雇佣"高手"作

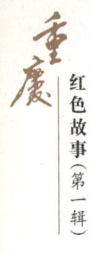

了数首,但仍是拿不出手的"劣质品",被迫放弃了这个计划。由于国民党的这次活动是在暗中进行的,又未成功,所以一直秘而不宣,高度保密。直到20世纪80年代中期,当年参加过这项活动的一位国民党要员才透露出来。

国共双方在文化战线上的较量,毛泽东在延安也注意到了。他在致黄齐生的信中说:"若飞寄来报载诸件,附上一阅,阅后乞予退还。其中国民党骂人之作,鸦鸣蝉噪,可以喷饭,并付一观。"

正如一位著名评论家所说:"他早在20世纪20年代就正确地意识到了中国革命的主体和方向;他最先冲破了教条主义的束缚;他带领一支衣衫褴褛的队伍,突破了数十倍于己的反动派军队的围剿;他深刻了解中国的历史和现状,当然能够把握好中国革命的未来。到了新的历史环境中,毛泽东不是帝王,而是中国革命的领袖。这首词里流露出了领袖气质和宏伟胸襟,这又有什么不对呢?这有什么值得大惊小怪的?"[①]

这首词的传播,可谓润物无声,有力地瓦解了国民党的歪曲宣传,在争取大后方人心方面起到了无法替代的巨大作用。正如毛泽东本人所说,"笔杆子跟枪杆子结合起来,那末,事情就好办了。拿破仑说,一支笔可以当得过三千支毛瑟枪。但是,要是没有铁做的毛瑟枪,这个笔杆子也是无用的。你们有了笔杆子,再加一条毛瑟枪,根据拿破仑的说法,那末,你们就有三千零一支毛瑟枪了"。

[①] 朱向前,《诗史合一:另解文化巨人毛泽东》,湖南文艺出版社2015年版,第294页。

【点评】

　　《沁园春·雪》的故事，体现了毛泽东同志伟大的革命气概、高超的文学才华和审时度势做好宣传思想文化工作的韬略艺术。习近平总书记指出，文化软实力集中体现了一个国家基于文化而具有的凝聚力和生命力，以及由此产生的吸引力和影响力。新时期，必须坚持和完善繁荣发展社会主义先进文化的制度，坚定文化自信，牢牢把握社会主义先进文化的前进方向，激发全民族文化创造活力，更好构筑中国精神、中国价值、中国力量，建设社会主义文化强国，不断提高国家文化软实力。

供稿：丁　颖

毛泽东三顾特园

在重庆谈判期间，毛泽东白天在张治中公馆桂园办公会客，夜晚则下榻红岩村。各民主党派领袖纷纷前往两地拜访，出于礼数，更考虑到统战工作需要，毛泽东决定要登门回访。

8月30日，毛泽第一次赴特园，拜望张澜。

特园旧址　　　　　　　　　　　　　　（中国民主党派历史陈列馆　供图）

当日上午，周恩来专门去了一趟特园，告诉张澜和鲜英，毛泽东下午要来特园看望和商谈，出于安全考虑，周恩来提醒张澜、鲜英不要在大门外等候，晤谈的地点也不在大客厅里，而是选在静僻的张澜卧室里。送走周恩来，整个鲜宅洋溢着兴奋、喜悦而又忙碌的气氛。

特园地处嘉陵江畔，中国民主同盟成立于此，张澜客居于此，民主人士也常会聚于此，董必武称其为"民主之家"，并获得了时贤的公认。下午3时，毛泽东由周恩来陪同来到特园，由鲜英引进张澜卧室，诸人促膝而谈。

张澜、鲜英两人深为毛泽东的安全担心，提醒说："蒋介石在演鸿门宴，他哪里会顾得上一点信义！前几年，我们要民主，他说只有共产党才讲民主。如今他也喊起民主来了。他是一个出尔反尔的人，不能不防！"毛泽东风趣地说："民主也成了蒋介石的时髦货。他要演民主的假戏，我们就来他一个假戏真演，让全国人民当观众，看出真假，分出是非，这出戏就大有价值了。"

毛泽东详细介绍了中国共产党提出的六项紧急措施，其中包括公平合理地改编军队，承认各党派的合法地位，保障人民的自由权利等要求。张澜、鲜英连声称赞："很公道，很公道。蒋介石要是良知未泯，就应当采纳施行。"

9月2日中午，毛泽东第二次应邀赴特园。张澜以中国民主同盟的名义，在特园欢宴毛泽东、周恩来等人。毛泽东一进门就高兴地说："这是'民主之家'，我也回到家里了。"一句话，说得满园生色。在客厅里，毛泽东勉励大家："今天，我们聚会在'民主之家'，今后，我们共同努力，生活在民主之国。"之后，他还同沈钧儒谈健身，同黄炎培谈职业教育，同张申府谈

五四运动的往事……

席间,特园主人鲜英献上家酿的枣子酒。常饮此酒的周恩来向毛泽东介绍说:"这种酒的浓度不高,味道香而醇厚。"张澜举杯向毛泽东敬酒说:"会须一饮三百杯!"学识广博、思路敏捷的毛泽东随即征引东晋诗人陶渊明的《饮酒·其九》一诗,举杯相邀道:"且共欢此饮!"

宴毕,鲜英的女儿拿出纪念册,请毛泽东题词留念。毛泽东笔走龙蛇,"光明在望"四个力透纸背的大字,鼓舞着大家:道路尽管曲折,前途甚是光明。

在"假和平真内战"阴谋的驱使下,国民党对和平谈判毫无诚意,自己提不出具体方案,对共产党方面提出的各项建议,却又一口拒绝,说什么"距离甚远",说什么"根本无从讨论",但为民族大义计,共产党方面仍旧尽力争取使谈判取得实效,尽力维护国共团结大局。

9月11日晚,毛泽东、周恩来在桂园宴请张澜、沈钧儒、黄炎培,就促进国共双方的团结问题交换了意见。张澜、沈钧儒、黄炎培都表示会尽力斡旋,争取实现国共互谅。

就在重庆谈判陷入胶着时,阎锡山已在上党地区发动了向解放区的进攻。当周恩来将此情况告知张澜时,张澜愤慨地说:"公开打电报请你们来谈判,又背地里发动战争,绝对不能允许国民党这么颠顶!"

于是9月14日下午,张澜与张申府一起约请国共双方谈判代表张群、邵力子同周恩来、王若飞来特园商谈,听取国共双方谈判的近况。周恩来表示:中国共产党方面是"苟能求全,不惜委屈",已将原来所提的方案,作了许多让步。张澜当面质问张群、邵力子:"阎锡山为啥不给蒋先生留一点面子?重庆在谈，山西在打，这不贻笑天下吗？蒋先生不感到难堪吗？"张群、邵力子解释，他们正在进行实质性的商谈，对于向解放区进攻一事，纯属阎锡山的"个人行动"，他们不甚了了。

9月15日下午，毛泽东三顾特园。在张澜的卧室里，毛泽东介绍了国共谈判的近况。认为有些问题，如承认各党派的合法地位，保障人民自由权利，召开政治会议，以及国民大会、联合政府等已大体有了眉目，但关键问题如解放区的军队和人民政权等，国民党则说什么"根本与国家政令军令之统一背道而驰"。实际上，谈判已经陷入停顿。国民党在美军的帮助下，名为运兵接收，实为准备内战。

张澜推心置腹地对毛泽东说："国民党丧尽民心，全国人民把希望寄托给你们。你们当坚持的，一定要坚持，好为中国保存一些干净土地！"毛泽东连连点头。张澜提醒说："你们同国民党关起门来谈判，已经谈拢了的，就应当把它公开出来，免得蒋介石以后不认账。"他提出，由他给国共两党写一封公开信，把这些问题摊开在全国人民面前，好受到全国人民的监督和推动。毛泽东欣然采纳，当面称赞张澜是"老成谋国"。

10月初，蒋介石以武力解除了民盟秘密成员龙云在云南的权力。此时国共谈判尚未有任何结果，蒋介石却突然向龙云开刀，这使张澜对毛泽东的安全更为忧心如焚，立刻派人通知周恩来，建议毛泽东早日返回延安。

10月10日，国共双方举行会谈纪要签字仪式。次日上午，毛泽东乘车至白市驿机场，返回延安。张澜、鲜英等专程前往机场送别。飞机在热烈的掌声中腾空而去，张澜等人遥望长空，心也乘虚御风，与之俱去。

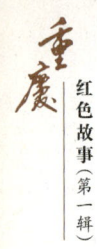

【点评】

　　毛泽东同志与民主人士推心置腹，共商国是，结下了肝胆相照、风雨同舟的深厚情谊，传为历史佳话。统一战线是夺取革命、建设、改革事业胜利的重要法宝，是增强党的阶级基础、扩大党的群众基础、巩固党的执政地位的重要法宝，是全面建成小康社会、加快推进社会主义现代化、实现中华民族伟大复兴中国梦的重要法宝。在新的时代条件下，我们党所处的历史方位、所面临的内外形势、所肩负的使命任务发生了重大变化。越是变化大，越是要把统一战线发展好、把统战工作开展好。

供稿：红岩联线管理中心

周恩来：一个特殊的生日

1943年3月18日，初春的山城重庆乍暖还寒，细雨霏霏。被蒋介石"留"在重庆，几次欲回延安而不得的中共中央南方局书记周恩来，这几天都在红岩村八路军重庆办事处参加南方局机关的整风学习。

按照中共中央在全党开展整风运动的决定，一年以来，整风运动正在中共中央南方局管辖的国统区地方党组织中紧锣密鼓地进行。前段时间，董必武作了一年来整顿学风的总结报告，周恩来作了进一步动员，布置了下一阶段的工作。南方局的整风运动进入到整顿党风阶段，将持续到5月中旬才结束。

3月18日，是周恩来农历45岁生日，可他和邓颖超都没有丝毫声张，准备和往常一样，度过这普通的一天。上午学习文件，下午的发言讨论由南方局学习委员会秘书龙潜主持，周恩来首先示意他要发言，主持人同意了他的请求。周恩来诚恳地表示，他想要利用这个机会，向大家作一次自我反省报告。

在报告中，周恩来按照这次整风运动的要求，十分坦诚地把自己摆进去，进行自我解剖：自己祖籍浙江绍兴，与鲁迅先

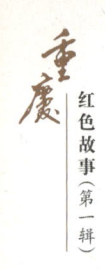

生是本家。但出生于江苏淮安,属于封建没落的官僚世家。幼年时家道中落,经济状况日益窘迫,依靠伯父的资助才得以到沈阳、天津求学。在求学过程中,目睹日益衰败的国家和赤贫的人民,他立下了"为中华之崛起而读书"的志向。1919年五四运动中,他成为天津学生运动的骨干之一。之后,他负笈东瀛,求学欧洲,苦苦寻找救国救民真理,最终找到了马克思主义,确立了共产主义信仰。

周恩来的经历,几乎就是中国共产党人追求革命的缩影,他始终站在时代前沿,从黄埔军校工作、东征北伐、上海工人武装起义、南昌起义、反"围剿"、万里长征、西安事变,直到全民族抗战爆发,第二次国共合作的实现,他都作出了很大贡献,但是他对这些业绩和功劳,只进行了十分简要平实的介绍,而把大量的篇幅放在了寻找缺点、进行深刻的自我剖析和反省上。在发言的最后,他十分谦虚和诚恳地讲道:"我参加革命团体,迄今已二十多年了。由于经常处在实际工作的情况之下,因此培养了一些具体工作的能力,但我的理论修养还很不够,有些事务主义的作风。另外,由于小时候受母教过分仁慈礼让的影响,自己也带几分女性的仁慈,如看见杀狗或其他生物总觉难过,缺乏一种顽强和野性,故对于党内错误路线的斗争,往往就走向了调和主义……"

周恩来的家世和经历,其实在座的同志们都大略知道。但这样系统详细地聆听周恩来亲口讲述,对于身边的这群青年来说真是太具吸引力了。周恩来那惊涛骇浪般的传奇经历,自然让在座的青年们油然而生敬意;然而,更让他们感动的,是周恩来自然而然的谈话中流露出来的磊落胸怀,还有他那种严于律己、几近苛刻的自我反省和批评精神。多么难得的一次党课啊！人孰无瑕？知道并承认，并且敢于在下属面前承认，请大家监督，这就是周恩来的风范！与会的同志们无不从心底里被这位共产党领袖人物的人格魅力所折服。

周恩来作为书记带了头，大家纷纷结合自身实际，就整顿党风展开了热烈的发言和讨论。

那一天，一些细心的南方局同志并没有忘记周恩来的生日。为了让周恩来的45岁生日有一点"气氛"，身边的同志们决定"热闹一下"，同时也可以鼓舞机关的士气。当周恩来作发言时，厨房的同志就已经按照组织部部长孔原、文化组组长徐冰和办事处处长钱之光的安排，在一楼救亡室准备好瓜子、水果和糕点，想给忙碌的周恩来一个意外的惊喜。

这样的"意外惊喜"是来之不易的。抗战时期的重庆，人口剧增，物资匮乏，物价持续上涨。南方局机关的工作人员实行供给制，生活十分艰苦。1938年初，抗日民族统一战线已经建立，经中共中央同意，周恩来担任了国民党政府军事委员会政治部副部长，授中将军衔，每月有几百元薪金。但他仍然按照延安供给制的标准，只留五元津贴，其余的收入全部交给党，保持朴素的生活。繁忙的工作之外，他还按照中央开展生产运动的精神，组织南方局和八路军办事处的同志们种菜、养猪，自己动手，改善生活。周恩来的人格魅力，把同志们紧紧地凝聚在一起。

周恩来在会议完毕后回到二楼办公室，同志们委托邓颖超大姐上楼请"寿星"。可是一等再等，就是不见周恩来下楼。他说："抗战建国大业尚未成功，作为一个共产党领导人，唯有努力工作才对得起正在前线拼杀的将士。现在我党正处于困难时期，红岩的生活也很艰苦，在这种情况下，我不能搞特殊啊！"

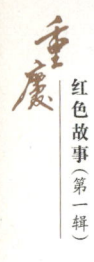

大家面面相觑，不知如何是好，一时愣在那里，进也不是退也不是。为了不让同志们为难，周恩来缓和了一下语气："你们的心意我领了，请把这些茶点留给加夜班的同志吧！"周恩来坚决而婉转地谢绝了同志们为他准备的生日茶话会，只让厨房为他做了一碗普通挂面作为纪念。

吃过面条，周恩来拧亮台灯，再次开始繁忙的工作，一干又是几个小时。人们渐渐进入梦乡，红岩村四周万籁俱寂。周恩来轻轻起身离开藤椅走到洗脸架前，用湿毛巾狠狠地擦了几把脸，轻轻推开窗户，让阵阵微风吹拂着他……白天的一切，像电影般清晰地浮现在他的脑海里，青年们渴望的目光使他感到责任重大：抗战相持已久，前方将士浴血奋战，备尝艰辛，国统区灯红酒绿，纸醉金迷，倭寇未灭，何言生日。这次整风对于增强党的凝聚力和战斗力将产生重大影响，建设坚强的战斗的党组织，首要的是党员领导干部带头，率先垂范，自觉提高自身素质，提高在复杂环境下正确执行党的路线方针政策的能力。只有这样，南方局的整风运动才能搞好。

想到这里，他回到桌前，铺纸提笔，写下了《我的修养要则》：

一、加强学习，抓住中心，宁精勿杂，宁专勿多。

二、努力工作，要有计划，有重点，有条理。

三、习作合一，要注意时间、空间和条件，使之配合适当，要注意检讨和整理，要有发现和创造。

四、要与自己的他人的一切不正确的思想意识作原则上的坚决的斗争。

五、适当的发扬自己的长处,具体的纠正自己的短处。

六、永远不与群众隔离,向群众学习,帮助他们。过集体生活,注意调研,遵守纪律。

七、健全自己身体,保持合理的规律生活,这是自我修养的物质基础。

周恩来以他自己的方式,度过了45岁生日。

这篇文字质朴的《我的修养要则》,仿佛是一面镜子,透过它,我们看到了周恩来作为无产阶级革命家崇高的人格;透过它,我们也看到了一位真正共产党人所应达到的精神境界。

周恩来认为,"一个人或一个政党,如果不愿做反省功夫而自满自傲,不承认自己有任何错误和缺点,或者不善于看出自己力量之所在而害怕批评和自我批评,不敢正视错误和改正错误,那么,这个人和这个政党就一定不免于失败";"一个共产党员如果以为自己改造完成了,不需要再改造了,他就不是好的共产党员"。周恩来把思想修养看成

《我的修养要则》手迹(红岩联线管理中心　供图)

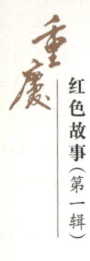

是每个党员终生的必修课,"活到老,学到老,改造到老"是他的座右铭,也是他一生自觉进行思想修养的真实写照。

【点评】

"周恩来同志是不忘初心、坚守信仰的杰出楷模。"今天,我们重温《我的修养要则》,就是要把习近平总书记指出的"我们要向周恩来同志学习,不要忘记我们是共产党人,不要忘记我们是革命者,任何时候都不要丧失理想信念"的要求落到实处,始终发扬自我革命精神,用党性修养这把剪刀,剪除失志之念、失德之欲、失格之为,锤炼共产党人"忠诚、干净、担当"的政治品格,永葆党的先进性和纯洁性。

供稿:张鲁鲁

周恩来：我要坚持到最后

1941年1月17日，在震惊中外的皖南事变发生后，国民党中央通讯社发布了国民政府军事委员会的通令和发言人谈话，诬称新四军为"叛军"，宣布取消新四军番号，并将军长叶挺交付军法审判，借此掀起第二次反共高潮。周恩来无比愤恨地在电话中斥责何应钦："你是中华民族的千古罪人。"

为了打退国民党的反共高潮，中共中央采取了"政治进攻，军事防守"的方针。作为中央领导同志和南方局的最高领导，周恩来以身作则，站在斗争最前沿，同国民党展开有理、有利、有节的斗争。

当晚，在红岩村召开的南方局和八路军办事处同志全体会议上，周恩来压抑着满腔悲愤，通报了皖南事变的经过，并向大家分析了形势发展的两种可能和相应对策：一种是国共关系全面破裂；另一种是打退蒋、何的猖狂进攻，争取继续合作抗日。周恩来指出，共产党虽然损失了新四军军部，但新四军还有几万人，八路军还有几十万人，共产党仍有大批有生力量，蒋介石要完全投向日本必须考虑这点。英美派大资产阶级和亲

日派大资产阶级还有矛盾，蒋介石要全面反共就等于投向日本，但英美需要他牵制日本，所以蒋既想反共，又不敢彻底与共产党决裂。因此，周恩来号召大家坚决反对国民党的反共政策，但不希望国共关系完全破裂，不然共产党就要陷入两面作战的境地，要力争继续同国民党合作抗日，同时作好应对国共关系全面破裂的准备。

面对可能出现的最坏局面，周恩来告诫大家："要有充分的思想准备，如果国民党对我们突然袭击，我们争取时间把机密文件毁完了，就准备坐牢。要是把我们抓起来，男同志都承认是共产党员，女同志只承认是家属。我们是公开的共产党机关，要问你们党的组织情况，就说党中央在延安，主席是毛泽东。如果问还有哪些负责人，就说有董必武、邓颖超，再要问就说不知道，让他们问周恩来。"周恩来的炯炯目光扫视着这些朝夕相处的战友，语调沉重而又刚毅："我们是蒋介石、国民党请来的，如果出现这种情况，我一定要向他们交涉，尽可能让蒋介石把我们送回延安，争取全师而归，但也要作好牺牲的准备。"

1月20日，为避免因国民党的突然袭击而造成重大损失，中共中央书记处致电南方局，要求"恩来、剑英、必武、颖超及办事处、报馆重要干部于最短时间内离渝"。但当时南方局的一般工作人员并不知道中央有这样一道电令，他们坚信周恩来在最危急的时候会和他们在一起。事实的确如此，一向以组织纪律性强著称的周恩来，在此紧急关头却没有简单地表示"服从命令"，一走了之。他与南方局的其他几位领导同志一起研究了局势的复杂性，毅然表示："我要坚持到最后！"时任南方局机要科长的童小鹏后来回忆道："当时我们坚持在红岩工作的同志都有一个共同的感觉，只要有恩来同志在，我们就毫无畏惧。"

1月27日，南方局向中共中央发去电报："我们向你们保证，无论在任何恶劣的情况下，我们仍以不屈不挠的精神坚守我们的岗位，为党的任务奋斗到最后一口气。"面对随时可能出现的恶劣局面，周恩来指挥大家迅速果断行动。为减少损失，南方局决定逐步撤退干部。先由各组提出名单，经过领导审查后作出决定。包括干部、进步友人和烈士遗孤等，回延安的居多数，也有去湖北李先念处和新四军江北部队的。一部分文化、新闻、学术等方面的知名党员干部和进步友人撤退到香港、南洋，转换阵地作战，在香港形成据点，写文章、办报纸、出书刊，再向内地扩散。去南洋的干部则积极开展华侨工作。有些同志就近在四川转入地下，以公开职业作掩护，隐蔽起来。周恩来要求，对每一位撤退同志，都要周密考虑怎样使他走得脱，站得住，能发挥作用。撤退途中的合法证件、交通工具、旅费都要有办法解决。转入地下的同志一般暂时与组织割断联系，由叶剑英把他们的名单带回延安，倘因形势变化失掉关系，还可以查证，这对党员至关重要。为坚决贯彻中央"荫蔽精干，长期埋伏，积蓄力量，以待时机"的方针，周恩来还提出"三勤"（勤学、勤业、勤交友）、"三化"（社会化、职业化、合法化）的工作要求，使中央的隐蔽方针更加具体化，引导党员从积极的一面领会贯彻：隐蔽不是隐藏起来无所作为，而是深入群众，广交朋友，努力学习，积蓄力量。这次艰巨的撤退工作真正做到了对每个同志负责到底，也使共产党同进步人士结成了患难之交。

就在国民党政府反动命令发布的次日凌晨，在国统区的心

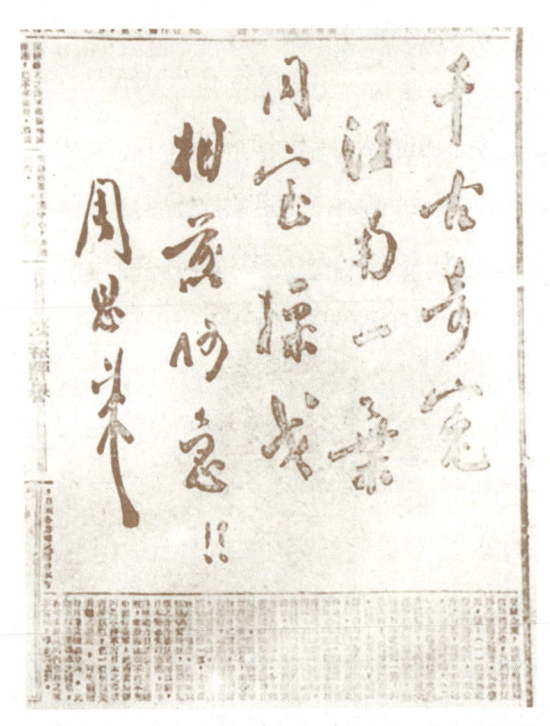

脏——重庆，一颗重磅炸弹爆炸——周恩来在《新华日报》发表了"向江南死难烈士致哀"和"千古奇冤，江南一叶，同室操戈，相煎何急！！"以哀婉的诗句沉痛控诉，愤慨抗议，严厉谴责。这是周恩来针对蒋介石发出的惊雷闪电般的第一个反击。国民党当局颇感意外，手忙脚乱地抓捕报童，没收报纸，向新华日报发出"最后警告"。但消息已传遍山城，震惊中外，赢得了广泛同情，激起了巨大义愤。后来毛泽东在听叶剑英汇报这场斗争时，不由得赞叹道："令人神往。"

周恩来题词 （红岩联线管理中心 供图）

为进一步揭露国民党顽固派的反共阴谋，周恩来对叶剑英指导军事组起草的《新四军皖南部队惨被围歼真相》一文进行了修改审定。文件以充分的事实和证据，有力批驳了国民党当局制造的种种莫须有的罪名，愤然揭露了他们有计划、有步骤消灭新四军的阴谋。当时文件无法公开发表，就由八路军办事处工作人员分送其他党派及各界知名人士。这是周恩来题词见报两天后给蒋介石、何应钦等人的又一次猛烈回击。

紧接着，美国记者斯特朗在美国的一些报纸和《美亚》杂志上发表长文，详细记述了周恩来在1940年12月下旬同她的几次谈话以及郑重嘱托她发表的一些材料，尤其重要的是后来托可靠朋友交给她的中共中央革命军事委员会发言人的正式声明。同时，美国记者斯诺也发表了周恩来给他的材料和评论。毫无疑问，这些全面、系统、权威的第一手信息，让全世界都知道了皖南事变的前因后果、国民党当局的剿共阴谋、中共的强硬态度和解决问题的切实办法。国民党当局打内战，势必导致抗战熄火，日军南下，直接威胁到英美的利益。英美政府原指望蒋介石牵制日军南下才给他贷款和军火，但蒋介石却将其用来消灭抗日力量。这种情况，英美两国怎能不严重关切？英美政府怎能不慎重考虑呢？

　　当时，在周恩来统一指挥部署下，红岩、曾家岩、虎头岩（新华日报馆所在地）成了政治反攻的重要阵地。有的同志编写传单和小册子；有的同志把中央文件和有关材料翻译成英文；有的同志打印出来四处散发，并且用各种方式邮送、传递到外地和国外。

　　与此同时，周恩来还指挥南方局的其他领导同志大力开展国际、国内统战工作，向各党派、地方实力派、各界代表人士等深入宣传中共提出的"十二条"，争取他们的同情和支持。国民党元老派，美洲、南洋侨领都打电报谴责蒋介石打内战，败坏抗战大业。民主派、爱国将领也深感忧愤。国统区广大人民反对内战，各根据地群众纷纷抗议。一时间，抗争怒潮风起云涌。

　　周恩来还抓紧做英、美等国外交官的工作。他向英国驻华大使卡尔痛陈利害，促使卡尔推动英国政府向蒋介石施压。美国总统派特使居里来华调查，周恩来向居里表明了中共的坚决

态度。美国政府根据居里的报告，明确表态，如果蒋介石发动全面内战，导致抗战熄火，美国将暂停援助。这一切使蒋介石感受到前所未有的国际压力。

最终，在党中央的坚强领导下，以周恩来为首的南方局在皖南事变后风雨如磐的斗争岁月里，始终屹立在斗争第一线，指挥击退了国民党顽固派掀起的第二次反共高潮。对此，中共中央高度评价南方局的工作，"蒋介石在这次斗争中，遭遇到真正的劲敌与攻不开的堡垒"，"蒋从来没有如现在这样受内外责难之甚，我们亦从来没有如现在这样获得如此广大的群众"。也正如一名外国评论家对周恩来评价的那样："这位光辉的领导人、战士、组织家和谈判能手——他有不可思议的远见卓识和适应急剧变化的局势的天赋才能。"

【点评】

周恩来同志领导中共中央南方局以炉火纯青的斗争艺术，维护了抗日民族统一战线。习近平总书记强调，斗争是一门艺术，要善于斗争。今天的党员干部要向周恩来等老一辈无产阶级革命家学习，不仅要发扬斗争精神，还要不断增强斗争本领，坚持增强忧患意识和保持战略定力相统一、坚持战略判断和战术决断相统一、坚持斗争过程和斗争实效相统一，切实做到召之即来、来之能战、战之必胜。

供稿：黎　余

周恩来与张冲的故事

1941年11月9日，位于重庆临江门附近的夫子池大礼堂正在举行一场追悼会。中共中央南方局书记周恩来臂缠黑纱，胸戴白花，表情肃穆地走到灵堂前，深深地三鞠躬……逝者是谁呢？他就是周恩来的对手兼密友，国民党军事委员会办公厅顾问事务处处长——张冲。周恩来与张冲之间究竟发生过哪些故事？这还得从1936年的西安事变说起。

西安事变和平解决后，1937年2月9日，国共双方围绕国共合作抗日这一重大议题在西安举行了第一次正式会谈。中国共产党的代表是周恩来、叶剑英，而国民党的主谈者就是当时最年轻的国民党中央执委、蒋介石同延安及莫斯科秘密联络的专使张冲。

双方会面之前，张冲的心里其实一直忐忑不安，他正在揣摩，第一次见面，"老朋友"周恩来会以怎样的态度来对待自己。张冲的不安是有原因的，因为他曾经亲手策划了一个足以让周恩来身败名裂的闹剧。

1932年2月，时任国民党中央组织部调查科总干事张冲是

一名狂热的反共分子,他想出了一条毒计。2月中旬,上海《申报》《时报》等各大报纸上不约而同地刊登了一则《伍豪等二百三十四人脱离共党启事》,在这则《启事》中,包括伍豪在内的234人宣布脱离中国共产党。这就是著名的"伍豪事件"。

伍豪是谁呢?正是周恩来在年轻时曾用过的笔名。《启事》宣称伍豪脱党,这正是张冲蓄意制造的一起政治陷害事件,目的就是想借此中伤周恩来,破坏共产党的声誉,并离间共产党内部的关系,以达到瓦解共产党革命力量的目的。

果然,这份《启事》刊登之后,不但政界轰动,舆论界也是一片哗然。虽然,随着时局的变化,后来张冲也曾为此事做过补救,但从未得到过周恩来的正面回应。这次西安会谈是事件发生后两人的第一次见面,所以,张冲很自觉地把自己放在了周恩来于公于私的对立面上。

然而,虚怀若谷、坦坦荡荡的周恩来,一见张冲,便主动伸出了手:"欢迎,欢迎,我们终于见面了!久闻淮南(张冲字淮南)先生大名,今日相见,果然年轻有为。"

面对周恩来的热情相待,张冲面露羞愧,忙回答道:"不敢,不敢,淮南过去对恩来先生多有不恭,实在惭愧,还请多多包涵。"

见张冲面露尴尬,周恩来爽朗地笑道:"渡尽劫波兄弟在,相逢一笑泯恩仇。我们不是走到一起来了吗?还是向前看吧!"

这场谈判,整整持续了一个月的时间。谈判桌上,周恩来以国家大计、人民利益为重;谈判桌下,他是坦诚第一、谦逊第一、他人第一。由于谈判的需要,他和张冲时常会碰在一起,每当这个时候,周恩来就会主动与张冲交谈,并在生活上处处关心他、照顾他,待他如朋友。张冲心中的阴霾逐渐消散,他慢慢认识到共产党并非自己之前所认为的"洪水猛兽"。

第一次见面,张冲就被周恩来的气度和为人深深感动。但是,在他的内心深处还是在极力维护国民党一党专政、军事独裁和蒋介石的"一个领袖"思想。直到1937年7月的庐山会谈,张冲才真正树立起"真诚合作、联合抗日"的民族大义思想。而他的这一重大改变,仍然与周恩来有着莫大的关系。

7月中下旬,周恩来代表共产党受邀参加了蒋介石在庐山举办的全国军政要员、各界知名人士谈话会。会上,当蒋介石提出改编而成的新四军军长人选应由国民党任命时,周恩来予以坚决反对。见有人反对自己的领袖,张冲马上站出来极力维护,连珠炮般地向周恩来咆哮着责问,并扬言:"若惹恼政府则收回新四军编制,看你们怎么办!"

这时,只见周恩来犀利的目光如同利剑逼视着张冲,他严肃地说道:"国共两党,犹如兄弟。为国家民族大计,在谈判桌上平等协商,求大同存小异,以图实现团结共同对敌,拯救国家和民族,任何人都无权凌驾于另一方之上。咆哮要挟,成何体统!"

说完,他又随即列举了日本帝国主义的历次侵华行径和在华犯下的种种滔天罪行,并义愤填膺地质问道:"这样权力,那样权力,你怎么不向日本帝国主义要回我们国家的权利!爱国要有真心,抗日要有行动,面对着侵略者的屠刀,国家安危、民族兴亡高于一切。我们不能再做令亲者痛、仇者快的事了!"

这番义正词严的话语,说得张冲哑口无言,惭愧无比。自此,他才真正折服于周恩来的人格魅力。于是,他开始及时地把谈判中共产党的意见向蒋介石反映,为沟通两党关系、促进国共合作而倾心竭力。

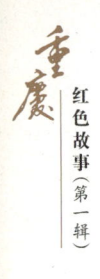

1939年1月16日，根据党的六届六中全会的决定，以周恩来为书记的中共中央南方局在重庆正式成立。为了统一战线而奔波劳累的周恩来，每逢遇到需要同蒋介石交流或见面的时候，就会在第一时间拨通张冲的电话。而电话听筒内总是会传来这样的一句开头语："喂，我是淮南，你是恩来吗？"

在重庆，凡周恩来与蒋介石的会见与交流，都是由张冲代为转达和安排，并从维护抗战大局的角度居中斡旋。由于周公馆随时都有特务监视，所以，张冲还经常会不顾个人安危，尽力保证周恩来的顺利进出，以便其开展工作。

一次，当获悉周恩来北返延安的行动受到机场检查人员的刁难，张冲立即驱车去见蒋介石，取到手令后，又亲自送往机场，直至周恩来登上飞机才放心离开。

1941年1月初，皖南事变发生后，张冲痛心疾首地对部下说："生死存亡之时，还做这等兄弟相煎之事，可耻！可悲！"而当他看到《中央日报》关于事变颠倒黑白的报道后，更是十分不满，当众将报纸摔在地上。

1941年1月18日，当《新华日报》营业部主任涂国林被特务拘捕后，周恩来仍然是通过张冲迫使国民党当局将人放回。

1941年6月，张冲因染上恶性疟疾，病倒在床上。周恩来常去探望。得知张冲一直在为当年的"伍豪事件"自责，这天，周恩来用力地握住他的双手，动情地说："淮南，你我是属于那种不打不相识的真朋友啊！"听到周恩来的话，张冲不禁感慨："在这个世界上，只有你最了解我。因为你不仅是我的谈判对手，而且还是我最好的兄长，应该说，我是因为认识了你，才真正知道什么是中国的希望。""恩来！"张冲近似哭泣地说道，"我因有你这样一位兄长似的朋友而骄傲，就是到了另外一

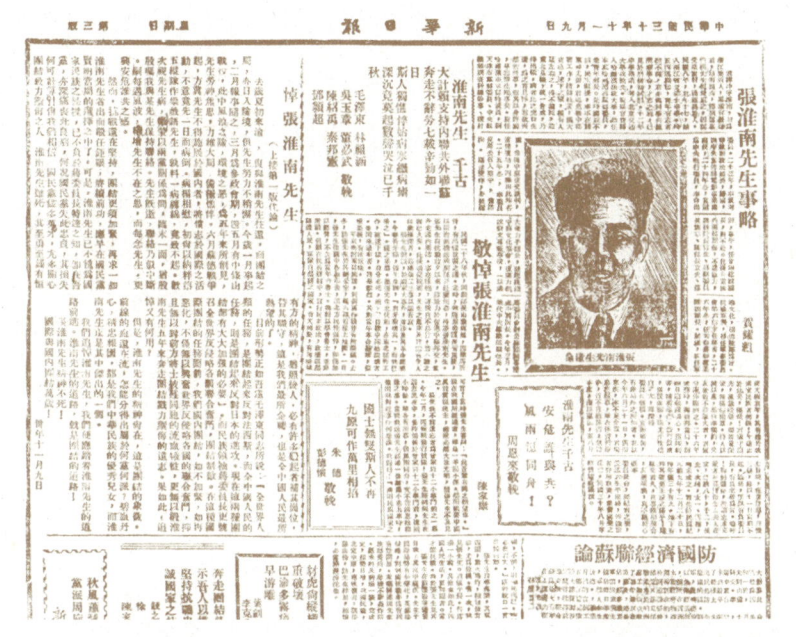

《新华日报》悼念张冲专版　　　　　　　　　　　（红岩联线管理中心　供图）

个世界，我也愿意跟着你！"

"淮南！""恩来！"周恩来紧紧握住张冲的手，他们同时淌下了滚烫的热泪……

1941年8月，张冲在重庆郊外40里的云龙旅馆山洞内病逝，年仅38岁。周恩来深感哀痛，亲笔写下了一副挽联"安危谁与共，风雨忆同舟"，以此作为对这位对手兼密友的最高评价以及最深切的怀念。

【点评】

周恩来与张冲的故事充分证明了一点：共产党人干事业，一靠真理的力量，二靠人格的力量；作为马克思主义执政党，不但要有强大的真理力量，而且要有强大的人格力量；真理力量集中体现为我们党的正确理论，人格力量集中体现为我们党

的优良作风。周恩来同志身上展现出来的中国共产党人的崇高精神和人格力量，是历史的，也是时代的，值得今天的广大党员干部认真学习。

供稿：红岩联线管理中心

邓小平主政西南：心中最重人民事

1949年10月1日，中华人民共和国正式成立。中国人民解放军第二野战军政委邓小平走上天安门城楼，见证了这一伟大的历史时刻。建立一个人民当家作主的新中国，这是邓小平从青少年时代起就为之奋斗的崇高目标和伟大理想，终于变成了现实。

此时，祖国的大西南尚未解放。邓小平与刘伯承接受了中央的重托，勇挑历史重担，挥师大西南，解放了云南、贵州、四川等广大地区，进而坐镇重庆，全面领导中共中央西南局进行了大量开创性工作，为西南地区的政权建立和巩固、经济恢复和发展、民族团结和稳定以及西藏的和平解放作出了积极贡献。

在西南工作的两年零八个月的时间里，邓小平心中想得最多的是"人民"。他反复强调"我们党是依靠劳动人民，替劳动人民谋幸福的"，并明确提出"政府是人民的，也是为人民的"执政理念。1950年1月23日，重庆市第一届各界人民代表会议隆重召开，中共中央西南局向重庆人民发出号召："建设人民的

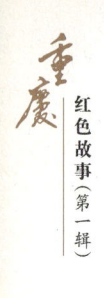

生产的新重庆。"今天，我们在佛图关的崖壁上，还可以看到这个醒目的标语，这就是西南局为重庆确定的施政纲领。当时的重庆，百废待兴，事关国计民生的大中型生产建设项目众多，资金缺口很大。但邓小平始终站在人民利益的角度去思考问题，想人民之所想，再难的事也要办到。

面对解放初期经济濒临崩溃、民不聊生的现状，邓小平主政西南后作出的第一项重大决策就是向中央反映四川人民的心声，"以修建成渝铁路为先行，带动百业发展"。成渝铁路开工后，所需的第一批器材分配给私营机器厂承制的就有500余吨，这使得重庆停工已久的几十家大中型钢铁厂、机器厂又重新开工，并带动了相当数量的小型工厂陆续恢复生产。而铁路所需的钢轨、鱼尾板和螺丝钉等器材，全部委托西南工业部所属工厂加工生产。这样既能满足筑路的需要，也为以重庆为主的大批工业企业带来了生产任务。当时的第29兵工厂、重钢三厂等企业就承担了其中大量材料的生产任务。成功轧制出新中国第一根钢轨的第29兵工厂承担了成渝铁路钢轨生产的全部任务。1952年7月，成渝铁路建成通车，不仅大大改善了成渝两地的交通状况，而且为沿线农副产品和矿产等富饶资源的开发创造了有利条件，丰富了人民群众的物质生活。随着工农业的发展，城乡交流也因此打破了地区间的封闭状态，为整个西南地区的经济恢复和发展带来了生机活力。

在西南军政委员会的一次会议上，邓小平亲自提议修建重庆市劳动人民文化宫。他说，重庆是工业城市，有着宏大的工人阶级队伍，应该有一座具有一定规模和文化设施齐备、环境优美的文化宫，来满足广大劳动人民的文化生活需要。现在重庆解放了，劳动人民翻身做了主人，打上了"肉牙祭"，但这还不够，还要让重庆人民打上"文化牙祭"。

根据邓小平的指示，重庆市委和市政府很快制订出修建劳动人民文化宫的计划，并专门成立了修建委员会。邓小平亲自点将，让当时的重庆市长曹荻秋担任修建委员会主任。随后，重庆市政府在财力相当紧张的情况下拨出专款，在中山二路修建了文化宫。为了保证工程质量，承担这项工程的重庆营造建筑工程公司调集了数千名能工巧匠和优秀的工程技术人员负责修建。

1951年7月1日，重庆市劳动人民文化宫正式开工奠基。在整个文化宫修建过程中，邓小平亲自审查工程图样和工程模型，并多次到工地上视察工程进展情况。文化宫地处城市中心地带，从选址到设计，从活动设施到园林绿化的具体分布，都凝聚着邓小平的心血。在修建过程中，他特别强调，要多听听人民的意见，要走群众路线，集思广益，群策群力，大力发挥工人阶级的积极性和创造力。修建委员会遵照邓小平同志的指示，先后召开了十余次座谈会。分别邀请了工程技术人员、工人、各界人士代表、先进模范人物和工会工作者等，广泛听取大家的意见和建议，这对文化宫的修建起到了很好的促进作用。

1952年5月1日，邓小平再次来到文化宫施工现场了解工程的进展情况，曹荻秋市长邀请他为文化宫题写宫名，邓小平愉快地答应了。回到驻地后，他反反复复书写宫名字样，总共写了36个字。他一个字一个字地仔细比较，用毛笔在36个字中圈出了17个字，最后从17个字中又精选出自己最满意的10个字，派人给修建委员会送去。1952年8月5日，文化宫举行了隆重的竣工典礼，邓小平题写的"重庆市劳动人民文化宫"10个大字庄重夺目。

重庆市劳动人民文化宫大门及邓小平手书题字　　（重庆市委党史研究室　供图）

除了文化宫，邓小平还极力主张将重庆市委和市政府临时用作办公的"王园"和"渝舍"还给人民，辟作公园。他多次强调：要把丰富人民群众文化生活当成一件大事来抓，要让人民在节假日有休息游玩的地方。

重庆是西南地区党政机关的驻地，机关用房需求量很大。解放初期在重庆有三级机关：一是西南局级机关，二是川东党委和行署的机关，三是重庆市级机关。但在当时大兴土木修建机关办公用房和工作人员住房，是不可能办到的。那时市政府就在现在的重庆医科大学附属儿童医院办公，叫"曙楼"。由于地方太小，只得把原国民党重庆市市长杨森的公馆"渝舍"，也就是现在少年宫的一部分，作为市政府机关。而市委机关的办公地，一开始设在学田湾大溪别墅一处叫"潜园"的地方，也是一个军阀的公馆，后因地方狭小，又搬到了"王园"。所谓"王园"就是现在的枇杷山公园。1937年，原国民党四川省主席王陵基以其父母的坟地在山上为借口，强占了枇杷山，修建起一座私人花园别墅，以独门幽静而闻名。1949年底重庆解放时收归国有。

在当时的情况下，能够容纳下大机关、交通又方便的地方也只有这两处了。但是与机关用房紧张相比，在邓小平心目中，人民休闲娱乐的事更为重要。他对重庆市委、市政府占用可供市民休闲游玩的花园别墅很有意见。在一次会议上，邓小平狠狠地批评了当时的重庆市领导。他语气严厉地问道，你们的群众观念哪里去了？这是脱离群众、忽视人民群众文化生活、缺少群众观念的官僚主义。那么大一个重庆市，连个像样的公园都没有，你们居然把这么大片非常适合人民游玩的场所占了。会议室里一片肃然。只见邓小平掐灭烟蒂，眉头一扬，以不容商量的口吻命令道：限你们搬出，一定还给人民，辟作公园！

1954年后，随着重庆经济的逐步恢复，财政收入有了较大的增长，重庆市委、市政府机关已经具备了相应的搬迁条件，于是先后从"王园""渝舍"迁出。接着，市委、市政府又拨出专款，把"王园"扩建成景色宜人的枇杷山公园，"王园"的原办公房屋交给了西南博物院（重庆博物馆的前身）。当时建成的枇杷山公园是重庆市最好的公园，专门修建的红星亭是中外游客欣赏重庆夜景的最佳观景点。1955年，重庆市委市政府又在"渝舍"建成了西南地区第一座大型少年宫，不仅让重庆少年儿童有了自己活动的场所，也了却了邓小平多年的心愿。

此外，邓小平还积极支持人民大礼堂和大田湾广场的修建，特别是亲自参与审定大礼堂有关选址、规划、设计、资金等重要工作。1951年，正当大礼堂的征地拆迁工作紧张进行时，一位市民给邓小平写了一封信，反映对马鞍山有些拆迁户的补偿存在不当或过低的情况，使部分拆迁户生活困难。邓小

平看完信，当即批转给西南军政委员会孙志远秘书长，要求检查处理。经深入调查，逐一审核后，工作人员对补助偏低或有实际困难的，适当作了补偿；对应该说明的也都作了耐心的解释，最终拆迁工作得以按时完成，大礼堂顺利破土动工。1954年，经过近3年的艰苦奋斗，重庆市人民大礼堂终于竣工落成。在此后半个多世纪里，它不仅是重庆市举行各种重大会议和大型活动的重要场所，并以其华丽的外观、磅礴的气势，成为重庆的地标式建筑。

邓小平主政大西南，不仅得到了毛泽东和中共中央的充分肯定，而且给许多民主人士留下了深刻印象。梁漱溟1951年随中央土改工作团赴西南调查考察，回京后对毛泽东说："解放不到两年，四川能出现这样安定的情势，不容易。那是一个很乱很复杂的地方，变化这么快，出乎我意料。四川这一局面的取得，首先得推刘邓治理有方，他们是当地的执政者、军政大员。特别是邓小平年轻，能干。所见所闻，印象深刻。"毛泽东闻听此言笑出声来，大声插话说："梁先生看得蛮准，无论是政治，还是军事，论文论武，邓小平都是一把好手。"

邓小平主政大西南的实践告诉我们，只要我们把群众的安危冷暖挂在心上，坚持以人民为中心的发展思想，坚持立党为公、执政为民，把人民对美好生活的向往作为奋斗目标，就会赢得人民的衷心拥护。

【点评】

不论是坚持"建设人民的生产的新重庆"，还是邓小平晚年所说的"我是中国人民的儿子，我深情地爱着我的祖国和人民"——热爱人民，是邓小平同志一生最深厚的情感寄托，也永远是中国共产党人应该坚守的力量源泉。习近平总书记指出，我们要学习邓小平同志对祖国、对人民的深情大爱，在任何时候任何条件下都忠于祖国、忠于人民，脚踏实地践行全心全意为人民服务的宗旨，为党和人民的事业鞠躬尽瘁，死而后已。

供稿：田　姝

邓小平：一份延续39年的师生缘

1949年11月30日，重庆解放。12月8日，时任中共中央西南局第一书记的邓小平进驻重庆后，开始全面主持大西南工作。这时候，他想到自己的老师汪云松就在重庆，于是派人去请，谁知汪云松竟然不敢相见。过了几天，邓小平又派了一辆吉普车，详细说明来意，才把汪云松请到驻地。他和汪云松之间究竟发生了什么呢？这得从他们的师生缘分说起。

1918年，刚从四川广安高小毕业的邓小平考入了全县唯一一所初级中学——广安县中学堂。五四运动后，随着知识增长和视野拓宽，他不再满足于学堂的"之乎者也"，而

汪云松　（重庆市委党史研究室　供图）

是希望学习富国强民的科学技术。正在重庆的邓小平之父邓绍昌得知，重庆成立了留法勤工俭学分会，并将开设留法勤工俭学预备学校。于是，邓小平在父亲的支持下来到重庆，考入了这所学校。

说起重庆留法勤工俭学预备学校，就不得不提到汪云松。1919年6月，成都留法勤工俭学学校60余名毕业学生来到重庆朝天门码头，他们意气风发地准备登船赴法。这一盛况感染了崇尚实业救国的汪云松，于是他向工商界人士和社会名流筹措资金数万元，经教育局长温少鹤同意，于1919年8月28日成立了重庆留法勤工俭学预备学校，并亲任董事长兼校长。邓小平考入这所学校后，学习认真刻苦，还积极参与抵制日货等爱国运动。经过一年学习，他通过毕业考试，获得赴法资格。这是邓小平人生道路上的一次重大转折。

在法国，邓小平的求学之路十分坎坷。他进学校几个月后，就被迫辍学谋生，和欧洲众多的工人一样面临着失业、饥饿甚至死亡的威胁。"切身已受的痛苦"加上赵世炎、王若飞等的影响，邓小平认识到，要改变个人的命运，必须首先改变不合理的社会制度，由此逐渐树立了革命理想，加入旅欧中国共产主义青年团，与周恩来、聂荣臻等一起，开始了自己的革命生涯。

阔别30年，邓小平再次回到重庆，此时他已是肩负重任、指挥千军的统帅。重庆解放后，邓小平一直挂念着老师汪云松，于是派专人登门邀请。起初汪云松不明真相，当他听说三名身穿解放军军装的人在打听自己的住处，顿时慌张起来。他长期担任市总商会会长，觉得自己在共产党的眼里就是"大资本家"，是革命的对象，担心来者不善，便叫其长子汪日贤假言

"父亲出游"把三人打发走了。

　　过了几天，又有几名西南军区的干部开着一辆吉普车来到汪云松住处，找到汪云松说："邓小平政委特意安排我们来请汪先生过去。"啊！汪云松这才恍然大悟，原来大名鼎鼎、主政西南的邓小平，就是当年留法勤工俭学的邓希贤啊！是该见一见。可是，30年不见，他如今是共产党的大干部，我是有待改造的资本家，外面都传说共产党是铁面包公，六亲不认，此去是福是祸，谁知道呢？但人家两次来人相请，无论如何难以推脱。汪云松只好忐忑地跟着他们上了车。到了西南军区，邓小平一见到汪云松，忙起身相迎，拉着他的手，喊了一声"老师"。汪云松听到这声"老师"，悬着的心才安定了下来。邓小平将汪云松迎进屋，向他讲起自己到法国后为何加入了共产党，共产党究竟是怎样的政党，解放以后对工商界的政策，以此解开汪云松内心深处对共产党的隔膜。

　　晚饭时间，邓小平夫妇又热情地请他吃饭，几个家常菜算不上盛宴，却让他们之间的关系愈发融洽了。这对分别了近30年的师生坐在一起，谈笑风生，分享各自的经历。用完晚餐，邓小平又派车把汪云松送回家中。

　　汪云松如释重负。他后来给许多亲友讲述这次会面的经过时，感慨万分地说道："希贤这娃娃，有两点我最喜欢：一是稳而灵活，干啥事情都很有主见；二是爱国，有正义感。当时我就觉得，希贤这娃娃将来定有出息！谁说共产党人不讲人情？我现在才晓得，共产党是最讲人情不忘故旧的，小平就最认我这个老师！"汪云松在工商界是有影响的人物，他的话传开，工商界人士都松了一口气。

　　除了畅叙师生情谊，邓小平邀请汪云松其实还有另一层用意。汪云松长期担任重庆市总商会会长，在重庆工商界有很高的地位。邓小平进入重庆主持西南工作后，认为对重庆工商界的统战工作是城市统战工作中的重要一环，他希望通过汪云松向重庆工商界人士传达党的友好信息。这种效果，是一般的宣传工作无法达到的。

与汪云松见面后不久，邓小平出席了工商界代表座谈会，阐述了党的政策与对工商界的期望。他还推出了一系列经济政策和举措，深得重庆工商界人心，也获得了工商界的大力支持。朝鲜战争爆发一年后，邓小平对重庆市工商联合会说："你们要带动工商界的广大群众，发扬爱国主义精神，踊跃捐献飞机、大炮。"大家积极响应邓小平的号召，最终筹得飞机26架，比原计划还多出6架。后来，在邓小平的推动下，成渝铁路也于1952年建成通车，这为重庆工商界带来极大便利。通车当天，汪云松应邓小平邀请到现场参加典礼。汪云松看到旧中国几代人都没有办成的事情，中国共产党仅用2年多时间就完成了，心中充满了敬意。

经过仔细观察，汪云松从实践中深入地认识到中国共产党是真心实意为人民谋幸福的政党，他的爱国情感也延伸为对共产党的热爱。1953年11月23日，汪云松致函重庆市政府，准备将自己珍藏多年的一件宝物——清代乾隆御窑古月轩所产的宝石浆胎东方红天球尊，作为1954年元旦献礼捐赠给党中央，请市政府代为转送。按照共产党的规定，中央是不接受任何送礼的。如何处理是好？统战部门拿不定主意。邓小平知道这事后说："别人的礼不能收，汪老先生的这份礼无论如何要收下。你们要了解汪云松，不要伤了他的心。"于是中央让重庆市政府代为接收这份礼物。1954年6月，在全国慰问人民解放军的热潮

中，这一珍贵而又特殊的元旦贺礼由全国人民慰问解放军代表团第三总分团带到了北京。

1957年底，汪云松检查出身患胃癌。邓小平得知情况后，专门打电话慰问，并邀请汪云松到北京治疗。然而，84岁的汪云松知道，自己的时间不多了。他嘱咐家人，在自己逝世以后，要将家中珍藏的300多件文物上交国家，作为自己对国家的最后一份贡献。

两个多月后，汪云松与世长辞。邓小平接到消息，亲自从北京打来电话，向汪云松的亲属表示哀悼。邓小平的弟弟、重庆市副市长邓垦受组织委派，为汪云松主持了追悼会，赞扬汪老先生对国家和人民作出的贡献。

【点评】

邓小平与汪云松长达39年的师生情，不仅体现了他尊师重教的品格，更体现了他善于把爱国人士紧密团结在党的周围的工作方法。习近平总书记指出，我们要巩固和发展最广泛的爱国统一战线，最大限度团结一切可以团结的力量。做好新时期的统战工作，我们要坚持党的领导，高举爱国主义旗帜，团结一切可以团结的力量，调动一切积极因素，齐心协力建设中国特色社会主义伟大事业。

供稿：何　磊

邓小平怒惩"陈世美"

1952年春的一天，西南局第一书记邓小平外出开完会，坐吉普车回到西南局驻地时，看到机关接待室门前围了一大圈人。他连忙吩咐秘书："小李，下去看看，出了什么事？"小李挤进围观人群，看到一位北方农村打扮的妇女牵着一个小女孩，正手持一封信声泪俱下地哭诉。原来，这位外地妇女正要上书邓小平，控告遗弃她们母女的丈夫、贵州省绥阳县县长李民。

邓小平当即收下诉状，吩咐秘书，先将母女俩一起送到西南妇联，请廖苏华主任接待，调查清楚后再行安置。邓小平认真看完这份长达7页的诉状，并向西南妇联主任廖苏华了解相关情况后，忍不住猛地一拍桌子："好个绥阳县长，真是胆大妄为！"

上访告状的妇女名叫丁华，是山东解放区肥城县的乡干部。她出身贫苦，虽未进过正规学校，但在村里的识字班学到一些文化。丁华忠厚善良，聪明能干，很小就在抗日救亡斗争中参加妇救会，当上了乡妇女干部。17岁那年，组织派她到县

里参加地委办的训练班，她认识了一个叫李民的指导员。1948年，两人结婚，并有了一个女儿。婚后不久，随着济南战役、淮海战役打响，山东掀起支前热潮，丁华怀抱着女儿送李民参加了支前大队。淮海战役结束后，李民从镇江来信说："正在总结支前工作，很快就回家了。"半个月后，又从南京来信说："上级命令全部支前干部留下，进军大西南。等我们解放云贵川后再回家团圆。"可因为邮路不畅，丁华收到李民的第三封信时已是1950年春节了。信上写道："我们已到达目的地贵州省绥阳县。告诉你一个喜讯，上级已任命我为县长兼任法院院长，一旦社会安定，就接你母女来过幸福生活。"

丁华满心盼望着全家团聚的日子早日到来。没想到的是，从此以后，李民就音讯全无了。

李民到底去了哪里？1949年严冬的一天，李民从遵义出发，率领接管中队，骑着高头大马进入绥阳县城。那时百废待兴，干部奇缺，上级指派他当绥阳县县长兼法院院长。县委书记还未到任，也由他代理，可谓大权在握。一个老战友开玩笑说："老李，你成了绥阳的太上皇了。"进城初期，李民还是兢兢业业，克己奉公，还写了信给妻女报平安。可没过多久，一起进城的战友发现他变了。特别是1950年下半年，从大城市里刮来一股"婚姻改组"风，有的甚至还未离婚就"先斩后奏"，迫不及待地与城里年轻漂亮的姑娘成婚，第二次当上新郎。孤身在外的李民看见这种情况，不觉也动了心思，开始暗自实施"改组"行动了。

不久，李民看上了一位刚从师范学校毕业的19岁漂亮女教师，整天为其神魂颠倒，铁下心要将美人娶到手。于是他打好算盘，开始下起"三步棋"：第一步是先动用权力将姑娘调到县政府办公室当秘书，便于游说。当姑娘家庭不愿女儿做"二婚""填房"，姑娘死活不从，就实施第二步，利用自己手中的生杀大权逼其就范。姑娘由于家庭出身不好，惹不起这个地方最高长官，只能忍气吞声勉强表示同意。可最难走的是第三步，怎么使妻子丁华同意离婚。李民深知丁华的性格，不会轻易同意离婚，他只好耍起"瞒天过海"的欺骗手法。他以绥阳县法院的名义伪造证明和公函，成功骗取山东肥城县法院开出他与丁华离婚的证明。这"三步棋"都得逞了，李民终于如愿以偿，与年轻貌美的姑娘洞房花烛。

丁华在家中左等右等，很久没有丈夫的音信，便带着女儿千里迢迢赶到了贵州绥阳。她到处打听，才得知李民已与年轻姑娘结婚的消息，受到极大打击，当即昏倒在街头。李民得知丁华母女千里寻亲，自知事情如果败露，难逃重婚罪名。他自恃大权在握，丧心病狂地拒认妻女，还编造出丁华是精神病人的谎言，命令法警将丁华母女押出县城进行迫害。丁华母女在贵州人生地不熟，孤立无援，真是叫天天不应，叫地地不灵。在李民的权势下，她们不仅无处伸冤，而且还有被暗下毒手的可能。于是性情刚烈的丁华摆脱监视，深夜带着女儿离开绥阳县，直奔重庆，找到中共中央西南局机关驻地，打算向邓小平上书鸣冤。

主持西南大区工作的邓小平早就听到反映，进城一年多来，干部队伍中贪图享受、离婚另寻新欢等现象越来越严重。就在丁华告状的这天上午，邓小平出席了在西南军区小礼堂召开的地师级干部会议。他在会上尖锐地指出：当前，我们干部队伍中享乐腐化思想在蔓延，社会上反映强烈。进城只有一年多，就出现这么严重的现象，不能不引起我们警惕。突出表现

在男女关系上，到处闹"婚姻改组"。其中某个市委9个委员中有7个闹离婚，十二军直属部队闹得最凶。这些人不是没有老婆，而是进了城，见了年轻美貌的城市姑娘心就花了，再也瞧不起同甘共苦的结发妻子了。他们以"婚姻自由"为借口，无视党纪国法，不顾家庭妻儿，使用威胁欺骗，甚至流氓手段以达到个人卑劣目的，已在社会上造成极为恶劣的影响。国民党曾散布说，共产党进城要不了几年，就会"红的进，黑的出"。眼前有些人不是已经变质了吗？此风不刹，后患无穷啊！

会议刚刚结束，邓小平就遇到了李民案件。此时，西南刚刚解放，共产党的干部尤其需要继续保持谦虚谨慎、艰苦奋斗的作风。邓小平认为，这个道德败坏、胆大妄为的绥阳县县长是一个典型，必须依法给予严惩，遏制享乐腐化思想。他立即作出批示，要求最高人民法院西南分院立案审理，并抓住这一典型案件，教育西南地区的党员和干部。

1953年1月2日，李民案件公开宣判大会在重庆铁路局大礼堂举行，西南局和重庆各级党政军机关代表近2000人参加。最高人民法院西南分院宣布，经审理查明，李民犯重婚罪事实成立，依法判处李民有期徒刑一年半。遵照邓小平的指示，《新华日报》开设了"坚决贯彻执行婚姻法"专栏，对这个案件作了连续报道，发表了贵州省、遵义地委和绥阳县有关领导机关和责任人的检讨，以挽回李民案件在当地群众中造成的恶劣影响。当地群众拍手称快，称赞邓小平惩处了当代"陈世美"。

事后，受害人丁华写信给邓小平和报社，感谢邓小平为她伸张正义。她逢人便说："共产党真是老百姓的主心骨，感谢西南局的邓青天！"

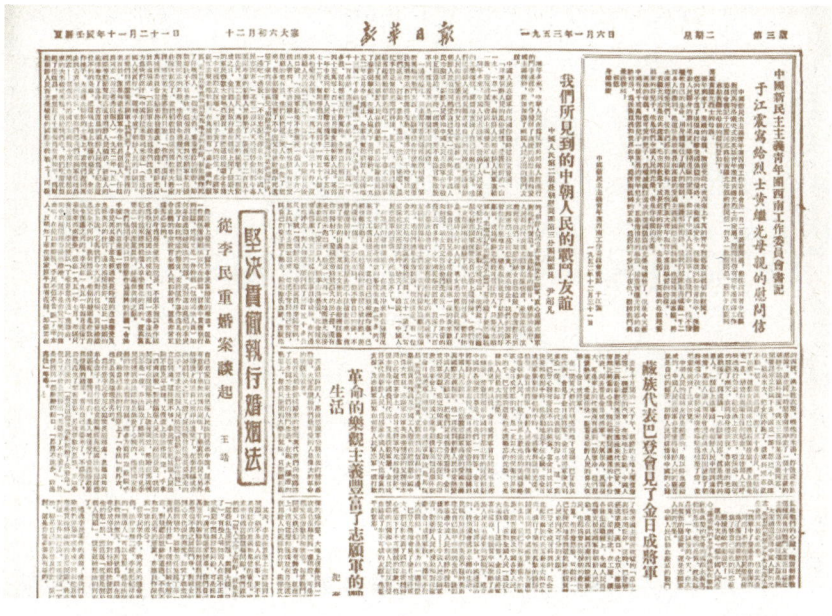

1953年1月6日，《新华日报》文章《从李民重婚案谈起》　　（重庆图书馆　供图）

【点评】

邓小平怒惩"陈世美"的故事，体现了中国共产党人对党员干部道德情操的高度重视。习近平总书记指出，道德问题是做人的首要的基本问题。许多腐败分子走上犯罪道路，大多是从操守不严、品行不端、道德败坏开始的。今天，全党同志特别是领导干部一定要讲修养、讲道德、讲廉耻，追求积极向上的生活情趣，养成共产党人的高风亮节，做到富贵不能淫、贫贱不能移、威武不能屈。

供稿：俞荣新

宋庆龄与保卫中国同盟的故事

1941年12月8日,太平洋战争爆发,日军随即进攻香港,太平山下顿时硝烟弥漫,人们纷纷撤往内地。此时,宋庆龄正在香港主持保卫中国同盟①的工作,为中国抗战争取援助。国内外各界人士十分关心她的安危。12月10日凌晨5时,宋庆龄坚持处理完保盟的工作,搭乘启德机场的最后一架班机离开香港,来到重庆。

消息不胫而走。人民群众对宋庆龄的到来,感到极为振奋。此时的重庆,笼罩在皖南事变后令人窒息的政治空气中,环境险恶复杂。宋庆龄运用她在国内外的崇高声望和影响,为巩固和发展抗日民族统一战线不懈努力。

宋庆龄抵达重庆后,许多进步人士和国际友人都非常关心。最初,蒋介石对宋庆龄的到来态度冷淡。在一些正直的国民党元老的要求下,由国民政府主席林森主持,在国府礼堂召开茶话会表示欢迎,国民党元老于右任、李烈钧、居正等与100多位国民党中央委员一起出席。宋庆龄发表演讲,她强调

---

① 保卫中国同盟,以下简称保盟。

必须团结抗战，必须实行民主，搞专制、搞个人独裁，是一定要打败仗的。各党各派要团结起来，一致对外，万不可兄弟阋墙、手足相残。她指责有的人名为孙中山的忠实信徒，实则是他的叛徒。素不轻易动感情的宋庆龄，说到激动处，禁不住落泪。她义正词严的讲话，使一些国民党元老肃然起敬，为之动容。

最初，宋庆龄住在亲戚家中，有特务监视她的活动，会客不便，行动受到种种无形的限制。中共中央南方局领导人邓颖超要求拜访宋庆龄，好不容易才得到"安排"。刚一见面，宋庆龄就暗示说："谈话谨慎，有人监视。"邓颖超这次拜访虽不能说心里话，却了解到了真情。

经过争取，宋庆龄终于搬进了重庆两路口新村单独的寓所。尽管附近都是轰炸后留下的断垣残壁，四周仍有特务监视，但她总算得到了"一楼之中的自由"。从此，两路口新村寓所成为宋庆龄开展工作的基地，她利用各种有利条件，继续开展抗日救国工作。

宋庆龄在香港组建的保卫中国同盟，是一个国际性的统一战线性质的救济组织。这个组织向世界报道中国人民的斗争真相，为伤病员、儿童、爱国文化事业募集钱款和医药物资，并始终把工作重点放在共产党领导的抗日根据地和敌后游击区。经过宋庆龄卓有成效的宣传工作，海外华侨及国际友人加深了对中国抗日战争的了解，从而更加广泛积极地支援中国抗战。

香港沦陷后，保盟被迫停止工作。保盟的文件和刊物，不得不仓促销毁，有1名领导成员牺牲，3名成员被关进集中营，其他9名委员被迫乔装隐蔽起来。1942年8月，保盟的许多领导成员陆续来到重庆。于是，宋庆龄联络史沫特莱、斯诺、艾黎

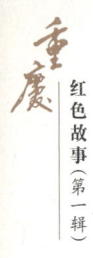

保卫中国同盟总部旧址　　　　　　　　　　　（重庆宋庆龄旧居管理处　供图）

等国际友人，重新组建了保卫中国同盟。应宋庆龄的要求，周恩来把廖梦醒从澳门调到重庆，继续担任宋庆龄的秘书。

皖南事变以后，由于遭到国民党封锁，敌后抗日根据地处境异常艰难，武器弹药和医药用品严重匮乏。美国按照租借法案提供给中国的援助和军事装备，都不会分配给抗日根据地。重庆的某些外国援华机构，受国民党政府的影响也对此袖手旁观。

面对危急形势，宋庆龄十分坚决地提出要求取消"不人道的封锁"。这时，保盟的工作面临政治封锁、经济紧张、人员缺乏等重重困难，对外宣传只能通过宋庆龄的声明、信函和文章。1943年9月15日，她给海内外朋友写了迁渝后的第一份工作报告《从香港到重庆》，呼吁："不要对封锁默许。"她说，保盟之所以把援助的重点放在抗日根据地，是因为"他们几乎全靠从敌人那儿夺得的装备武装自己，牵制了在华日军一半以上的兵力","但是他们已经3年没有得到过任何武器和金钱的援助,以及与我们的工作特别有关的医药援助","我们并不要求给他们优先待遇,而是要求平等待遇"。她的呼声引起了国际舆论界的注目。

经过宋庆龄的努力,保盟与国外的援华机构和进步人士恢复了联系,比如纽约的美国援华会、加拿大维多利亚医疗援华会、伦敦的中国运动委员会以及美国劳工组织,并得到了他们的有力援助。保盟的工作条件十分艰苦。宋庆龄说:"我们竟然连房子都没有,我自己的客厅成了唯一的安全的办公地点和开会场所。我们与外国朋友和海外侨胞的联系都必须加以伪装。"因为保盟筹得的款物很大一部分是交给敌后根据地的,所以会不时遭到国民党当局的破坏。他们要保盟登记,干涉保盟的存款,要保盟报告款项的分配和用途,所以必须进行各种形式的斗争。保盟常常请外国朋友帮助,向银行提取汇款。孔祥熙的美国顾问艾德勒曾帮助廖梦醒在银行提取巨款,保盟中央委员、美国朋友约翰·福斯特,也分担过提款任务。他们提取款项后立刻用八路军办事处的车运送到宋庆龄家里,大家一起围坐在茶桌边清点。这时,宋庆龄照例非常亲切地请大家用茶点。

给敌后根据地运送物资,要通过国民党严密的军事封锁线,是一件很不容易的事。保盟利用一切可以利用的交通条件,包括来往于延安和重庆间的汽车和美国飞机运送物资,请国际友人帮助代运,或由八路军谈判代表护送通过关卡,进入游击区。1942年5月,保盟利用美国洛杉矶援华团体的捐款,在延安建立了洛杉矶托儿所。1943年,保盟给白求恩国际和平医院送去了一批珍贵的外科手术器械和磺胺药物。在重庆期间,保盟提供给根据地各个国际和平医院的资助达65万美元。

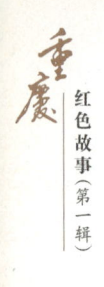

宋庆龄在《保卫中国同盟声明》中，对伸出援助之手的朋友们说："这种支援对保卫中国的作用，不亚于以飞机、坦克和枪支的支援。"

宋庆龄还争取到了与中缅印联合战区指挥官、中国战区参谋长约瑟夫·史迪威将军的友好合作。1944年，国外捐来一架大型X光机，但关山阻隔，怎么运往延安呢？宋庆龄让廖梦醒找到史迪威的副官，请求予以帮助。史迪威了解情况后，同意使用驻延安美军观察组的飞机。他担心夜长梦多，下令立刻改装飞机舱门，把X光机装进去，飞往延安。这是拥有9000万人口的敌后抗日根据地第一台大型X光机，对延安军民的医疗条件是一种改善。

作为一个革命家和社会活动家，宋庆龄兼有热情和实干的品格。在重庆，新闻出版受当局压制，保盟没有公开印刷和出版书刊的条件，宋庆龄坚持亲自撰写书信、文章和工作报告。宋庆龄还经常请来自延安和敌后抗日根据地的人到家里，向他们了解情况，听他们讲见闻、感受，然后根据这些丰富、生动的资料写成报道，寄往国外发表。这些确切可靠的信息，澄清了海外友人和侨胞们的疑虑，鼓舞了他们支援中国抗战的决心和信心。

1944年，宋庆龄还与中国共产党合作，为援助国统区贫病作家组织募捐活动。这些作家以笔作武器，进行文化救亡运动，写出大量作品打击侵略者。可是，他们从沦陷区流亡到内地，没有固定收入，又不断受到敌伪迫害，贫病交加。1944年9月，宋庆龄出面主办援助贫病作家文艺晚会，两天演出所得收入连同文艺界抗敌总会筹募的款项共100多万元，使许多在贫病中挣扎的进步文艺工作者得到资助。

宋庆龄在人民中享有崇高声望，具有很强的感召力。人民信任她所倡导的公益事业，许多人也以能够见到她，与她握手，或者得到她亲笔签名的捐款收据为荣，积极支持她组织的活动。保盟也十分注意维护组织公信力，在赈灾工作中公开账目，严格审计，把募捐到的每一分钱都用于为灾民服务。宋庆龄自己依然过着节俭的生活。为保盟工作了20多年的德国友人王安娜说："她穿着四川产的苧麻织物做的衣服出门，丰裕的物质生活通常都与孙夫人绝缘。她的两个姐妹以邮购方式从美国买进奢侈品已成习惯，孙夫人对此曾直率地提出批评。"

在重庆的4年里，宋庆龄与重庆八路军办事处经常保持着联系。1942年的一个冬夜，寒风阵阵。宋庆龄在寓所举行晚餐会，欢送中共代表董必武返回延安。周恩来、邓颖超、冯玉祥、李德全等应邀参加。大家围坐在壁炉前面，凝神聆听周恩来分析西北战场和国内外的形势，整个客厅一片肃静。窗外寒冷异常，室内炉火正红，壁炉架上，摆放着重庆近郊农民送来的两株颗粒饱满的谷穗，金黄色穗粒在壁炉火焰的映照下，显得黄澄澄的，十分可爱。李德全指着谷穗大声赞叹："你们瞧，多么好看啊！这两株谷穗简直像金子铸成的一样！"宋庆龄笑着说："这比金子还要宝贵呢。中国人口百分之八十都是农民，如果年年五谷丰登，人民便可丰衣足食了。"周恩来双手抚弄着饱满的谷穗，意味深长地说："等到全国解放，人民坐了天下，一定要把这两株谷穗画到新中国的国徽上面去！"大家齐声赞同，并举杯祝愿新中国早日诞生。7年以后，这个美好愿望实现了。周恩来在中国人民政治协商会议全国委员会国徽审查会议上，提出国徽上应该有谷穗的图案，获得一致通过。

在中国人民艰苦卓绝的抗日战争中，宋庆龄同志"艰苦奋

战，如千丈巨岩，顶着一浪高似一浪的冲击，在狂风暴雨中巍然屹立"，为抗战胜利作出了独特而卓越的贡献。美国驻华大使高斯说："在重庆，除孙夫人外，没有任何中国人敢于公开揭露高压政策，即使含蓄地讲也不敢。"路易·艾黎等许多外国朋友都无比敬爱她，称她是一位"花朵般美丽、钢铁般坚强的中国革命妇女的杰出代表"，是"一朵永不凋谢的花"。在1945年重庆谈判期间，毛泽东多次与宋庆龄会面，对她与法西斯统治不懈斗争、维护国家和民族根本利益的革命气节，表示由衷的敬意。

【点评】

　　宋庆龄同志高度的爱国主义精神令人景仰。习近平总书记指出，"爱国，是人世间最深层、最持久的情感，是一个人立德之源、立功之本"。今天，我们要学习宋庆龄同志的爱国主义精神，培养爱国之情、砥砺强国之志、实践报国之行，锐意进取，自强不息，艰苦奋斗，顽强拼搏，为实现中华民族伟大复兴中国梦而努力奋斗。

供稿：叶介甫　丁　颖

吴玉章哭妻

20世纪50年代末,上海越剧院到中国人民大学演出《梁山伯与祝英台》。学校特意请出80岁的老校长吴玉章观看演出。演到"哭坟"一场时,工作人员不安起来,他们发现前排正中一直笑容可掬的老校长神情变了,只见他微微低下头,眼睛闪出泪花,进而泣不成声!吴老为什么哭呢?

原来,吴老触景生情,想到了已去世10多年的妻子——自始至终深爱的爱人游丙莲!

1946年,游丙莲重病已久,一再传书带信,盼望正在重庆的吴玉章回家相见。老妻已经70岁高龄,这一病,怕是要不好了。

可是这时中国内战阴云正浓,国共对峙一触即发,办事处工作人员正在安排紧急撤退,减少人员。吴玉章作为公开了身份的四川省委书记,正是需要坐镇指挥、应对一切的时候,又怎么能走得开呢?

为此,他一边命儿子回乡侍母,一面等待转机。

这一等,就等来老妻去世的噩耗。这让吴玉章极其痛苦。

在吴玉章看来，老妻对他恩义深重。

他18岁那年，娶了20岁的寒门女子游丙莲，一个旧式农家女儿，裹过脚，几乎不识字，但是两人却能互敬互爱，婚后3年多，育有一女一子，正合一个"好"字。

可是这样的生活只持续了6年多。为了谋求国家的出路，吴玉章不顾"妻贤子幼"，于1903年东渡日本，从此，他与妻子游丙莲开始了长达44年的分居生活。新媳妇变成了晚辈口中的"幺婆"（吴玉章排行最小，被称为幺公），少妇变成了老妪。

而吴玉章自己呢，虽说将妻子留在家乡，自己革命在外，但是他的身边始终未有他人，多年来颠沛流离，形同单身。所以他说："我是对得住我的妻子的。"

吴玉章之所以视游丙莲为婚姻的最后归宿，做到平生不二娶，他曾在《六十自述》中谈及三点理由。

"第一，是因为我既从事革命，不能顾及家庭。我有一儿一女，家里又穷，全仗她为我教养儿女。我在日本留学时，家曾断炊数日，终赖她勤俭得以使儿女长成。古人说'贫贱之交不可忘，糟糠之妻不下堂'，何忍负之?!"吴玉章几十年奔走革命，很少能顾及家庭，家中全赖游丙莲含辛茹苦，勤俭度日，免去了后顾之忧。因而，妻子对他，不仅夫妻情重，而且恩义难负。

在四川荣县的旧居里，至今仍然挂着两张游丙莲的照片。第一张全家合影，吴玉章西装革履，风华正茂，而她面对镜头略略侧坐，姿容秀丽，姿态娴雅，是吴玉章从日本归国返乡所照，时间在1911年左右。在第二张照片里两人凭几而坐，她微微佝偻，发式后梳，脸窄而长，两颊内陷，已然年华逝去，与

吴玉章与夫人游丙莲20世纪20年代的留影　　（重庆市委党史研究室　供图）

仍旧盛年的吴玉章坐在一起，显得并不般配，是20世纪20年代吴玉章回乡所照。也许在吴玉章的眼中，妻子的衰老正是她为家庭辛苦付出的证明，值得他尊重爱护。

而他的第二点原因是："乡里贫贱之人一到都市，或稍有地位，则狂嫖滥赌，抛弃妻子，另纳新人，往往使可怜的原配孤苦伶仃或饮恨而死，为世诟病。我为挽救此种恶风气，以免青年人受到家庭的阻碍而不让其远行，故以身作则，以塞顽固者之借口。到了我相信共产主义，并听到以共妻来诬蔑共产党以后，我更以共产党的道德，坚强我的操守，以打破敌人无稽的谰言。"这是多么质朴和真切的理由啊，正说明他的婚姻道德源于自觉的养成。

而第三点原因更令人感佩："真正要以共产主义打破人压迫人的制度，除了消灭财产私有而外，还有男子压迫女子、欺负

女子的问题。这是一个道德问题，这是数千年习惯的问题，不是空言解放女子、男女平等就可以转移风气，必须有一种坚忍不变、人所难能的毅力以移风易俗才会有效。我觉得我生在这新旧过渡时代，以我个人的苦痛来结束旧的道德，过渡到新的道德，使在我以后的人不至再受这种苦痛，就要建立共产主义的婚姻道德如马克思、列宁的婚姻道德一样，以解放今后世界的女子。"这是何等的道德教化意识！后辈女子读到此处，当为之叹服，继而起立鞠躬，深深感谢这位为妇女解放以身实践的老人。

所以，他一直觉得，自己婚姻是幸福的。自己的幸福，不在于世人所羡慕的"富贵双双到白头"，而是他和游丙莲尚健在，等到革命成功，可以家园团聚，乐享太平，"贫贱双双到白头"。他还很朴素地想："不敢妄自比拟马克思、列宁两大伟人的夫妇于万一，而夫妇同偕到老这一点是堪与同庆的。"

如今，革命尚未成功，自己还在，妻子已撒手人寰，夫妻却再不能偕老，他怎么不为之一哭，哭自己老年失侣，哭她付出的牺牲！

吴玉章在写给妻子的祭文——《哭吾妻游丙莲》中伤感地写道："40年来，中国的革命前途虽然走上光明，而迂回曲折，还有一段艰苦的路程。你既未能享受旧时代的幸福，又未能享受新时代的光荣。今别我而长逝，成了时代的牺牲品，怎能不令人伤心。"这话是说游丙莲，他自己又何尝不是如此！区别仅在于，他更自觉、更甘愿付出牺牲。鲁迅说，宁愿"自己背着因袭的重担，肩住黑暗的闸门，放他们到光明的地方去"，而吴玉章，让游丙莲活成了她想要的贤妻良母，是家庭中不可或缺的成员，终生受人尊敬。

作为父亲，他还为痛失爱母的女儿而哭。长女吴春兰，1898年出生，中年失夫，一个人抚育二儿四女，使六个孙辈得以成长，都参加了革命。所以他说她"受人欺凌，艰苦奋斗，不愧贤能"。更可贵的是这个女儿还常伴母亲左右，帮助操持家务，既慰母亲之孤苦伶仃，又安自己天涯海角之牵挂。而现在女儿失去了形影相依的母亲，怎能不为她一哭！

还有儿子吴震寰，这是吴玉章最看重的孩子，秉承了夫妻俩"勤苦耿介的天性和为人服务的精神"。这个孩子生于1900年，17岁就离开母亲，18岁赴法国勤工俭学，1930年在法国参加共产党。抗战爆发后归来参加祖国建设，用自己的水电技术为人民服务。现在，儿子因为忙于国家人民的事业，未能及早侍奉病弱之身的母亲，这怎能不使他抱憾！

他还为吴家失去一位宽和忠厚的长辈而哭。"我本是一个革命的家庭。我二哥因为倒袁世凯的二次革命失败，悲愤自缢而牺牲。我大哥因为大革命而牺牲。这种种不幸，犹赖你能安慰寡嫂、团结侄辈，使家庭和顺、生齿繁荣。你待人忠厚、做事谨慎，使亲友称誉，得到人人的欢心。你不愧为贤妻良母的典型。"在他的眼中，贤妻良母一般的她，正是革命家庭的基石，她个人的奉献，因此就有了更大的意义。吴玉章自己就是一个讲奉献的人，常常乐于出来收拾残局，干脏活累活。对于跟他有同样禀性的妻子，他怎能不敬之爱之、珍之重之呢？

然而，艰危的时局，紧张的局势，让他没有时间沉溺于失偶之痛。翻翻《吴玉章年谱》就知道，那段时间吴玉章要面临的工作是多么繁重，要应对的局面是多么复杂。在国共和谈已经破裂的时候，他要率领已经公开的四川省委在重庆坚持战斗，一边要安排撤退，一边要坚持工作，还要应付特务不时的

干扰，而他在同志们的眼中，是一面革命的旗帜、一面党的旗帜，只要有他在，大家就能安心。所以他说，"亲爱的丙莲，我们永别了！我不敢哭，我不能哭，我不愿哭"，"哭不能了事，哭无益于事"，"我何敢以儿女私情，松懈我救国救民的神圣责任"。于是，10月24日这天，在同志们眼中，他像往常一样忙着各种事务，没有人知道，他于怎样的心情中，无人处独自写下的哭妻书。

时过10年，这位失去伴侣的老人家终于当众大哭，流出了他当年不愿哭、不能哭的泪水。这使我们终于得以解释为什么看《梁山伯与祝英台》这出戏时，老人会如此的悲痛欲绝。也为我们解释了经历了这样的人间悲剧，吴玉章还能一如既往，坚守一个革命者担负的时代使命的理由。

【点评】

家风是中华文明的重要组成部分，建设良好家风是党的优良传统。习近平总书记指出："不论时代发生多大变化，不论生活格局发生多大变化，我们都要重视家庭建设，注重家庭、注重家教、注重家风。"今天，我们每一个党员干部都要学习和传承吴玉章等老一辈革命家的优良家风，注重家风建设，涵养家庭美德，修身律己，廉洁齐家，以良好家风促党风政风，带动形成良好社会风气。

供稿：简 奕

刘伯承：意志如钢的"军神"

"神威罕及惟关将，圣手能医说华佗"，凡是读过《三国演义》的人，都知道一代名将关羽刮骨疗毒的故事，关羽的意志力让人惊叹。但《三国演义》毕竟是文学作品，难免有虚构的成分。然而，伟大的无产阶级革命家、军事家刘伯承元帅，却在重庆留下了一段比"刮骨疗毒"更加惊人的真实故事，并因此被誉为"军神"。

1915年12月底，袁世凯公然宣布复辟帝制。为保卫辛亥革命成果，孙中山发表《讨袁宣言》，组织中华革命军，号召全国人民起来斗争。1916年初，刘伯承奉孙中山之命回到四川，组织武装起义。3月20日，为响应云南护国军入川，刘伯承指挥川东护国军第四支队在丰都与北洋军阀部队激战。敌军人数是护国军数倍，战斗进行得十分激烈。刘伯承奋勇当先，亲临第一线指挥。不幸的是，在攻打城门时，遭到敌人疯狂射击，刘伯承连中两弹，一颗擦过颅顶，另一颗击中右侧太阳穴，从右眼眶飞出，刘伯承当即昏倒在地……

当刘伯承从昏迷中苏醒，发现自己躺在死人堆里。他感到

身体难以动弹，又闭上了眼。天色渐渐暗下来，四周寂静无声。几位护国军士兵在乱尸中找到了他，抬进城里邮局内休息，又敷了些草药，进行了简单救治。

重庆北洋军阀当局在各地张贴榜文，悬赏捉拿刘伯承。刘伯承在涪陵隐蔽了一个多月。几经波折，等到对革命党人的清查逐渐松弛下来，他才秘密来到重庆治疗，藏匿在王尔常兄弟家。如此重伤，即使痊愈，也必然将留下终身残疾。有人好意劝刘伯承弃军从商，图个安定的生活。刘伯承昂然回答："道路既已择定，当百折而不回！"

由于早期没有得到很好的治疗，刘伯承的眼伤日益恶化，如果不尽快动手术剔除眼眶内的腐肉，后果难以想象。经过多方打听，他们在重庆临江门找到一家私人诊所。主持诊所的沃大夫，是一位曾经参加过第一次世界大战的德国军医，经验丰富，手术技术精湛。但这位医生很有个性，遇到伤病员畏痛呼喊，便十分鄙夷，甚至冷嘲热讽，让人下不了台。

经过仔细检查，沃大夫发现他的伤势十分严重。而眼眶这个位置，由于内部的血管、神经都非常复杂，手术中稍有不慎，就会发生意外。沃大夫经过深思熟虑，慎重提出了手术方案：先去除腐肉，施行全身麻醉，做好输血、输氧等急救准备；等眼部伤口愈合后，再安装假眼。

手术前一天下午，沃大夫来到病房。刘伯承问沃大夫："打了麻醉药，以后对大脑神经功能是否会带来不好的影响？"沃大夫沉吟不答。刘伯承明白了，经过深思，他恳切地向沃大夫提出："我以后还要工作，这次手术就不用麻醉了！"听了刘伯承的要求，这位见多识广的军医大吃一惊，连声嚷道："啊！不行！绝对不行！不麻醉？简直是异想天开！这种手术我是不敢做的。万一发生了意外怎么办？我的诊所以后还开不开？"

见医生不肯冒险，刘伯承再次坚定而恳切地说道："沃大夫，请您放心好了。不管发生什么意外，我不会要您承担任何责任。"

沃大夫仍然连连耸肩，摇头说道："真的吗？真叫人不可思议，不可思议！即使我敢做，你也受不了！"

刘伯承采用激将法，说道："敢不敢做，是看你有没有胆量；受不受得了，是看我能不能忍耐。让我们两个人来比赛一下，你们西方人受不了的，我们中国人未必受不了。"

沃大夫觉得，这个病人真有点无理取闹。这事太棘手了，不但关系到刘伯承的生命，也关系到诊所的声誉啊！好事不出门，坏事传千里，要是手术失败，在重庆还怎么立足？

正在僵持之际，刘伯承的三弟刘叔禹来看望他。刘伯承忙喊道："老三，你来得正好！你记住，这次沃大夫给我做眼睛手术，是我一再要求不用麻醉的。不管发生什么事，全部由我本人负责，与沃大夫没有任何关系。"刘叔禹点头答应了。沃大夫想了一想，作出了让步："刘先生，不全身麻醉，就局部麻醉吧。不然，你会痛得受不了的。"

"不用！一点都不用。"刘伯承的态度坚决得近乎于固执。沃大夫不知该说什么好，他长长叹了口气，对刘伯承说："究竟用不用麻醉，你我都再好好地想一想，好吗？"出于对沃大夫的尊重，刘伯承只得含糊地回答："好吧，再想想。"沃大夫走到病房门口，又回过头来招呼刘叔禹："先生，请你出来一下。"

过了很久，刘叔禹才回到病房。刘伯承一见他便迫不及待地问："老三，沃大夫怎么说？""大哥，我求求你，就听大夫的劝吧！就算是打麻药对脑神经有影响，但不打麻药的后果，你考虑过吗？万一出现意外，会要了你的命啊！"刘叔禹近乎恳求地说道。

"老三！你我同胞兄弟，难道还不了解我吗？"刘叔禹话音未落，就被刘伯承挡了回去，"你们的好心我是完全理解的，不用麻醉做手术当然痛苦，风险也很大。但是，用了麻醉药，对一个人的大脑神经总会有这样那样的影响。沃大夫自己也不敢否认。老三，你想过没有，要是我这次因为麻醉损伤了脑神经，失去了思维能力，成为一个废人，再不能报效国家——那活着还有什么意义？简直是生不如死嘛！"

刘伯承越说越激动，两鬓和鼻尖都冒出了汗珠。看到这一切，刘叔禹心里难过极了，他劝道："大哥，你不要生气……只是……那恐怕太痛了吧？你能挺得住吗？"

"俗话说得好，长痛不如短痛嘛！"说着，刘伯承斩钉截铁地吩咐，"老三，你去向沃大夫好好说说，请他千万不要给我用麻醉药。他如果一定要坚持，我只好转到别的地方去治疗了。"

对于从小一起长大的哥哥，刘叔禹实在是太了解了。只要是他下定的决心，任何力量也动摇不了。他只得顺从地去找沃大夫，原原本本地转达了刘伯承的要求。

沃大夫被刘伯承的决心打动了。手术前，他来到病房对刘伯承说："我从欧洲到亚洲，为白种人、黄种人做过成百上千例手术，像刘先生这样手术不用麻醉的，我还从来没遇到过。"听沃大夫的口气，他显然还有几分犹豫。

"沃大夫，那就请你在我这个中国人身上做一次试验吧！"刘伯承坦然地回应道。说完，便走进了手术室。

沃大夫换上手术服，拿起手术刀，小心翼翼地说："我先给你清除腐肉。"刘伯承点点头。沃大夫说着，在他眼部划了一刀。刘伯承猛然震动了一下，他感到剧烈疼痛，不由得狠狠地咬住了手帕，捏着床单的手上暴起了青筋。

"可以吗？"沃大夫担心地问。这时，他的心也不由得有些颤抖起来——他可从来没做过这样的手术啊！刘伯承微笑了一下，镇定地说："可以，你继续吧！"

沃大夫不禁开始佩服眼前这个年轻人。因为耽误了许多日子，他的伤口已经溃烂发炎，被擦伤的眼球必须摘除。沃大夫紧皱眉头，不敢有丝毫的闪失。时间一分一秒地过去，刘伯承紧紧地咬着手帕，捏紧床单，一声不吭，浑身汗如雨下；沃大夫的额头也沁出了又细又密的汗珠，他忍不住轻声地说："刘先生，如果难以忍受，可以叫出来，会好受点。"

气氛紧张到了极点。在场陪同刘伯承的亲友，都扭过头去不忍直视。刘伯承的双手死死地捏住手术台的木脚。他强忍着钻心的疼痛，牙关咬得紧紧的，汗水从额头、鼻梁和全身的每个毛孔里冒出来，透过身上的衣服，把铺在手术台上的垫子都浸湿了。在长达两三个小时的手术过程中，刘伯承硬是一声也没有吭。

手术终于顺利完成了。不知是疲劳还是紧张，沃大夫觉得自己差点虚脱了。他完全被这个年轻人所折服，露出了难得的笑容，这笑容里有欣慰，更有敬佩："刘先生，我真担心你会晕死过去！"

刘伯承带着疲惫的微笑说："怎么会呢？我一直在数你下了多少刀呢。"

沃大夫惊呆了："是吗？多少刀？"

"72刀。"

听完刘伯承的话，沃大夫失声叫道："上帝啊！您哪里是人，分明是一块会说话的钢板！"他激动得双手都有点颤抖，

油画：《军神》　　（刘伯承同志纪念馆　供图）

"佩服！佩服啊！我由衷地佩服刘先生的坚强意志和毅力！"

1978年，当时在手术现场陪伴的王尔常先生写下关于刘伯承元帅的回忆文章，对刘帅的英雄气概仍然叹服不已："昔华佗之疗关羽也，服以全身麻醉之'麻沸散'，仅施刀于臂耳。将军两次疗伤，余皆亲侍左右，目睹其沉雄坚毅，令西医瞠目，军国主义者咋舌，非超关羽千百倍乎？"

经过几个月的精心治疗，刘伯承的眼伤痊愈了。经过这段时间的相处，他和沃大夫成了相互信任的朋友。临别时，他坦率地把自己的真实身份告诉了大夫，毫不犹豫地再次踏上了新的征程。

刘伯承的气魄，彻底征服了沃大夫这位个性鲜明的德国军医。从此，他一有机会，便会向人提起这次难忘的经历，他用一种不容置疑的口吻说："这个刘伯承，不仅是个标准的军人，而且简直可以说是个军神！"

【点评】

  一个真正的共产党人,一个有信仰的人,必然是一个具有坚强意志力的人。习近平总书记指出,我们现在所处的,是一个船到中流浪更急、人到半山路更陡的时候。只要我们保持坚定理想信念和坚强革命意志,就能把一个个坎都迈过去。今天,我们要学习刘伯承同志为了实现革命理想坚定刚毅、勇于战胜一切困难的伟大精神,磨炼钢铁般的意志,克服一切内外困难,向着"两个一百年"奋斗目标、向着中华民族伟大复兴中国梦不断迈进。

供稿:付世权 丁 颖

刘伯承：彝海结盟

1935年春，中央红军渡过金沙江，暂时摆脱了蒋介石重兵的围追堵截，达到了北渡长江，进入四川境内的战略目的。但是，还未能实现与红四方面军会师，而要到川西北，或川陕甘去创造新苏区，找到一个落脚点，还需要战胜许许多多的困难，而当时的首要困难就是必须迅速飞越天险大渡河。

1935年5月20日，刘伯承、聂荣臻率领红军先遣队来到了四川泸沽，当时尾追红军的国民党军队，已进至金沙江一带，

彝海结盟纪念碑（刘伯承同志纪念馆 供图）

而前头截击的国民党军队，则正在向大渡河急进。如果红军不能迅速抢占大渡河，势必被迫向西转入更为艰苦困难的川康交界地区。此时，从泸沽去往大渡河共有两条路，一条是经小相岭、越西、大树堡通往雅安的大道，但这条路已有川军刘文辉重兵把守；另一条则是经冕宁、大桥、拖乌到安顺场的山路，不但崎岖难走，更重要的是还要通过被当时汉人视为险地的彝族聚居区。

在当时由于生产力落后，这个民族还处于奴隶社会状态。再加上历代统治者的民族压迫政策，以及对他们军事上的征剿和抢掠，让彝族人民对汉人充满了猜忌和敌意。所以，他们特别反对汉人的"官兵"入境。

不过，刘伯承早年曾到过川西一带，对当地的地理风俗人情还是比较熟悉的。先遣队到达泸沽后，他就跟聂荣臻商量："走大路正遇敌军，不易得手，是否建议军委改走小道？但要过彝民区，他们对汉人疑忌很深，得好好做工作。"对于刘伯承的建议，聂荣臻首先表示赞同，他说："彝族兄弟总比刘文辉他们好说话吧。"刘伯承点点头，慢慢回答道："只要动之以情，晓之以理，我想彝族兄弟会给我们借路的。"

在刘伯承和聂荣臻的建议下，1935年5月21日，工农红军总司令朱德向全军发布了改道的命令，并指示刘伯承、聂荣臻：务必尽快控制安顺场渡口。这也就意味着刘伯承、聂荣臻必须带领着先遣队迅速通过彝民区，并在国民党之前，抢占大渡河。

然而，在刘伯承眼里，彝族兄弟虽然比国民党刘文辉的军队好说话，但是要顺利通过彝民区，却仍然是一次吉凶莫测的"旅程"。出发前，刘伯承特意将战士们召集到一起，叮嘱道：

"今天我们要借道彝民区，彝人对汉人疑忌很深，语言又不通，他们会射箭打枪，但他们不是奉蒋介石的命令，他们和国民党军队不是一回事。所以，我们要严格执行党的民族政策，争取和平通过彝民区。没有聂政委和我的命令，谁也不许开枪。"

初夏的川西南山区，天气变化莫测。时而骄阳当空，时而大雨倾盆，苍茫如海的山路崎岖难行。5月22日，刘伯承和聂荣臻终于率领先遣队的战士们来到了大桥镇。前方就是彝民区了，部队继续往前开进。可先遣队前卫连刚走到喇嘛房，就被手持棍棒、长矛、弓箭、土枪等各种武器的彝民堵住了去路。

彝民们"呜呼""呜呼"地吆喝着，人越来越多。见局面混乱，红军工作团的冯文彬赶紧带着通司（当地意为"翻译"）上去答话。一个小头目说："娃娃们要点钱让你们通过。"冯文彬问："要多少？"彝人头目说要200块。幸好冯文彬早有准备，他立即拿出了200块银元。彝人收了钱，便一哄而散。前卫连赶紧继续前行，正当战士们以为留下了买路钱便能顺利通过彝民区的时候，又一群彝民将他们拦了下来。说刚才给的是罗洪家的，我们是沽基家。没有办法，为了继续往前走，冯文彬只得又拿出200块银元。然而，就在双方交涉之际，走在队伍前方担任开路任务的工兵连竟光着身子跑了回来。原来，他们在前面遇到一大群彝族汉子，彝人一哄而上，不但缴了他们的枪械，还动手剥了他们的衣服。可是，因为临行前司令员曾交代过：没有首长的允许，绝不能回击。所以，受了屈辱的战士们也只得将火气硬憋了回去，没有跟彝人起冲突。

刘伯承听说后，对工兵连的战士们十分赞赏。因为，只要有一两个人动手打斗开枪，打死打伤一个半个彝族人，那就不得了，就会棋失一着，全盘皆输。哪怕仅仅为此而耽误一天半天，整个红军的计划就可能告吹。

面对这样的情况，部队若还要继续往前走，肯定还会遇到更大的问题。所以，刘伯承赶紧命令先遣队停止前进，并派出了肖华、冯文彬等出面宣传民族政策：红军来此，只是借道过路，决不住宿。希望彝族同胞能够同红军联合起来，打倒汉官，打倒压迫人民的汉人财主，分财主的衣服粮食。经过一阵攀谈之后，没想到肖华他们的宣传倒真把这些彝人说动了，一个小头目说："我去叫我爷爷来。"

不一会儿，来了一个高大的中年汉子，打着赤膊，围了块麻布，披头散发的，脚上也没有穿鞋。来人自我介绍，说他是沽基部落首领小叶丹的四叔。肖华按刘伯承事先交待，同小叶丹的四叔进行了谈判。肖华告诉他，红军刘司令率大批人马北征，在此借路北上，愿与彝民首领结为兄弟。终于，小叶丹四叔被肖华说动了心，双方约定了结盟地点。为了表示诚意，临别时肖华又送他一把手枪和几支步枪，这下小叶丹四叔更高兴了。要知道，在彝族地区，枪不仅代表着身份与地位，更能保护自己的族人不受伤害。所以，对于彝民而言，枪可比什么都重要。

没过多久，沽基部落首领小叶丹便在他四叔陪同下，来到了约定的地方——小山谷的彝家海子边。只见小叶丹人长得是高大英俊，仪表堂堂。早已等候在此的刘伯承见小叶丹到了，便迈开大步迎了上去。小叶丹见来者身材魁伟，气度不凡，身后又跟着几名士兵，知道是红军司令，忙着就要叩头行礼。刘伯承赶紧上前将其扶住。虽然这只是一个细微的动作，但却顿时让小叶丹对刘伯承有了几分亲近之感。

两人越谈越投缘，越说越高兴。到后来，小叶丹兴奋得马

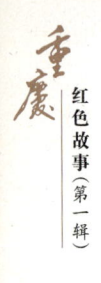

上就要和刘伯承喝血酒结拜。当他们将新鲜的鸡血分别滴入两个盛着彝海水的瓷盅后，小叶丹一定要让刘伯承先喝。

刘伯承深知按照彝人的风俗，先喝者为大哥，兄弟应该服从大哥。于是，刘伯承高兴地端起瓷盅，大声地发出誓言："上有天，下有地，今天我同沽基小叶丹在彝海子边结为兄弟，如有反复，天诛地灭！"说完，一口喝下了血酒。

"好！"沽基小叶丹笑着大喊了一声，也跟着端起瓷盅大声说道，"我小叶丹同刘司令结为兄弟，愿同生死，如不守约，同这鸡一样地死去！"说完也一饮而尽。结盟仪式之后，小叶丹将自己骑的大黑骡送给了刘伯承，而刘伯承也当即解下腰间的手枪送给了小叶丹。

小叶丹说，自己从未见过这么好的汉人，特别是像刘伯承这样的大人物，如此诚恳友好，谦和坦率，让他深受感动。他说也要跟着刘伯承一起闹革命，沽基家整个部落都要闹革命。于是，刘伯承批准小叶丹成立"中国夷（彝）民红军沽鸡（沽基）支队"，并代表红军将一面书写着"中国夷（彝）民红军沽鸡（沽基）支队"的红旗授予小叶丹，任命他为支队长。

第二天，红军先遣队再次进入彝民区。小叶丹随着前卫连走在最前面，一直把先遣队送过了自己的管辖地界。沿途山上山下，到处是成群结队的彝人，不断地发出"啊吼""啊吼"的呼喊声。但是，这一次却不再像前一天那样怒目相待，而是笑逐颜开地欢迎和欢送。义字当先的彝民好兄弟小叶丹，一直忠实地执行着刘伯承的嘱托，在红军后续部队通过彝民区的7天7夜里，他奔前跑后，确保了部队畅通无阻。

【点评】

　　"彝海结盟"成为了历史传奇。习近平总书记指出,把民族团结进步事业作为基础性事业抓紧抓好,促进各民族像石榴籽一样紧紧拥抱在一起。今天,我们要以刘伯承同志等老一辈无产阶级革命家为榜样,模范执行党的民族政策,大力促进民族团结进步,推动中华民族走向包容性更强、凝聚力更大的命运共同体。

供稿:付世权

贺龙：不拘一格聚贤才

"听说你原来的名字不叫蒋医民？"

"我看不惯国民党当官的，开了诊所以后，就把原来的名字蒋俊儒改成蒋医民了，要为民治病。"

"共产党、解放军的官和国民党的官不一样，他们都是群众的一员呢！"

经过一番动员，曾在南京国民党中央医院任眼科主任的蒋医民最终来到了第七军医大学（本文简称"七军医大"）工作，而成功对他进行动员的人则是大名鼎鼎的共和国元帅——贺龙。

1950年秋，西南军区部队中伤病员大量增加。在此情况下，贺龙等西南军政委员会领导在财政非常困难的情况下决定创建第七军医大学，即第三军医大学的前身。

创建军医大学，光有校舍可不行，还得有一批高质量的医学专业人才。因此，就在校舍兴建的同时，时任西南军政委员会副主席的贺龙指示西南军区卫生部部长周长庚等人，要他们带人在全军和重庆、成都等地物色人选。当时，重庆、成都两地算得上是人才济济，而且有真才实学、医术高超者确实不少，许多人开着私人诊所，但他们对刚刚进城的共产党和人民解放军还不甚了解，对到七军医大工作犹豫不决。

有一位著名的眼科医生叫蒋俊儒，曾在南京国民党中央医院任眼科主任，上海医学院也曾慕名聘请他担任兼职副教授。抗日战争时期，他随中央医院内迁重庆，此后就留在了重庆，并改名为蒋医民，开了一个"蒋医民诊所"。有段时间，贺龙的眼睛常常无法控制地流泪，但一时又查不出病因，便派人慕名去请蒋医民。蒋医民听说是给西南军区司令员看病，心里有点犯怵。然而当贺龙亲自出门相迎并热情奉茶后，蒋医民深切感受到共产党和国民党截然不同的官员作风。他为贺龙检查后，对贺龙身边的人说需要动个小手术，但他怕贺龙痛起来会发脾气。贺龙听到后笑着说："治眼不就是捅那么一下嘛！还能比子弹厉害吗？一个军人身上不钻几个枪眼儿都不算军人。"听完贺龙的话，蒋医民的顾虑即刻消失，贺龙的眼病手术也顺利完成。后来在贺龙的真诚邀请和动员下，蒋医民加入了七军医大。

当年，"咸临诊所"主治医生宁誉，早年毕业于上海同济大学，留学德国后归国，任同济大学医学院院长兼教授，在全国医学界名望很高，被誉为第一流的皮肤科专家。贺龙得知后立即让西南军区卫生部副部长张步峰和李幼轩登门拜访，动员宁誉到七军医大工作。宁誉提了三点要求：一是不参加军队正在搞的"三反"运动的政治学习；二是希望学校能分配一栋房子，如果没有房子，就希望上下班有车接送；三是希望每天供应他一磅牛奶。贺龙听后，握着烟斗的手一抬说道："我们在搞'三反'运动，他不参加也不必强求，可以把书和学习材料发给他，由他自愿好了。房子和汽车，人家自己原来就有的，到七

军医大来,当然要给人家解决。牛奶,现在重庆供应困难,但你们七军医大要想法子保证供应。薪金,他要多少给多少,就等于我们把他的诊所包下来,包他一辈子。"后经贺龙批准,七军医大拨出专款为宁誉盖了一栋小楼房。竣工之前,贺龙还专门拨了一辆吉普车,接送宁誉上下课,薪金为每月364万元(旧币)。此外,学校还派专人照顾他。宁誉全家很是感动,到七军医大就职后,他便全身心地投入到教学科研工作中去了。

此外,在延揽人才方面,贺龙还强调充分发挥原国民党医疗机构医护人员的医疗专长。原国民党四川省卫生处处长董秉奇,1924年从湘雅医学专门学校预科毕业,后在美国哈佛大学学习,获医学博士学位,并在纽约的两家医院进修,他还曾担任北京协和医院外科主任,被誉为当时"中国外科第一把刀"。国民党政府撤离成都时,派人送给他一封带有3个"X"的紧急信件和飞机票,要他赶快去台湾,但他没去。贺龙听说后,吩咐相关人员立即接董秉奇到重庆,请他对七军医大的创建出主意。那时,正值抗美援朝期间,有些人一听说董秉奇是从美国回来的,历史情况很复杂,就有意见:"这样的人怎么能用呢?"贺龙对这些人说:"建设国家需要人才嘛,不能靠咱们山沟里那一套了,要发挥别人一技之长。全国解放了,我们的思想也要解放,眼睛要解放,不要只看到鼻子尖,要看远些!""董秉奇不去台湾,愿意为新中国服务,就应该竭诚欢迎。"当贺龙迁往重庆办公时,指示西南军区卫生部第一副部长祁开仁等把董秉奇带到重庆,安排在西南军政委员会卫生部当顾问。七军医大成立时,经贺龙提议,任命董秉奇为第一副校长,同时给董秉奇派了一名警卫员,配备一辆专车,送给他一支银色美制象牙柄左轮手枪。贺龙还几次登门看望他,勉励他努力改造世界观，树立为人民服务的思想，为新中国多培养一些外科人才。

贺龙对七军医大的人才队伍百般爱护，对师生的工作和学习格外关心，几乎同每一位教授都谈过话。他诚恳地对这些教授说："你们要敞开思想，对教学和其他工作有什么意见，随便讲，我们随时改进。生活上有什么困难，也尽管提出来，能解决的，咱们尽量解决。"为了让教授们更加安心工作，根据贺龙的指示，七军医大在半年左右的时间内盖了一些两层高的教授楼，解决了教授们的住房问题。贺龙还特别叮嘱七军医大为教授们多买些图书和参考资料，并设法买些外文书籍。此外，为使七军医大的教授和工作人员安心工作，贺龙还指示，西南军区有关部门开办的八一小学和人民小学，要接收教授和工作人员的子女入学，接受良好教育。贺龙经常对七军医大的校领导说："你们对待教授，政治上要从严，生活待遇要从宽。在政治上从严是要知道人家经常在想些什么，要从思想上和实际上解决这些问题。逢年过节，你们要宴请教授和技术人员，而且要丰盛；学校开会，要请教授们坐第一排；

第七军医大学运动会　　（陆军军医大学党委宣传部　供图）

看戏、看电影，要给教授们发最好的票，带夫人一起去看。不要看这是小事，这其实也是思想政治工作。""对于高级知识分子，要团结好他们，让他们留恋这里，把学校当成自己的家。"

教授们的思想觉悟也都很高，没有一个人提出过高的要求。他们说："贺老总这样尊重我们，我们从他身上看到了共产党的知识分子政策，就算收入比开业少些，我们也愿意为新中国服务。"由于贺龙对知识分子和人才的特别尊重和关照，使得许多起初不愿意穿军装、不愿在重庆工作的教授，最后都主动要求穿军装，留在了重庆。还有许多教授如赵东海、蒋医民、王世闻等先后加入中国共产党。第七军医大学也成为执行党的知识分子和人才政策的优秀典型。

【点评】

习近平总书记曾提出四句话的人才观："寻觅人才求贤若渴，发现人才如获至宝，举荐人才不拘一格，使用人才各尽其能。"这也正是贺龙元帅对待人才的真实写照。今天，各级党委和政府也要像贺龙等老一辈无产阶级革命家那样，从心底里尊重知识、尊重人才，为人才发挥聪明才智创造良好条件，使各方面人才各得其所、尽展其长。

供稿：俞荣新

聂荣臻：搞不出"两弹"死不瞑目

1961年8月20日，时任国务院副总理、国防科委主任的聂荣臻元帅签发了一份重要文件，这份文件直接送到了毛主席的办公桌上，同时还抄送给了刘少奇、周恩来、林彪、邓小平、贺龙、罗瑞卿。毛主席等中央领导看过这份文件后都圈阅表示同意。究竟是什么文件如此重要？

事情还得从1956年说起。1956年11月16日，聂荣臻出任国务院副总理，分管自然科学、国防工业、国防科研工作。他又陆续兼任了国防科委和国家科委主任、中共中央军事委员会副主席，分管尖端武器研制工作。按照当年年初制定的《1956—1967年科学技术发展远景规划纲要（草案）》提出的开展原子弹、导弹的研制工作规划，负责国防科技工作的聂荣臻成为了中国"两弹"研制工作的直接领导者。

聂荣臻提出，发展新中国的科技事业必须"以自力更生为主，力争外援和利用资本主义国家已有的科学成果"。为争取外援，1957年9月，聂荣臻率团访问苏联。经过35天的谈判，聂荣臻代表中国政府，在莫斯科和苏联签订了《中苏国防新技术

协定》。按照协定，中国的导弹、核武器研制的起步工作得到了苏联一定的援助。然而好景不长，1959年6月，苏联单方撕毁协定，拒绝向中国提供原子弹样品和生产原子弹的技术资料。一年后，苏联撤走了援华专家，并停止一切设备和资料的供应。此时，我国正处于三年困难时期。在这内外交困的情况下，对原子弹、导弹的研制是继续"上马"还是"下马"的问题，有关部门产生了严重分歧。

1961年夏天，事关"两弹"生死的国防工业委员工作会议在北戴河召开。会上，许多主张"下马"的同志认为当前时期搞一下常规武器就行了。但聂荣臻认为，"两弹"一旦"下马"，人才设备便会大量流失，尖端科技事业将推迟若干年。于是，他坚决主张"两弹"持续攻关，并因此得罪了不少人。秘书范济生十分关心地对聂帅说："您身体不好，事情那么多，又有那么多非议，您还是辞掉这副担子吧！"听到这句话，被毛主席称为"厚道人"的聂荣臻火了："糊涂！遇到这么点困难，听到这么点议论，就想退缩？要干点事历来就没那么容易的！"停了停，他又斩钉截铁地说："搞不出'两弹'，我死不瞑目！"

1961年8月20日，聂荣臻签发了《导弹、原子弹应坚持攻关的报告》，也就是开头提到的那份重要文件。报告中说："只要集中力量，缩短战线，突出重点，争取三五年或更长一些时间研制出中程、远程的地地导弹，爆炸初级的原子弹和能装在导弹上的比较高级的原子弹是可能的。"这不仅是一份报告，更是一张"军令状"，是聂荣臻给党中央和毛主席的庄严承诺。这份报告成为了毛泽东等中央领导的"定心丸"，他们均圈阅并同意了这份报告。从此，"两弹"研制工作得以继续开展，并走向了完全独立自主的艰难攻关历程。

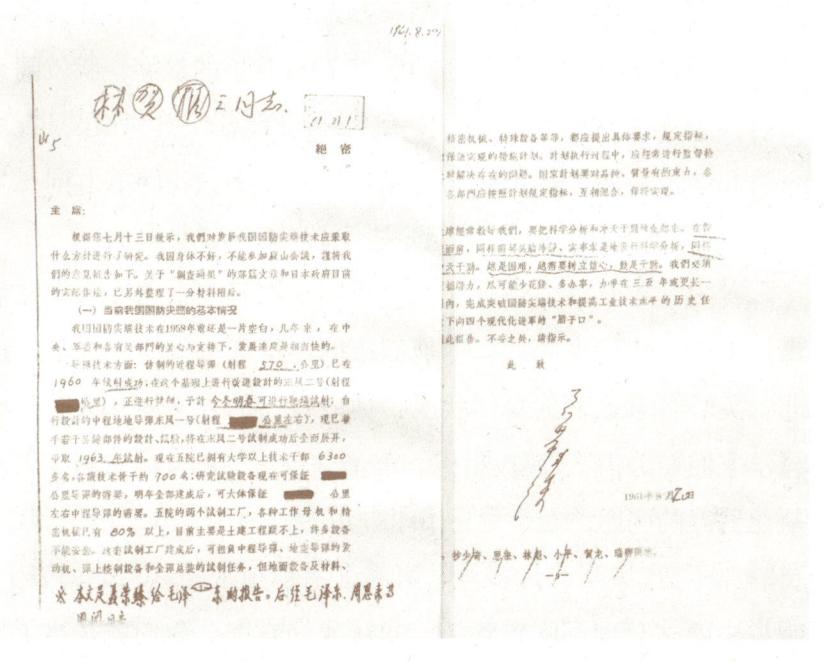

聂荣臻签发的《导弹、原子弹应坚持攻关的报告》　　（聂荣臻元帅陈列馆　供图）

在"两弹"研制过程中，聂荣臻给科技工作者以极大的信任，并提供了制度、生活上的保障。钱三强曾回忆说："记得他不止一次说过，你们尽管放手工作，我来做你们的后勤部长。"

那个年代，许多人迷信苏联专家，对自己本国的科学家却是既怀疑他们的能力，又怀疑他们的忠诚。而聂荣臻一贯坚持"两个相信"：一是相信中国人的聪明才智不比外国人差；二是相信知识分子绝大多数是爱国的，他们会为国家安全、民族荣誉竭尽全力。1960年11月5日，我国进行首次导弹发射试验。导弹准备发射前，工作人员发现导弹的弹体往里瘪进去。钱学森赶往现场仔细察看，随后他判断认为：这是内外压力差过大导致的，弹体结构并未损伤，点火后弹体内压力升高，弹体会恢复原状。于是，他认为可以照常进行发射。按照当时的规

定，导弹发射需要钱学森、酒泉基地司令员、参谋长3人签字同意。聂荣臻知道这一情况后说："有钱院长的签字，我就同意发射，因为这是技术问题，技术上钱学森说了算。如果只有司令员和参谋长两人签字而没有钱院长的签字，我倒不敢同意发射。"第二天导弹发射成功，证实了钱学森所说是对的。

我国三年经济困难时期，由于严重缺乏副食品，科学家们患上了夜盲症、浮肿病，但他们依旧加班加点搞研究。聂荣臻非常关心科学家们的身体状况，他以自己的名义向几大军区为科学家们"募捐"，调拨猪肉、鸡蛋、黄豆等副食品来解决大家缺乏营养的问题。聂荣臻还下了一道特别命令："领导、行政人员一律不分。"当时许多科学家满含泪水前来领取，他们表示：听说主席、总理都吃白菜汤，却让我们吃肉，我们就是拼了老命，也要搞出"两弹"来啊！

为科技工作者提供制度保障是聂荣臻更重要的一项工作。部分知识分子由于家庭出身、社会关系、海外关系等问题，往往被扣上资本主义知识分子的帽子，不能从事机密科研工作，严重干扰了科研工作的正常开展。1961年，聂荣臻开展大范围调研，领导制定了被邓小平誉为"科学工作宪法"的《科学工作十四条》，重点解决了科研工作的根本任务、知识分子红的标准及红与专的关系、党如何领导科研工作3个问题。1962年，全国科学技术工作会在聂荣臻主持下召开，聂荣臻请周恩来、陈毅到会讲话，给知识分子"脱帽加冕"，即脱掉资产阶级知识分子之帽、加上劳动人民知识分子之冕。这次会议解决了知识分子的阶级属性问题，卸下了他们心头的一个"大包袱"，营造了良好的科研氛围。

各方面保障到位，原子弹研制工作也进行得非常顺利。在聂荣臻立下"军令状"的第三年,也就是1964年10月16日下午3时,中国第一颗原子弹在罗布泊成功爆炸。聂荣臻第一时间将消息报告给了周总理。当晚,周总理在人民大会堂向《东方红》剧组演职人员宣布了这个好消息,中央人民广播电台和《人民日报号外》也随即发布了这一消息。工作人员到天安门广场抢来一张《号外》,头版头条是一排红色大字:"中国第一颗原子弹爆炸成功"。聂荣臻看着《号外》高兴地说:"这张《号外》留下,留作纪念!"

中国第一颗原子弹的成功爆炸让中国人民欢呼雀跃,可西方对此却不屑一顾。因为这颗原子弹是固定在高102米的铁塔上,以塔爆的方式来进行试验的。有的西方记者说中国是"有弹没枪",根本打不到别国的土地上。西方所说的"枪"其实就是导弹,原子弹必须与导弹结合,才能够真正成为具有强大作战威力的武器。但他们不知道,在第一颗原子弹爆炸3个月前,中国就有了自己的中近程弹道导弹,接下来要做的就是"两弹结合"实验。

1966年10月,经过精心筹备,我国决定进行第一次核导弹试验,聂荣臻亲赴发射场主持试验。苏联曾于1960年进行了一次常规导弹发射试验,发射准备阶段遇到突发故障,导弹瞬间爆炸,导致在场的涅杰林元帅和160余名科技人员全部遇难。而我国这次进行的是核导弹试验,其危险性更大。"两弹"对接、通电是整个试验最危险的环节,人们劝聂帅到掩蔽部去,他却拿把椅子坐下,说:"你们不怕危险,我有什么可怕的!你们什么时候对接、通电完,我就什么时候离开。"10月27日上午9时,我国第一枚核导弹发射升空,经过9分14秒的飞行,精确命中目标,在预定高度成功爆炸。人们再次振奋了!这次

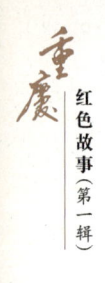

试验也标志着我国有了可以用于实战的导弹核武器，我国战略导弹部队——第二炮兵部队也随之建立。

此后，在聂荣臻的领导下，我国又相继研制成功氢弹，发射东方红一号卫星，使中国人民在世界上挺直了腰杆。正如邓小平所讲："如果60年代以来中国没有原子弹、氢弹，没有发射卫星，中国就不能叫有重要影响的大国，就没有现在这样的国际地位。这些东西反映一个民族的能力，也是一个民族、一个国家兴旺发达的标志。"

1984年，钱学森回忆聂帅领导科技工作时说："统筹兼顾，全面调度，充分发挥了科学技术人员的聪明才干，研制工作取得了迅速的进展……我们科学技术人员在今天回顾往事，都十分怀念那个时代，称之为中国科学技术的'黄金时代'，也十分尊敬和爱戴我们的领导人——聂老总。"

【点评】

聂荣臻同志领导科技工作者们排除万难，成功研制出"两弹一星"，并把"热爱祖国、无私奉献、自力更生、艰苦奋斗、大力协同、勇于攀登"的"两弹一星"精神永久地镌刻在中国大地上。习近平总书记指出，"两弹一星"精神激励和鼓舞了几代人，是中华民族的宝贵精神财富。今天，我们要继承聂荣臻等老一辈革命家的优良作风和崇高品格，大力发扬"两弹一星"精神，扎根本职工作，追求卓越，报效祖国和人民，为实现中华民族伟大复兴的中国梦而不懈奋斗。

供稿：何 磊

聂帅救孤

1999年12月18日，重庆市隆重举行纪念聂荣臻元帅诞辰100周年系列活动，元帅的故乡江津市与日本的都城市结为友好城市。一位60多岁的日本女士，激动地说："聂荣臻元帅在战火中把我救了下来，我能够活到今天，完全是元帅给了我生命。我现在生活得非常幸福。正是江津培育了元帅这样优秀的人才，才有我的再生。"

她叫美穗子，是聂荣臻元帅从硝烟战火中救出的日本孤女。

故事还得从50多年前的抗日战争说起……

1940年8月20日，百团大战激战正酣，晋察冀军区在聂荣臻司令员指挥下，破击正太铁路。当天晚上，八路军攻入正太路井陉煤矿，煤矿火车站副站长加藤清利及妻子在交战中身亡，留下两个弱小的女儿。大女儿扑在死去的父母身上，绝望地哭喊着。炮火还在继续，孩子身边都是燃烧的瓦砾。八路军战士见孩子危在旦夕，顾不得多想，冒着生命危险把两个小姑娘抢救出来。如果是中国女孩，好办，交给老乡就行；可这是两个日本小姑娘，部队没有碰到过这种情况。怎么办？

前线部队打电话到晋察冀军区司令部请示。聂荣臻听到报告后说:"部队的同志做得好。我们实行革命人道主义,对放下武器的俘虏,八路军还要以礼相待,何况是孩子!立即把小孩送到指挥所来。"他似乎还不放心,又说了一句:"要快!注意安全。"放下电话,聂荣臻心潮难平。他身经百战,耳闻目睹了多少红军和八路军官兵抢救孤儿的事,可这次抢救的,却是侵略者的遗孤。

两个日本孩子由一个民兵用箩筐挑着送到了前线指挥所。大一点的孩子约有五六岁,剪着短发,穿着长条花纹衣裳,显得清秀可爱。小的还在襁褓中,不满周岁,穿的也是小花衣,不幸的是,她的脚部被炸伤,伤势很重,前方的医务人员已经对她进行了抢救和治疗,使她暂时脱离了危险。

聂荣臻走近箩筐,蹲下来亲切地抚摸着两个孩子。参谋长聂鹤亭和一群工作人员也围上来,静静地看着司令员与两个孩子默默交流。他们都知道,司令员特别喜欢孩子,只要有空,都会逗逗老百姓家的孩子。他们也知道,司令员的独生女儿聂力,已经失散多年没有音讯了。

孩子的伤口包扎得很好,安详地睡着了。聂荣臻首先抱起那个受伤的婴儿,嘱咐医生和警卫员,好好护理这个孩子,看看附近村里有没有正在哺乳的妇女,赶快给孩子喂喂奶。

聂荣臻问送孩子来的民兵:"孩子来之前,在你们那儿是怎样安排饮食的?"来人回答:"我们分区政治部的袁心纯副主任规定,按团职干部负重伤的伙食标准特别照顾,供给奶粉、罐头、白糖、水果。""嗯,你们做得对!"聂荣臻满意地点了点头。

然后,他又俯下身问大点的孩子叫什么名字。小姑娘不懂中国话，又刚刚失去了父母，面对这么多陌生人，她十分害怕，一句话也说不出来。见孩子受到了惊吓，聂荣臻没有再说什么，叫人找了几个当地特产的雪花梨，亲手递给小姑娘。小姑娘不肯接，聂荣臻想了一下，亲自用水将梨冲洗干净，小姑娘才接了过去吃起来。她确实很饿，眼前这个陌生的叔叔，举止十分和善，使她惊魂稍定。

聂荣臻让炊事员做了一盆稀饭，他把大一点的小姑娘抱在怀里，用小勺喂她。慢慢地，小姑娘不再拘束。聂荣臻问她叫什么名字，她"嗯嗯"地回答着。翻译在旁边听懂了，说："她说叫'兴子'。"

在指挥所的日子里，聂荣臻走到哪里，兴子就拉着他的衣角，寸步不离跟到哪里。

战争不断推进，前线指挥所无法长期养育这对日本孤儿。聂荣臻一直在琢磨，孩子是无辜的，要很好地安置她们，无非两种选择：或是把她们养起来，或是把她们送回去。聂荣臻很想把她们养起来，但战事频繁，整天东奔西走，边区环境太艰苦，照顾两个孤苦伶仃的孩子有不少困难。尤其是大一点的兴子已经懂事，把她们留在异国的土地上，将来也许会给她们造成痛苦和隔阂。渐渐地，聂荣臻倾向把她们送回去。虽然父母已经不在了，但她们日本老家总会有亲戚朋友照应吧……

聂荣臻最终决定，把姐妹俩送往石家庄的日本兵营，回到她们熟悉的环境中去，以便将来回归她们的祖国。

聂荣臻亲笔给石家庄日本驻军指挥官写了一封信，历数日军暴行，号召日军官兵与中国人民一起，共同反对侵略战争："日阀横暴，侵我中华，战争延绵于兹四年矣。中日两国人民死伤残废者不知凡几，辗转流离者又不知凡几。此种惨痛事件，

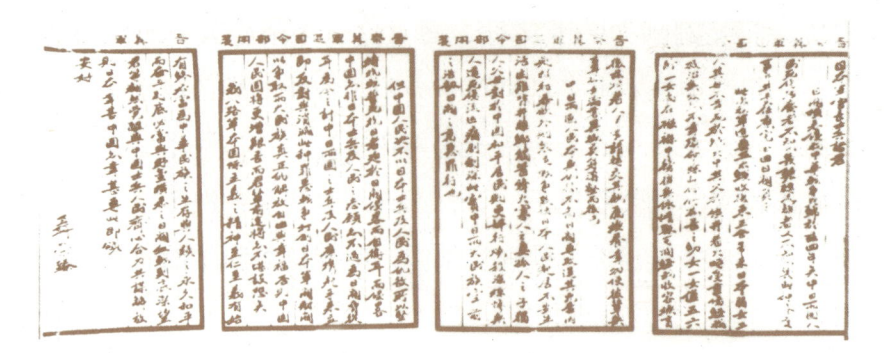

聂荣臻致日军首领的亲笔信　　　　　　　　　　（聂荣臻元帅陈列馆　供图）

其责任应完全由日阀负之……但中国人民决不以日本士兵及人民为仇敌……我八路军本国际主义之精神，至仁至义，有始有终，必当为中华民族之生存与人类之永久和平而奋斗到底，必当与野蛮横暴之日阀血战到底。"

信写好了，聂荣臻让警卫员去找一名可靠的老乡承担护送任务，又精心挑选了一副柳条筐挑子。挑子虽然简陋，但翻山越岭，不会颠簸。听说司令员要把"兴子"姐妹送回去，大家都有些舍不得，担心孩子在半路上饥饿啼哭，专门为她们准备了糖果和食品。

两个孩子要上路了。聂荣臻抱起兴子，在她红嫩的脸蛋上亲了一口，又依依不舍地把妹妹抱起来，摸摸头，小心地放进柳条筐里，转身嘱咐护送的老乡，箩筐要挑平衡，路上千万注意安全。同时又让警卫员拿来10多个梨子，亲自放在箩筐四周，让兴子在路上随便吃。他刚直起身子要跟孩子道别，小兴子却忽然抓住他的裤腿，"哇——"的一声大哭起来。大家的眼圈都红了。这时候，摄影师沙飞恰巧从前方回到指挥所，他被眼前的场面深深地打动，立刻拍摄下一组照片，留下了珍贵的历史记录。

一切都准备好了，聂荣臻拍拍老乡的肩膀说："老乡，请把这两个孩子送回去吧。"说完，又把自己的亲笔信交给他。信没有封口，便于沿途关卡的敌人检查时阅看。孩子走远了，聂荣臻久久地望着他们离去的方向。

在那场野蛮的侵略战争中，日本法西斯不知残杀了多少无辜的中国儿童；而现在，这两个日本孩子却受到周全的照料，被平安地送回亲人身边。这是何等鲜明的对比啊！

几天后，老乡回来复命，两个孩子已经安全送到日军营地，并且带回石家庄日军的一封感谢信。聂荣臻心里踏实了一些，继续投入到繁忙的战斗中去了。

光阴似箭，近40年过去了。1978年8月，中国和日本签署了和平友好条约。年届八旬的聂荣臻元帅撰写回忆录时，深情地对女儿聂力说："这些年来，每逢想起这件事，我还常为两个日本孩子担心，烽烟四起，兵荒马乱，不知道她们当时是否安全回国了……"但这也只能是老人家的一种牵挂而已。40年沧海桑田，孩子音信全无，怎么可能找得到呢？

一个非常偶然的机会，事情出现了转机。

1980年4月25日，解放区总政治部的同志到聂帅家里汇报工作。《解放军画报》社副社长、当年晋察冀军区的随军记者姚远方拿出3张照片，请聂帅过目。聂荣臻眼前一亮，这就是当年摄影师沙飞拍摄的那3张照片，照片中的小女孩就是兴子！

不久，《解放军报》和《解放军画报》相继刊登了姚远方的文章《日本小姑娘，你在哪里》，并配发了照片。随后，国内各大媒体相继转载。5月29日，日本《读卖新闻》在突出位置全文转载，题目改为《兴子小姐妹，中国元帅聂荣臻想念你》。电视、广播等各路媒体也纷纷跟进。一个寻找日本小姑娘的行

动，在中日两国迅速展开。

10天以后，传来了好消息，日本小姑娘在日本九州宫崎县都城市找到了！她现在的名字叫加藤美穗子，已经是3个孩子的母亲，与丈夫经营着一家小商店，过着平凡而幸福的生活。40年前，她们姐妹俩被送回石家庄日军营地后，不满周岁的妹妹因伤势过重，不幸亡故。两个月后，美穗子跟随伯父回到日本，与外祖母相依为命，长大成人。

听说救命恩人在找她们，美穗子十分激动。她连夜给聂荣臻元帅写了一封信，希望能有机会去北京，当面表示感谢和敬意，并附上了自己的照片。聂荣臻收到后，高兴地对女儿聂力说："阔别40年，终于找到了。我又多了一个女儿，你又多了一个妹妹。"

短短几天，来自日本各地的感谢信、贺电，堆满了聂荣臻元帅的办公桌。特别是那些曾经参加侵华战争的侵华日军，得知这件事的来龙去脉，真是感愧交加，称颂聂荣臻是"活菩萨"。

正在中国访问的日本"日中合作战友会访华团"听说这件事，通过解放军总政治部向聂荣臻元帅致敬，并赠送了一个十分精致的日本古代武士盔。礼品单上有一段赠言："赠送古代武士盔，是日本传统的崇高礼节，我们谨以此向聂荣臻将军阁下40年前在战火中救出日本小姑娘的人道主义精神，表示最崇高的敬意。我们对聂将军很钦佩，一定要反省自己的侵华历史。"后面，有许多日本老兵的签名。

1980年7月14日，在日本驻华大使的陪同下，美穗子一家来到人民大会堂。当聂荣臻元帅出现在会见厅门口的一刹那，美穗子顿时泪如泉涌，放声哭泣。多少年来，她在心中想过千百遍、见到恩人时要说的话，此刻竟然一个字也说不出来。这泪水，是她积压在心中整整40年的情感啊！有什么语言能够准确地表达这感人肺腑的人间真情呢？所有在场的人都默然肃立，热泪盈眶。过了一会儿，美穗子极力克制住自己的情绪，快步迎上前去，弯下身子用额头触碰聂帅温暖的大手。这是日本的最高礼节，她觉得只有这样才能表达自己此刻的心情。

美穗子说："我到中国来的时候，许多日本人，特别是参加过侵华战争的旧军人，托我带口信，向中国人民表示道歉和谢罪。"聂荣臻回答说："过去的事已经过去了。日本军国主义发动侵华战争，给中日两国人民都带来了巨大灾难，你就是其中的一个例子。这次，看到你有一个幸福美满的家庭，我很高兴。让我们化干戈为玉帛吧！愿中日两国人民世世代代友好下去。"

美穗子按照日本风俗，向聂帅赠送了珍贵礼品。聂荣臻回赠她一幅《岁寒三友图》，这是著名画家程十发的作品，画上有聂帅亲笔题辞"中日友好万古长青"。

1992年5月14日，聂荣臻元帅与世长辞。美穗子十分悲痛，但她因照顾卧病在床的丈夫不能亲自到北京吊唁，只好通过日中友协，表达自己的深切哀悼！

1999年12月，聂荣臻元帅诞辰100周年纪念日前夕，美穗子应邀来到江津。在聂帅陈列馆，面对栩栩如生的铜像，美穗子含泪连续三鞠躬并激动地说："元帅父亲，我永远都会记住您的恩情。"

【点评】

　　聂帅救孤，已经成为中日两国交往史上的一段佳话。习近平总书记指出，"国无德不兴，人无德不立"。今天，我们要学习聂帅等老一辈无产阶级革命家以德报怨的革命人道主义精神，怀宽广之心，行仁义之事，树立崇德向善、以德服人的良好社会风尚。

供稿：俞荣新　丁　颖

叶剑英舌战群儒

1986年10月22日，一位伟大的开国元勋逝世，当时中共中央的悼词称他"在重大的历史转折关头，敢于挺身而出，毫不犹豫地作出正确的决断"。更为人们传颂的，是毛泽东送给他的两句话："诸葛一生唯谨慎，吕端大事不糊涂。"这个人就是叶剑英元帅。

1937年至1941年，在波诡云谲的国统区，叶剑英积极宣传中国共产党的抗日主张，广泛联络国民党上层人士，并多次参与同国民党的谈判。

1940年春，国民党顽固派发动的第一次反共高潮被粉碎以

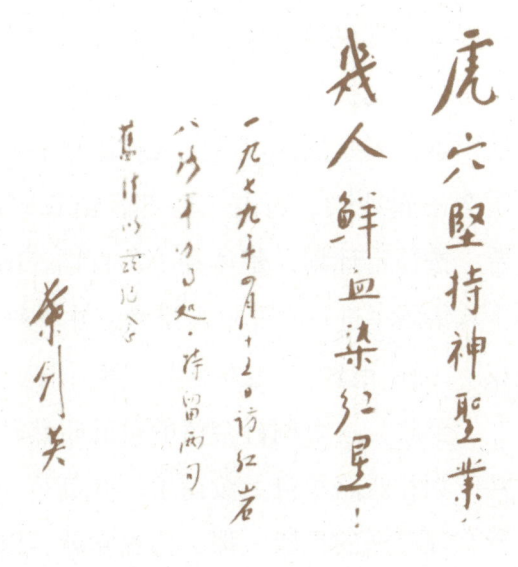

叶剑英重返红岩题词　（红岩联线管理中心　供图）

后，经过精心策划，国民党在重庆召开全国参谋长会议，制造舆论，准备发动更大规模的第二次反共高潮。1940年3月初，八路军（也就是十八集团军）参谋长叶剑英接到了国民政府军事委员会召开军以上参谋长会议的通知。4日，参谋长会议在军委会礼堂举行。但在国民党顽固派的操纵下，会议变成了指责八路军"罪行"的声讨会。

会议一开始，蒋介石便大骂共产党和十八集团军。他训示道："诸位，你们都是参谋长，去冬以来，攻势作战真是一塌糊涂，让敌人笑话！今天开会的唯一宗旨就是检讨。我历来讲，统一军令，严肃军纪，方能克敌制胜。然而，有人公然不听军令，划地称王，拥兵自重，游而不击，摩擦不断！……不是袭击友军，就是包庇叛军，此种破坏抗战的行为，能不检讨，能不严惩吗？"

蒋介石一点火，一些早有准备的参谋长们纷纷跳出来火上浇油。天水行营参谋处处长盛文立即起身发言，说第二战区之所以没有完成冬季作战的任务，是因为山西新军叛变，十八集团军公开掩护叛军，袭击友军，不让友军与民众接近，因此作战困难；冀察战区没有完成作战任务，也是因为十八集团军屡次袭击鹿钟麟、石友三等部，给日军以"扫荡"的机会。接着，按预定计划，楚溪春、黄百韬等国民党将领连珠炮似的对十八集团军进行大肆攻击诽谤，并罗列了"袭击友军""破坏政权""强征粮食""滥发钞票"等所谓"罪名"。

至此，这个例行会议的目的昭然若揭，就是要用车轮战往共产党和八路军身上泼污水。叶剑英如果不能在此次会议中进行有理有据的反驳，那么国民党就可以堂而皇之地以此为由掀起反共高潮。会议在这种反共叫嚣中接连开了两天，会场上具有民族正义感的将领，都暗暗地替叶剑英着急。

凡事预则立。事实上，叶剑英在会前就预料到国民党方面会对共产党和八路军进行攻击，他和有关人员一起搜集资料，分析形势，研究对策，做了认真充分准备，并通过各种途径了解蒋介石的企图和各有关战区、集团军与会人员的动态。根据中共中央提出的"坚持抗战反对投降、坚持团结反对分裂、坚持进步反对倒退"的方针，叶剑英明确了这次会议上共产党的态度是拥蒋抗日，反对摩擦，一切以抗战、团结、进步的大局为重，充分摆事实，讲道理，晓以大义，争取更多人的同情和支持，粉碎国民党顽固派的阴谋诡计。因此，会上针对国民党诸将领充满敌意的发言，叶剑英没有急于申辩，而是冷静地作好记录。散会后，他和南方局的同志一起，将原已准备好的发言稿又作了修改和补充，为正面交锋作好准备。

1940年3月8日，反击时机成熟，叶剑英要求发言。他身着黄呢军服，佩戴中将领章，前几天因摔跤受伤的手臂吊着绷带，格外引人注目。他从容起立徐徐说道："委员长，我先报告我十八集团军的作战情况。我军一贯执行统帅部和委员长的抗战命令，在华北敌后团结广大军民，抗击敌军，艰苦奋战，成绩卓著。"他首先分析华北战场的敌我态势，介绍了我军的战略战术，以及若干具体战役和战果。他讲得条理分明，形象生动，更举出具体数据加以证明，使在场不少将领耳目一新，为之一振。

会场上鸦雀无声。叶剑英洪钟般的声音不断冲击着每个人的耳鼓："说到去冬作战攻势，接到统帅部命令时，正值敌军对晋察冀军区进行'大扫荡'。在进行反扫荡的同时，我军仍紧急抽调15万兵力完成了统帅部分配的任务。战果如何？军委会印

过一份战报分发各部队,诸位想必已看到:正是我军在去冬涞源之役中,击毙了日寇'名将之花'阿部规秀中将!这里,我不妨念一段日本共同社的报道,请大家注意他们的措辞。共同社说:日军将士莫不切齿痛恨,立誓尽歼共军,以飨阿部中将之英灵。请听,他们是'切齿痛恨'啊!'立誓尽歼共军'啊!"

叶剑英的愤慨引起了共鸣,一时间议论感慨之声沸沸扬扬,所谓"拥兵自重""游而不击"的谰言不攻自破。他审时度势,话锋一转道:"委员长讲话提到'摩擦不断',这是事实,军中确实有人热心搞摩擦,但指责我十八集团军搞摩擦则是颠倒黑白,混淆视听,必须加以澄清,以明是非,以清责任。摩擦只是一个现象,实质是某些人把我们十八集团军和许多抗日武装视为'异军',视为眼中钉,必欲除之而后快……大敌当前,必须以大局为重,谁干那种亲者痛仇者快的事,都不应得到宽容。我们十分拥护委座严肃军纪,彻查此事,对制造摩擦者不能姑息迁就。"

叶剑英还就正确解决摩擦问题从政治和战略上提出四个原则:第一,提出摩擦问题的目的应是求得以正确的方法消除摩擦,而不是扩大摩擦;第二,解决摩擦问题时不应仅仅从武装冲突这个角度看待,而应充分考虑到产生这种现象的政治、战略原因;第三,把十八集团军当作异军看待,这是许多摩擦产生的根源;第四,抗战中民族矛盾是第一位的大问题,摩擦则是从属的,决不能有意把局部摩擦扩大为全面内战。

听完叶剑英的发言,蒋介石仿佛被重重地扇了一巴掌。本来为了限制共产党代表的申辩发言,会前曾规定每个战区集团军参谋长的发言不超过30分钟。因此,当叶剑英讲到30分钟时,军委参谋次长刘斐提醒说时间到了。这时叶剑英对蒋介石说："委座，我还没有讲完！"蒋介石只好让他讲下去。当讲到张荫梧和日伪军勾结进攻十八集团军时，蒋介石颇为尴尬，大声质问道："有这回事吗？"叶剑英理直气壮地回答"有"，并当场把十八集团军缴获的张荫梧勾结日伪的信件、命令和通报一件一件地拿出来宣读。

叶剑英足足讲了一个多小时，他的发言有理有据，论证严谨，争取到许多国民党爱国将领对我党我军的了解和同情，有力地驳斥了所谓十八集团军"游而不击""袭击友军"等论调，粉碎了蒋介石欲借冬季攻势不力，加罪于十八集团军的阴谋。当时，董必武就大为赞叹：古有诸葛孔明只身赴东吴，舌战群儒，流芳千古；今有叶剑英只身赴参谋长会议，舌战群儒，可谓异曲同工，英雄本色。

【点评】

叶剑英同志以一敌百舌战群儒、有理有利有节开展对敌斗争的故事成为一段传奇。习近平总书记强调，在大是大非问题上，要敢于亮剑、敢于发声，不当"墙头草"、不当"圆滑官"、不当"开明绅士"。今天，广大党员干部要学习叶剑英等老一辈无产阶级革命家的"亮剑"精神，在大是大非面前敢于亮剑，在矛盾冲突面前敢于迎难而上，在危机困难面前敢于挺身而出，在歪风邪气面前敢于坚决斗争，确保党和国家的利益不受任何损害。

供稿：廖仁武

杨尚昆：三块弹片的故事

1935年4月25日，成都的《新新新闻》报，以醒目的大字标题发出一条耸人听闻的消息：《剿共前线空战告捷，炸毙匪首杨尚昆》，这条消息不胫而走，顿时搅动了四川省潼南县双江这个偏僻的小镇，街头巷尾的人们议论纷纷。这个说："杨尚昆，是不是邮政局家（即杨家大院，因代办邮政业务而得名）的老五哟？"那个说："杨淮清（即杨尚昆父亲）真是养子不教，一个儿子遭枪打，一个儿子挨炸弹，造孽哟！"

在《新新新闻》消息发出的那几天，长征途中正行进在云南省沾益县的红军女战士李伯钊，一边作宣传鼓动，一边照护着伤员，在一个三岔路口遇见了周恩来，便上前打招呼。周恩来见是李伯钊，便停下来说："伯钊同志，我正要找你呢！"

"报告周副主席，有什么事请指示吧！"

"刚才敌人飞机轰炸，你们部队在哪里？"

"在寻甸县附近。"

"你们的担架和伤员有损失吗？"

"没有，敌机轰炸时，我们隐蔽在一条沟里。"

"那很好，"周恩来停了停又接着说，"刚才三军团的队伍正通过一段开阔地，树木少，无处隐蔽，敌机狂轰滥炸，伤亡了300多同志。"周恩来抬头望了望李伯钊又才说："你知道吗？尚昆同志也负了伤。不过你放心，不要紧的，你去看看他吧。他们部队的代号是'芜湖'，顺便你将卫生队的救护队也带去支援他们吧。"说完他指着前方说："就朝右边这条路走，大约三里地，司令部就在那里，去吧！见到尚昆同志代我问好。"说完向她扬扬手，笑了笑，便赶部队去了。李伯钊望着周恩来远去的背影，心里热乎乎的："周副主席啊，你真好！"说完便飞快地朝他指的方向跑去。

红军在长征途中有条规定：不准谈恋爱，更不准结婚，结了婚也各在各的部队，各走各的路。李伯钊已有好几个月没见到尚昆同志了，作为夫妻自然是想念的，但这时她更多的还是担心着杨尚昆的伤势。于是她三步并成两步走，带着救护队急忙赶到三军团司令部，走拢一看，到处躺的都是伤员。杨尚昆虽然腿上扎着绷带，却仍然与彭德怀一道忙着处理其他伤员。李伯钊见到二人，首先向他们汇报了周恩来派来救护队支援他们的事，彭德怀听后说："感谢首长的关心！"接着风趣地问："周副主席派你来还有别的事么？"李伯钊不好意思地说："周副主席说，尚昆同志也负了伤，叫我代表他表示慰问，顺便也来照顾他一下……"彭德怀笑着说："这就对头啰，那你就去照顾照顾杨政委吧！"

李伯钊这时才迫不及待地问杨尚昆："你的伤势到底怎样了？"杨尚昆这时作出很认真的样子，说："严重得很哟！你看国民党的电台和报纸都说我死过三回啰！第一回是打死，第二回是淹死，这回还有新闻又说我被炸死了！你说这还不严重

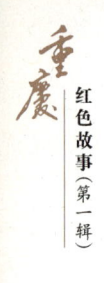

么？啊哈哈哈……"杨尚昆的一席话，引得满堂笑声。

彭德怀这时又凑趣说："伯钊同志，你就放心吧！我们这些人是福大命大，国民党咒是咒不死我们的！"大家又是一阵大笑，接着他就告诉了李伯钊，杨尚昆受伤的经过。

部队转战至云南沾益县白水镇时遭遇国民党飞机空袭，杨尚昆和两位侦察员匍匐在麦苗掩映的小沟里，一声巨响，炸弹在麦田里开了花，飞溅的土块击打在他们身上。紧接着，第二枚、第三枚炸弹呼啸而来坠地爆炸，杨尚昆感到小腿上被什么狠狠地扎了一下。敌机轰鸣着离去，杨尚昆推推卧伏在身旁的侦察员，侦察员一动不动。他拂去脸上的尘土睁眼望去，发现侦察员的背部中弹，已经英勇牺牲了！杨尚昆再看自己的左小腿，鲜血从绑腿布里渗出。他试着摆摆腿，大腿还能转动，小腿却麻木、无力，怎么也站不起来。临近的战士看见杨尚昆欲站起来又跌坐下去，便高声喊："政委负伤了！"听到喊声，彭德怀带领担架队冲过来。刚抬上杨尚昆未走出几步，敌机又俯冲下来，担架队急忙隐进水沟。顿时间，炮声隆隆，硝烟四起。敌机盘旋着升空远去。杨尚昆被抬出水沟，他的左小腿抽搐不停，鲜血直流。彭德怀命令军医为杨尚昆开刀，结果三块弹片只取出两块，扎得很深的那块难以拔出。于是，军医只好将碗口大的伤口用灰锰氧水洗洗，塞上药棉包扎起来。杨尚昆发着高烧，强忍着剧痛在警卫员搀扶下躺上担架，随军前进。

1941年，回到延安后，医务人员检查发现剩下的这块弹片已经和肉长在一起，无法取出。

留存在杨尚昆血肉之躯的这块弹片，伴随他走过了战火纷飞的革命时期，走过了热情澎湃的建设年代，走过了辉煌灿烂的改革岁月。直到他逝世后，人们在他的骨灰中发现了这块弹片。这块弹片留在他的体内63年，随着寒来暑往的季节变换，随着年龄的不断增长，它带给杨尚昆的痛苦是难以想象的，这是什么意志？这是钢铁般的意志。

杨尚昆体内的弹片 （杨尚昆故里管理处 供图）

【点评】

  杨尚昆身上的弹片是革命者不畏牺牲、英勇奋战的直接见证。习近平总书记指出，中国共产党人用智慧和勇气选择了正确的道路，以大无畏的精神和钢铁般的意志为新中国的建立开辟道路。今天，我们要学习杨尚昆等老一辈革命家的牺牲精神和钢铁意志，斩关夺隘，奋勇前行，书写新时代中国特色社会主义建设的新篇章。

供稿：杨尚昆故里管理处

杨尚昆：当革命的"听用"

1945年8月15日，日本正式宣布投降。党中央要求各抗日根据地部队坚决保卫抗战胜利的果实，策应重庆谈判。此时，我党一批高级将领正聚集在延安，他们必须迅速返回前线，落实中央决策。由于延安没有现代化的交通工具，从延安到各战略区全靠骑马和步行，少则一两个月，多则半年，还要冒险穿越敌占区。形势刻不容缓，如何能够把在延安的高级将领迅速安全地送往前线？毛泽东和周恩来想到了杨尚昆……

事情还得从一年前说起。1944年，第二次世界大战局势发生重大变化，反法西斯战线捷报频传。迫于国内外各方面压力，国民党当局第一次允许中外记者前往延安等地采访。中共中央十分重视这次中外记者的访问，认为它是打破国民党舆论封锁向外界宣传中国共产党的一个绝好机会。中央政治局决定，由曾任北方局书记的杨尚昆具体负责这项重要工作，对外的名义是陕甘宁边区政府交际处处长。怎样把中央确定的"宣传出去，争取过来"的方针落到实处，这是杨尚昆必须考虑的问题。他向各机关借调了一批优秀干部和翻译人员协助工作，并多次召集负责接待的人员开会,要求大家把握好民族、人民和党的立场,以及主动、真实、诚朴、虚心和认真五个原则。在接待中,对待中外记者要一视同仁,但工作的重点要放在外国记者身上,特别是那些对共产主义思想抱敌视态度的记者。经过周密准备,一切事宜都安排妥当,"院内的草坪打扫得干干净净,客房布置得朴素洁净"。

1944年6月5日,记者团一行到达延安,杨尚昆等为他们设宴洗尘。几天后,美联社记者斯坦因要求单独会见毛泽东主席。杨尚昆马上作了周密安排。采访那天,记者团准备出发时,国民党政府的领队发现斯坦因不在,向交际处提出责问说:"我们团有纪律,不准单独行动。"交际处同志按照杨尚昆布置的口径回答说:"我们延安有新闻采访的自由,斯坦因要求采访,我们当然同意。至于你们团规定的纪律,那是你们的事,我们不想说三道四。如果你认为不妥,请你和斯坦因交涉。"这个无懈可击的回答,让监督记者行动的官员们哑口无言。

后来,伦敦《泰晤士报》和许多中国记者也提出要会见毛泽东、朱德、周恩来等,杨尚昆一视同仁,满足了他们的要求。就这样,杨尚昆领导交际处的同志,以灵活机动的办法,冲破国民党约束记者采访的"戒律",采访了众多中共中央高级领导人,听取了八路军和新四军敌后抗日情况的通报。杨尚昆还组织中外记者参观边区的机关、学校、生产部门,会见各方面知名人士。这些原来对解放区毫无了解的记者们,看到延安与重庆截然不同的情况,都感到不虚此行。连过去一向对共产主义思想抱有敌意的夏汉南神父也认为"边区是好的"。他们写出许多反映解放区真实情况的书籍和文章,受到广泛关注。《纽

约时报》根据记者发回的报道发表评论:"共产党领导下的军队对于外界是神秘的,在对日战争中,却是我们有价值的盟友,正当地利用他们,一定会加速胜利。"

外国记者还没有离开,美军驻延安观察组就在7月22日飞抵延安。这是中国共产党外事工作的一个重大突破。中央决定由杨尚昆担任中央军委外事组组长,对外身份是中央军委秘书长,负责接待美军观察组。

杨尚昆坚决贯彻中央的指示精神。他告诉大家,我们和美国是反法西斯的盟友关系,政治上是平等的,工作上既要积极帮助他们,又要坚持原则,他们提出的问题,凡属于我们的职权范围内的事,要坦诚地正面解答,不要回避,要开诚布公地交换意见,不卑不亢。生活上,外事组必须热情周到,给予优待和照顾,但要量力而行,不要铺张浪费。同时,要广交朋友,建立友谊,观察组不是短期的,必然要同我们的干部和群众交往,广泛接触,我们要掌握好分寸,教育干部和群众维护国家和民族的尊严,又应当提醒对方要尊重我们民族的风俗习惯。

在外事组的帮助下,20余名被我解放区军民营救的美军飞行员平安返回美国。这件事使美方受到感动,多次表示感谢。双方还经常组织开展一些联谊活动。由于外事组卓有成效的工作,美军观察组成为中国共产党同美国政府沟通的一个重要渠道。史迪威将军的政治顾问戴维斯在报告中这样写道:"中国的命运不决定于蒋介石,而决定于他们(指中共)。"

抗日战争刚刚结束,中共中央决定以最快的速度将各根据地将领送回前线。中央领导立即召见杨尚昆和叶剑英,让他们研究这个问题。他们认真考虑后,提出一个大胆的设想:借用美军观察组的飞机把我军将领从延安送出去!他们把这一方案向毛泽东汇报。中央书记处立即进行集体研究，采纳了他们的方案，并责成杨尚昆等尽快与美军观察组取得联系并付诸实施。

很快，杨尚昆在延安组织了一次聚会，邀请美军观察组参加，气氛十分热烈融洽。中间休息时，杨尚昆不露声色地对美军观察组负责人说："我们有一批指挥员早些时候从前线回到了延安，现在急于返回太行山。目前我们自己的交通工具有限，时间又紧，能否借你们的飞机将这些指挥员送到前线去？"因为是试探性质的谈话，杨尚昆没有透露这批指挥员的姓名、职务及其他有关情况。没想到，美军观察组负责人毫不犹豫地答应了。也许，在他们看来，这次飞行只不过是双方长期愉快合作的一个小插曲。长期以来，杨尚昆与美军观察组建立的友好关系，在这个关键时刻发挥了作用。

由于这次任务的极端重要性，杨尚昆采取了许多防范措施。首先是绝对保密，严防走漏消息。8月24日夜里，他才派人逐个通知高级将领本人，于次日上午9时前赶到延安东关机场，只许一个人去，不许带参谋和警卫人员，不允许其他同志送行。杨尚昆亲自到机场检查并组织登机，每个乘机者务必要带上降落伞以防万一。同时，通知太行军区作好接机准备。

第二天一早，事先接到通知的刘伯承、邓小平、林彪、陈毅、滕代远、陈赓、萧劲光、杨得志、邓华、陈锡联、陈再道等20多位各战区负责同志陆续来到延安城郊的东关机场。飞机起飞了，杨尚昆焦急地等待着，党中央也在焦急地等待着。时间一分一秒地过去，消息终于传来，飞机已经平安到达位于太行山腹地的山西省黎城县长宁机场。这次飞行，是一步成功的险棋。它使至少需要一个多月的运送任务，在半天之内就完成了。这架飞机里，后来有3位成为共和国元帅，中将以上的将

领多达15名，还有改革开放的总设计师邓小平。

有了成功的先例，在杨尚昆的安排下，我方又两次使用美军观察组飞机，进行了特殊空运：一次是把聂荣臻、罗瑞卿、萧克、刘澜涛等高级将领从延安送到晋东北的灵丘，另一次把张闻天、高岗、李富春等一批高级干部从延安送往东北。杨尚昆组织实施的这三次运输工作，在关键时刻抢占先机，有力地推动了中央战略意图的实现，党中央十分满意。

中央进驻西柏坡以后，杨尚昆的兼职更多了，既是中共中央副秘书长、中央办公厅主任，又是中央军委秘书长、中央警卫司令员、中直机关党委书记。他协助周恩来、任弼时处理中央军委和党中央的日常工作，为辽沈、淮海、平津三大战役的胜利和新中国的诞生作出了重要贡献。在任弼时生病不能工作时，周恩来成了中共中央的"大管家"，杨尚昆则是周恩来的得力助手。每天晚上，周恩来把中央各部的负责人召集到一起，传达书记处和毛泽东的指示。而许多要务，比如中共中央机关从西柏坡搬迁到北平的工作，则由杨尚昆具体组织实施。他勇挑重任，日以继夜地开展工作，不敢稍有懈怠。

从1945年秋开始，杨尚昆受命担任中央办公厅主任，到1965年为止，杨尚昆为党中央竭诚服务，辛勤工作了整整20年。这在世界政党史上，也是比较少见的。为了使中央办公厅的工作适应开国初期面对的新任务的需要，杨尚昆领导调整和健全中央办公厅工作机构，创立了行之有效的为党中央服务的工作运转机制，为提高机关办事效率，为保障党的路线、方针和政策的实施，为保证各项任务的圆满完成，作出了显著贡献。许多严谨周密的制度举措，一直沿用至今。

杨尚昆自己却十分谦逊。他说，如果要说在这20年中有什

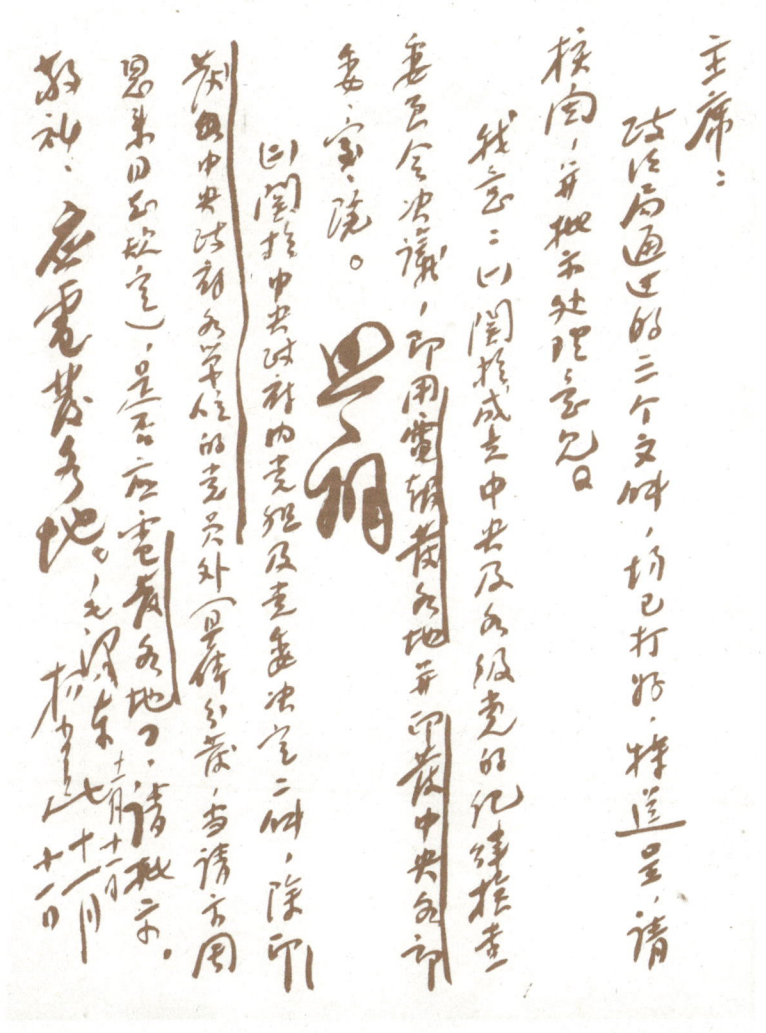

1949年11月11日，杨尚昆写给党中央的请示　（杨尚昆故里管理处　供图）

么成绩没有？有一些。这主要是下面同志兢兢业业、辛辛苦苦工作的成果，功劳不能记到我一个人的头上。至于我自己，只能说在这20年里，办公厅的工作没有出大的问题就是了。打麻将不是有一张可以当作任意一种牌使用的"听用"吗？办公厅主任的工作也是"听用"，党需要你干什么就干什么，就是"听"革命所"用"。

【点评】

　　做革命的"听用"——这就是老一辈革命家杨尚昆同志的境界与胸怀。习近平总书记强调，各级党员干部"要干一行爱一行、钻一行精一行、管一行像一行，在勤学苦干、多思善悟中尽快成为行家里手"。今天，我们要学习杨尚昆同志听党指挥、服从大局的坚强党性，多思善悟、善作善成的工作方法和夙夜在公、任劳任怨的工作作风，甘做党的"听用"，干出让党和人民满意的业绩。

供稿：丁　颖

赵世炎：信仰之火永不灭

龙华授首见丹心，浩气如虹铄古今。
千树桃花凝赤血，工人万代仰施英。

1962年7月19日，是中国共产主义运动先驱、工人运动领袖赵世炎烈士牺牲35周年纪念日。84岁的老一辈革命家吴玉章写下了这首诗，以表缅怀之情。吴老笔下的"施英"，就是赵世炎。

1901年4月，赵世炎出生于重庆市酉阳县，自幼酷爱读书。在酉阳龙潭高级小学上学时，老师讲到中国领土被列强瓜分、大好河山支离破碎时，赵

赵世炎（酉阳自治县红色景区管委会　供图）

世炎满腔愤怒。下课后，他反复高唱岳飞的《满江红》："壮志饥餐胡虏肉，笑谈渴饮匈奴血……"

1915年秋，赵世炎考入北京高等师范学校附属中学。在北京他结识了李大钊，投身新文化运动。1920年6月，赵世炎赴法国勤工俭学，探求救国真理。1921年春，赵世炎与周恩来、张申府等发起成立旅法中国共产党早期组织。1922年6月，中国少年共产党成立大会在巴黎召开，赵世炎当选为书记，周恩来任宣传委员，李维汉任组织委员。赵世炎深入法国北部工人最多的地方，一边从事艰苦的劳动，一边团结广大华工，成为华工的知心人。

1924年秋，赵世炎结束了在莫斯科东方大学的学习，奉命回国工作。回到北京后，他协助李大钊同志领导北方各省的革命斗争，撰写了大量战斗檄文，在北京的工人学生以及知识分子中产生了广泛影响。他与李大钊一起成功领导北方反帝反军阀的斗争，逐渐成为工人运动的领袖。

1926年5月，中共中央任命赵世炎担任中共江浙区委组织部长、上海总工会党团书记。1926年10月，北伐军攻克武汉，革命形势进一步发展，上海党的领导机关决定举行武装起义。但由于斗争经验不足，上海工人第一次和第二次武装起义都失败了。在周恩来、赵世炎的领导下，上海工人以更大的毅力准备第三次武装起义。革命风云弥漫，上海工人中流传着一首《敢把皇帝拉下马》的民歌：

天不怕，地不怕，那管铁链子下面淌血花。拼着一个死，敢把皇帝拉下马。杀人不过头落地，砍掉脑

袋只有碗大个疤。老虎凳，绞刑架，我伲①咬紧钢牙。阴沟里石头要翻身，革命的种子发了芽。折下骨，当武器，不胜利，不放下！

1927年3月21日正午12时，上海总工会下达了罢工命令，80万工人宣告罢工。下午4时，上海工人第三次武装起义开始，持续不断的枪炮声与群众的口号声，震动着市内各地。在赵世炎的亲自指挥下，沪东纠察队发起猛攻，攻克了战斗最激烈的闸北地区。轰动中外的上海工人第三次武装起义，取得完全胜利，成为中国革命史上光辉的一页。

1927年4月12日，蒋介石背叛革命，在上海发动反革命政变，大肆屠杀共产党人和革命群众。面对严重的白色恐怖，赵世炎与周恩来、陈延年等向中央发出了一封紧急意见书，批判对蒋介石采取妥协的右倾投降主义，建议武汉国民政府迅速出师讨蒋。4月15日，赵世炎秘密召集各方面负责干部开会，认为形势对我们十分不利，形势变了，斗争方式和策略应该变化。这次会议，在紧急关头给干部群众指明了方向。

在恶劣环境下，赵世炎十分重视对干部进行革命思想教育。有一次，他对参加会议的人说："看，我们开会的人，一次比一次少了，你们怕不怕？"大家回答："不怕！""对！革命嘛，就是这样，要经过艰苦的斗争和流血牺牲，反动派的监狱再多，也不能把所有的共产党人全关起来。只要有一个人，我们的事业就会发展，最后胜利一定是我们的！"针对有的同志由于害怕不敢参加斗争，赵世炎耐心而严肃地指出："共产党就是战斗的党，没有战斗就没有党，党存在一天就必须战斗一天，

---

① 我伲：上海方言，即"我们"。

不愿意参加斗争，还算什么共产党员！"

赵世炎早已把个人生死置之度外，但他总是把同志们的安危放在心上。每次开完会，他总是笑着说："让我先离开，把'泥巴'（指国民党特务、暗探）带走，以免麻烦你们。"中共南京地委书记侯绍裘被害后，遗体一直未找到，赵世炎恳切地对即将去南京济难会工作的谢庆斋说："要想尽一切办法找到绍裘同志的遗体，加以妥善安葬，不能让这些对党有贡献的同志，死无葬身之地。"

4月27日至5月9日，在中国共产党第五次全国代表大会上，赵世炎当选为中央委员。

7月2日傍晚，大雨滂沱。由于叛徒的出卖，敌人包围了上海北四川路志安坊190号赵世炎的家。当时赵世炎外出未归，敌人冲进门后，动手翻箱倒柜，几个特务声嘶力竭地威逼其妻子夏之栩和岳母夏娘娘说出赵世炎的去处，未得到答案便死守不走。母女俩沉着镇静地对付着敌人。夏娘娘机智地挨到窗边，打算换上出事的警号。说也凑巧，透过迷蒙的雨帘，她看到赵世炎正撑着雨伞急匆匆地往家里赶来。她急中生智，不顾一切地猛力把窗台上的一盆花往下一推，以此发出警报。令人万分惋惜的是，倾盆大雨掩盖了花盆落地的破碎声，赵世炎竟丝毫没有察觉。夏娘娘情急之中想冲下楼去，但是敌人拦住了她的去路。

赵世炎进了门刚刚收起水淋淋的雨伞，几个凶狠的特务便饿狼般地围了上来。他神色自若地质问敌人为什么搜查："你们这是干什么？我是个生意人，你们凭什么抓我？"手上已被戴上了铮亮的手铐。趁着敌人又去寻找证据的时候，赵世炎悄悄地对妻子说："若飞在××旅馆××号房间，你要设法去告诉他。"在这生死关头，赵世炎首先想到的还是同志的安危。

赵世炎被捕了。他从容不迫地起身，临下楼时回头深深地看了一眼妻子和岳母。妻子夏之栩永远忘不了他当时的眼神："从他的态度和眼神里，我看到了他献身革命的大无畏精神，感受到一个共产党员的凛然正气。"当晚9点多，夏之栩终于找到了王若飞。王若飞得知这个消息，流着眼泪痛心地说："都去了，留下的太少了。"

被捕后，赵世炎没有承认自己的真实姓名，始终只承认自己叫夏仁章，是湖北人，因家乡闹土匪携巨款来上海避难做生意。许多党员和工人听说赵世炎被捕，纷纷表示愿意出力，就是牺牲自己的生命也在所不惜。

由于叛徒的指认，赵世炎的真实身份最终暴露。他们一阵狂喜，原来这就是上海大名鼎鼎的工人领袖、共产党的大干部"施英"！敌人立刻对赵世炎动用酷刑，妄图从他的嘴里得到更多的情报，把江浙地区的党组织一网打尽。赵世炎始终坚贞不屈。他把敌人的监狱和法庭当作宣讲台，愤怒控诉国民党反动派叛变革命的罪恶行径，轻蔑地告诉敌人："你们只能捉到一个施英，要想从我口里得到半点机密，那是枉费心机。"

赵世炎知道自己活着出去的希望很小，他仍然挂念着党的工作。他从狱中带出一张纸条交给党组织，请求组织上好好照顾那些因罢工和起义而被资本家开除的工人兄弟，他说："这些人都是党的骨干力量。"同时他不断鼓励监狱里的同志，一定要顽强斗争。他劝慰难友说："革命就是要流血的，要改造社会就必须付出代价。"

临刑前的那天晚上，敌人问赵世炎还有什么话说。赵世炎拿过纸笔，写了满满8页遗书。他满怀信心地指出："志士不辞

牺牲,革命种子已经布满大江南北,一定会茁壮成长起来,共产党最后必将取得胜利……"赵世炎宁死不屈的英雄气概,使反动派十分惊恐。淞沪警备司令杨虎等人看了赵世炎的遗书,胆战心惊地说:"这个人太厉害了,非杀不可,不然我们将来要吃他的苦头。"

1927年7月19日清晨,朝阳映红了东方,上海枫林桥监狱笼罩在一片异样的静穆之中。赵世炎艰难地从牢房地上站起来,用戴着手铐的双手,仔细地整理身上浅灰色的半旧西服,像要去出席什么重要会议那样坦然。然后,他镇定地对同室的难友说:"永别了,同志们和朋友们!"他挺起胸膛,迈着坚定的步伐走向刑场。临刑前,他放声高呼:"工农联合起来打倒新军阀蒋介石!""中国共产党万岁!"从容就义,把26岁的青春和满腔热血献给了革命事业。

赵世炎英勇就义的消息,震动了整个上海,传遍江浙地区,传到北方原野,又传到法国和苏联,所有熟识他的人都十分悲痛。在上海,很多共产党员和工人群众失声痛哭。他们说:"这么好的领导同志都被害了,我们一定要报仇,讨还这笔血债!"法国的华工和留学生为赵世炎召开追悼会,后来又举行逝世周年纪念会,出版了纪念小报。中共中央机关刊物《布尔什维克》杂志发表悼念文章,高度评价"赵世炎是上海无产阶级真实的首领","是有名的上海工人三次暴动的指导者",赵世炎的牺牲,"是中国革命最大的损失之一"。

【点评】

英烈已逝,但信仰之火永不熄灭。赵世炎烈士的英名永远镌刻在中华民族革命斗争的历史丰碑上!习近平总书记指出,对共产主义的信仰，对社会主义的信念，是共产党人精神之"钙"。今天，所有党员干部都要像赵世炎同志那样，坚守共产党人的精神家园，练就共产党人的钢筋铁骨，铸牢坚守信仰的铜墙铁壁，矢志不渝为中国特色社会主义共同理想而奋斗。

供稿：丁　颖

王良：军功传千古

在重庆市綦江区烈士陵园的湖岸边，镌刻着一幅浮雕作品《渔家傲·反第一次大"围剿"》：

万木霜天红烂漫，天兵怒气冲霄汉。
雾满龙冈千嶂暗，齐声唤，前头捉了张辉瓒。
二十万军重入赣，风烟滚滚来天半。
唤起工农千百万，同心干，不周山下红旗乱。

这首词的作者是毛泽东。这首革命的史诗，记录了土地革命战争时期的一次辉煌胜利，反映了根据地军民充满必胜信心的精神风貌。1930年12月底，中国工农红军在毛泽东和朱德的指挥下，取得了第一次反"围剿"战争的胜利，活捉国民党军前线总指挥张辉瓒。胜利的消息传来，毛泽东十分欣慰，写下了这首壮丽诗篇。在这场战争中立下赫赫战功的，就是中国工农红军著名将领、红四军军长王良将军。

1905年8月，王良出生于重庆綦江县。青年时代，受五四运动和他的叔父、中共党员王奇岳思想的影响，立志救国救民。1924年，他考入上海持志大学学习，开始接触到马克思主义。1926年夏，在北伐战争节节胜利的鼓舞下，他奔赴广州，考入黄埔军校。1927年初，王良随军校转移到武汉。不久，蒋介石、汪精卫相继叛变革命，轰轰烈烈的大革命失败了。在革命事业遭遇挫折的危急关头，王良却矢志不渝、追求理想。1927年7月，王良加入中国共产党。同年，加入工农革命军第一师第三团，参加了毛泽东领导的湘赣边界秋收起义，参与了创建井冈山革命根据地的斗争。

王良（綦江区委宣传部 供图）

1928年4月下旬，井冈山会师后，王良担任了红四军十一师三十一团一营一连连长。不久，他就率部参加了著名的黄洋界保卫战。8月下旬，毛泽东、朱德率主力红军下山，湘赣敌军以4个团的兵力乘虚进犯井冈山，妄图摧毁井冈山革命根据地。此时，留守井冈山的红军只有两个连，敌我力量悬殊。为保卫井冈山，扼守黄洋界，王良召开了党支部会议、士兵委员会和全连军人大会，传达了战斗任务，进行了充分战斗动员。一到黄洋界，王良便一面带领各排长观察地形，分配任务，一面发动军民插竹钉、抬木头、挖战壕，在阵地前修筑了五道工

事。第一道是竹钉阵，分别在小路两旁的草丛里，布下了几里路长的竹钉防线；第二道是竹篱障碍；第三道是滚木礌石；第四道是四五尺深的堑壕；第五道是石头筑成的射击掩体，掩体前沿的草丛里也插满了竹钉。临战前，王良又进行了动员，他号召全连指战员团结一心，英勇杀敌，与阵地共存亡，誓死保卫井冈山。当时红一连只有71名战士，面对艰巨的战斗任务，王良率红一连与地方同志一起，积极发动组织革命群众参战。军民一心，修工事、背粮食、作警戒。井冈山广大军民动员起来了，黄洋界壁垒森严。

8月29日，据侦察报告，敌人已靠近山下。当晚，劳累了一天的红一连战士们，全都露宿在新挖的战壕中。

8月30日8时许，井冈山上浓雾渐渐散开，夜宿山下的敌人开始发起进攻。因为山路狭窄陡峭，两侧又设置了竹钉，敌人兵力难以展开，只得一个一个往上爬。王良对战士们说，我们每人只有3至5发子弹，必须等他们进入有效射程时才能开枪。50米、30米……待敌人靠得很近了，王良下达命令："开火！"各种火器齐发，加上滚木礌石奔泻，敌人躲闪不及，伤亡惨重，丢下大批死尸退了下去。第一次进攻失败后，敌人又组织了两次冲锋，也被红军打败。

下午，敌人孤注一掷，集中全部炮火向黄洋界轰击后，敌人排着密集队形拥挤于山下，又一次发起进攻。在这关键时刻，正在山上留守处修理的一门迫击炮，被紧急调来前沿阵地助战。这门炮只有三发炮弹，射击中，前两发都成了哑弹，没有打响。最后一颗炮弹射出后，终于击中山下敌军的临时指挥所，当即爆炸开花，炸死炸伤10多人。随着炮声轰鸣，王良一声令下，红军阵地上吹响冲锋号，隐蔽在各个山头后面的赤卫队员和一连的指战员一起呐喊，顿时杀声震天。与此同时，猛烈的射击声和煤油筒里的鞭炮声也交织响了起来。敌人以为红军主力回来了，连忙撤出战斗，仓皇逃跑。红军以两个连的兵力，打退了4个团的敌人进攻，取得了黄洋界保卫战的胜利。这一胜利，粉碎了湘、赣两省敌人对井冈山的第二次"会剿"，保卫了红色根据地。

毛泽东在率领红军大部队回师井冈山途中，听到这一消息，欣然提笔，写下了《西江月·井冈山》：

山下旌旗在望，山头鼓角相闻。
敌军围困万千重，我自岿然不动。
早已森严壁垒，更加众志成城。
黄洋界上炮声隆，报道敌军宵遁。

1929年12月下旬，升任红四军第一纵队第一支队长的王良参加了中国共产党红四军第九次代表大会，也就是著名的古田会议。古田会议后，毛泽东针对蒋介石组织的"三省会剿"革命根据地的形势，决定避开敌人主力，把红军部队转入敌人后方，开展游击战争。王良率红一支队转战江西，在敌人兵力薄弱的赣南地区开展游击战，经过13个州县，发动了数十万农民群众参加革命，打通了几百公里红色区域，积小胜为大胜，使赣南、闽西革命根据地连成一片。王良率领的队伍受到闽西人民的热烈拥护，被亲切地称为"王良支队"。

1930年6月，红四军在长汀整编，成立红一军团，下辖三军、四军和十二军，王良升任红四军第一纵队司令员。不久，第一纵队改编为第十师，王良任师长。

1930年11月，蒋介石调集7个师约10万兵力，以鲁涤平为总司令，张辉瓒为前线总指挥，发动了对中央革命根据地的第一次反革命"围剿"。王良坚决执行毛泽东在罗坊会议上提出的"诱敌深入"的作战方针，率红十师东渡赣江，退守革命根据地，待机歼敌。12月30日，红十师作为参战主力部队，奉命攻击龙冈西北之敌。王良指挥所部迂回敌人侧后方，配合兄弟部队发起猛攻，全歼国民党军第十八师师部和两个旅，俘敌9000余人，缴获各种枪支9000余支，取得了第一次反"围剿"的伟大胜利。在打扫战场时，王良看见押送的俘虏中，有一个体形肥胖而且穿着比较特别的人，断定此人一定是个大官，便命令他站出来。经仔细审问，原来他就是张辉瓒。王良亲自将张辉瓒押送到毛泽东和朱德驻地，接受审讯。俘获敌军前线总指挥，这个重大的胜利，使根据地军民兴高采烈，信心倍增。

　　毛泽东诗兴大发，写下了《渔家傲·反第一次大"围剿"》，高度赞扬英勇善战的红军指战员。为表彰王良和第十师在粉碎敌人第一次"围剿"中的卓著功绩，红一方面军总司令朱德和总政委毛泽东决定，把缴获的张辉瓒的怀表、钢笔嘉奖给王良。王良接过战利品，激动地说："我要带着它，到中国革命最后胜利。"他把怀表珍藏在自己身上，带着它参加第二次、第三次反"围剿"，驰骋沙场，屡建奇功。

　　1932年3月，中央红军编制调整，王良升任红一军团第四军军长，罗瑞卿为政委。为粉碎敌人对中央苏区的第四次"围剿"，前委决定由红一军团和红五军团组成东路军，在毛泽东指挥下东征福建，红四军为主力部队。4月20日，红四军和兄弟部队一同攻取了漳州城。红军在攻打漳州的战役中，共歼敌军主力4个团，俘敌1600余人，缴获枪炮2300多件，子弹13万发，炮弹4900余发，飞机2架以及大量军用物资，取得了红军东征福建的巨大胜利，威逼厦门。驻漳州期间，王良遵照毛泽东指示，组织红四军发动群众，歼灭残敌，建立新生政权，并筹集了14万元军款及大批军用物资，扩红500余人，为红军进行第四次反"围剿"作了充分准备。王良所率红四军，被漳州人民誉为"铁四军"。

1932年6月13日，红四军向中央根据地回撤途中，到达福建武平县大禾圩。当地反动民团武装兰启观部凭借多年经营的土围子，顽固阻击红军前进。王良接到前锋部队受阻的报告后，心中十分焦急。他感到如果不迅速打掉这个土围子，将会影响回师南雄歼敌任务的完成。他立即向政委罗瑞卿说："走！我们去观察一下，想个办法，把这一小股敌人消灭，或至少把他们堵住，让大部队迅速通过！"说罢，就和罗瑞卿等人走到一个墙垛边，用望远镜观察敌人的动向和周围的地势。正当他和罗瑞卿等人商量歼敌计划时，突然从土围子里射出一排密集的子弹，打中了王良的头部！

罗瑞卿急忙抱着王良撤退到隐蔽处，一面派人迅速找军医抢救，一面用手捂住王良淌血的额头，急切地呼喊着："老王！老王！……"王良慢慢睁开眼睛，用失神的目光看了看罗瑞卿，声音微弱地说："老罗，你指挥！消灭敌人，让部队火速去南雄……完成任务……"罗瑞卿悲痛地用力点点头，答道："你放心！"王良喘了口气，吃力地从口袋里掏出怀表和钢笔说："这表和钢笔留给你，你替我把它带到胜利……"话音未落，便永远闭上了双眼。

将星陨落，天地同悲！王良牺牲时，年仅27岁。

1932年6月15日下午，毛泽东在江西会昌县永隆镇亲自主

持召开王良将军追悼会，面对数千位根据地军民，毛泽东对他的一生给予高度评价，称赞"王良是一个好干部"。在追悼会上，罗瑞卿沉痛地说："王良同志，我们一定要给你报仇！打倒反动派！"王良的牺牲，对党和红军是一个重大损失。聂荣臻元帅在他的回忆录中写道："王良同志是个很好的同志，1927年参加秋收起义，一贯作战勇敢，待人热情诚恳，对他的牺牲，我们大家都感到非常痛惜。""王良是中国工农红军创建初期著名的军事指挥员。""他英勇善战，屡建功绩，军纪严明，秋毫无犯，在闽南群众中传为佳话。"

　　罗瑞卿铭记着战友王良的遗愿，他十分珍重地把烈士遗物收藏在身边。每逢战斗胜利，他回到驻地，总要默默地打开包着红绸的怀表，给表上满弦，轻轻地说道："王良同志，我们又胜利了！"新中国成立后，罗瑞卿将王良将军的遗物上交党中央。记录着烈士光辉一生的怀表和钢笔，珍藏在中国人民革命军事博物馆，成为中国人民革命的历史见证。

【点评】

　　习近平总书记指出，"要深刻认识红色政权来之不易，新中国来之不易，中国特色社会主义来之不易"。正是因为有千千万万像王良一样不怕牺牲、浴血奋战的革命先烈，才有了今天的幸福生活。在新时代，我们要大力发扬革命先烈的精神，从他们的身上汲取奋发的力量，为实现"两个一百年"奋斗目标、实现中华民族伟大复兴的中国梦作出贡献。

供稿：余敬春　左　涛

江竹筠：碧血丹心铸丰碑

她是一个女人，也有柔肠欢苦，但不被"小我"的欢苦磨去人生的锐气；她是一个妻子，也有亲宠依恋，但与丈夫更是情意相投的生命共体；她是一个母亲，也有骨肉慈爱，但她用精神的力量来激励后代人生。这就是几代中国人共同颂扬的革命女英烈——江姐，其本名叫江竹筠，四川自贡人。

1943年的重庆是国民党统治的中心地带，共产党人的地下工作充满了危险，形势相当严峻。组织上出于安全考虑，决定派重庆地下党新市区区委委员江竹筠假扮重庆市委委员彭咏梧的妻子，并协助他工作。

要长期与一位异性共同生活，朝夕相处，对于一位23岁的未婚女青年来说是一件多少有些尴尬的事情。想到世俗的眼

江竹筠　（红岩联线管理中心　供图）

光、旁人的议论，江竹筠开始有些犹豫。但年轻的江竹筠毕竟不是一般的妇女，她理智、果敢、坚毅，她明白这一切都是为了革命。于是她又像往常一样，坚决地服从了党组织的安排。从此，江竹筠和彭咏梧逐渐成为了最亲密的同事和战友。彭咏梧工作经验丰富，处事沉稳，江竹筠在很多方面都可以向他学习。同时江竹筠在生活上又给予老彭无微不至的照顾。他们在共同生活、共同战斗、共同历险的经历中，相互关怀、相互敬重，渐渐地产生了深厚感情。

1945年，组织上安排他们正式结婚。婚后，两人感情甚笃，次年4月，江竹筠和彭咏梧有了他们的儿子——彭云，本以为这三口之家可以在险象丛生的革命斗争中完整健康地存续下去，迎接新中国的诞生。

1948年1月16日，彭咏梧在下川东武装起义中，率部与敌人遭遇，壮烈牺牲，头颅被敌人砍下悬挂在城楼上示众。当江竹筠得知老彭身首异处，牺牲得极为惨烈，她顿时感到眼前一黑，泪水夺眶而出，一种巨大的悲痛涌上她的胸口，压得她喘不过气来。挚爱的丈夫、亲密的战友、敬重的良师——就这样突然离去，从此再也回不到她的身边！

为了不让战友们过多地担心，江竹筠努力让自己保持镇定，坚强地继续工作和生活。但每当夜深人静的时候，看着牙牙学语的孩子，她的脑海里便会不自觉地闪现出老彭的音容笑貌，一种无可名状的悲愤又会溢满她的全身。有时，在恍惚间，她甚至会感觉到老彭并没有死，只是出了远门，有一天他还会回到自己的身边，和自己一起战斗，一起生活，一起陪孩子说说笑笑……

江竹筠就这样深深地怀念着自己的爱人，在给亲友的书信中她写道：

"……由于生活不定，心绪也就不安，脑海里常常苦恼着一些不必要的幻想。他是越来越不能忘了……

"……四哥，对他不能有任何的幻想了，在他身边的人告诉我，他的确已经死了，而且很惨。'他该活着吧？'这唯一的希望也给我毁了，还有什么想的呢？他是完了，绝望了。这惨痛的袭击你们是无法领略得到的。家里死过很多人，甚至我亲爱的母亲，可是都没有今天这样叫人窒息得喘不过气来……"

组织上考虑到江竹筠经受了巨大打击，再三要求她留在重庆工作，照顾儿子彭云，但她拒绝了。她坚持要奔赴下川东地区，虽知道此行凶多吉少、危难重重，但她仍然义无反顾。她考虑到自己对下川东地区的工作很熟悉，不愿让其他同志以身犯险。同时，那里也是老彭战斗、牺牲的地方，她想要陪在爱人身边，不愿离开。她相信，老彭若泉下有知，定会为自己的选择感到高兴的。

江竹筠压抑着对儿子的挂念和不舍，将年幼的彭云托付给亲戚，重新投入革命工作。后来，在她被捕前后写给亲友的信中，表达了对儿子彭云深深的爱和歉意：

"……现在我非常担心云儿，他将是我唯一的孩子，而且以后也不会再有。我想念他，但是我又不能把他带在我身边……你最近去看过他吧，他还好吧……"

1948年6月14日，由于叛徒的出卖，江竹筠不幸在万县被捕，与万县县委副书记李青林等一起由万县转押至重庆渣滓洞看守所。

几天后，敌特开始对新入狱的要犯进行残酷的突击刑讯和"疲劳轰炸"。下川东地下党工委书记涂孝文叛变后，虽然出卖

了一些地、县领导人,但对暴动地区的组织领导和乡村基层组织却佯装不知,把责任完全推卸到已经牺牲的彭咏梧身上。特务头子徐远举得知江竹筠是彭咏梧的妻子和助手,而李青林是负责万县基层组织的副书记后,命令二处侦防课长陆坚如和司法股股长张界严加审讯,妄图从她俩身上打开暴动地区和万县基层党组织的缺口。

当时,由于重庆地下党工委书记刘国定、副书记冉益智等相继叛变,组织遭到严重破坏,大批革命者被捕入狱。狱中的气氛显得异常沉重。一些身体强壮的男人在酷刑面前叛变了,两个柔弱的女人,又将怎样呢?难友们观望着,担心着。

最先受刑讯的是李青林,但敌人在她身上一无所获。

紧接着,特务便提审江竹筠。张界一开始时煞有介事地接连提了十多个问题,而江竹筠却是一问三不知,甚至连彭咏梧都说不认得,后来就干脆什么都不回答。

碰了一鼻子灰的张界,命令特务对江竹筠使用酷刑。夹竹筷子,坐老虎凳,江竹筠多次痛得昏死过去,又被凉水浇醒。特务反复多次用刑,但得到的却是江竹筠的厉声斥骂:"你们这帮狗东西!整断我的手,杀我的头,要命就这一条,要组织,没有!"

经过严刑逼供,江竹筠已被折磨得变了人形,但敌人却没能从她口中得到任何有用的口供,只得无奈地收场。

江竹筠的坚贞不屈,感动了狱中难友,他们自发地秘密展开了慰问活动,并亲切地称之为"江姐"。慰问品有小小的罐头、几滴鱼肝油乃至半个烧饼,更多的则是难友们用竹签子蘸着红药水或自制炭黑写在黄色草纸上的诗和慰问信。

难友何雪松写道:

你是丹娘的化身，
你是苏菲娅的精灵，
不，
你就是你，
你是中华儿女革命的典型。

楼二室的全体难友写道：多次的严刑拷问，并没能使你屈服。我们深深地知道，一切毒刑对那些懦夫和软弱的人，才会有效；对于一个真正的共产党员，它是不会起任何作用的。当我们被提出审讯的时候，当我们咀嚼着两餐霉米饭的时候，当我们子夜被竹梆声惊醒过来，听着歌乐山上狂风呼啸的时候，我们想起了你，亲爱的江姐！我们向你保证，在敌人面前，不软弱，不动摇，决不投降，像你一样勇敢、坚强……

江竹筠的坚贞不屈和英勇斗争，扫却了因为组织遭到大破坏而给监狱注入的沉闷气氛，更激励了整个渣滓洞监狱的难友，使全体难友更加坚定了革命意志，凝聚力也空前增强，在狱中形成了一个互相勉励互相支持的战斗集体，江竹筠也成为这个战斗集体的领导核心之一。为鼓舞狱中战友的斗志，她提出"坚持学习、锻炼身体、迎接解放"的口号。

作为一名革命者，江竹筠早已将生死置之度外了。作为母亲，她无时无刻不在思念着儿子彭云。

1949年8月，经过营救，同狱的曾紫霞获释。出狱的头天晚上，江竹筠和难友们对小曾出狱后要注意的事项进行了详细的交待。最后，曾紫霞问她："江姐，你自己有没有什么事情要让我办？"

江竹筠想了许久才说:"你给我带一封信,给我的亲戚谭竹安。"

她凝神地望着,目光似乎洞穿了牢房的墙壁,投向很远很远的地方,近乎自言自语地说:"如果我有什么不测,这封信也算是我的遗书吧!"她取出一支竹签子,削成了笔。曾紫霞烧了一小团棉花,在灰上加了点水,调成墨汁。江竹筠握笔想了想,蘸蘸墨汁,俯身疾书:

> 我有必胜和必活的信心,自入狱日起(去年六月被捕),我就下了坐两年牢的决心,现在时局变化,年底有出牢的可能。我们在牢里也不白坐,我们一直是不断地在学习。希望我俩见面时你更有惊人的进步。话又得说回来,我们到底还是虎口里的人,生死未定。假如不幸的话,云儿就送你了,盼教以踏着父母之足迹,以建设新中国为志,为共产主义事业奋斗到底。孩子们决不要娇养,粗服淡饭足矣。

"为共产主义事业奋斗到底。"这就是一位钢铁般坚强的女性,在生命的最后时刻,给她的孩子留下的全部的财富。

【点评】

2016年1月,习近平总书记视察重庆时深情地讲述了江姐的故事。他回忆道,读《红岩》是40多年前的事了,至今还记得江姐的难友们赞颂她的话:"你,暴风雨中的海燕,迎接着黎明前的黑暗。飞翔吧!战斗吧!永远朝着东方,永远朝着党!"总书记明确指出,这里面最重要的就是坚如磐石的理想信念,江姐的事迹充分体现了她对理想信念的执着追求。信仰的力量是无穷的，崇高的共产主义信仰赋予了共产党人钢铁般的意志，这种意志不屈服于任何外来压力，也必将激励新时代共产党人劈波斩浪，奋勇前行。

供稿：厉　华

许建业：为天下母亲尽孝

"我们有48套刑罚，你不说，就让你一套一套地用，你受得了吗？"

"管你48套还是84套，怕了我就不算是共产党员！"

1948年4月，许建业因叛徒任达哉出卖而被捕。为了从他口里得到有用的情报，敌人先诱以高官厚禄，却被许建业坚定地拒绝。于是，特务头子徐远举便对他实施威胁，而许建业仍然报以极为硬气的回应。是什么让许建业面对敌人的高官厚禄不为所动，面对敌人的酷刑"伺候"而顽强不屈呢？这还得从许建业的家庭背景和他的个人志向说起。

许建业，是小说《红岩》中许云峰的人物原型之一，他幼年丧父，由母亲把他和妹妹许兰芝抚养长大。在旧社会，

许建业 （红岩联线管理中心 供图）

一个女人要独撑门户，其艰辛程度对于今天的人来说是很难理解和想象的。母亲为了让许建业能成为对国家有用的人，自己拼命劳作，省吃俭用，受尽千辛万苦而送许建业去读书。母亲所付出的一切，许建业看在眼里，记在心头。他从小就很听母亲的话，学习刻苦认真，参加工作后，仍不忘母亲的教导，很好地继承了母亲朴素节俭的生活作风，想方设法奉养母亲，供妹妹读书。此外，许建业还常常挤出时间回家帮助母亲做事。

虽然许建业从小和母亲、妹妹相依为命，感情十分深厚，但是，当党组织需要他离开家到新的环境、新的工作岗位时，他却义无反顾。虽然挂念母亲，不舍妹妹，但是他革命的脚步并没有退却，毅然远走他乡。他说得最多的一句话就是："为了千万个母亲能老有所养，终有所归，我必须暂时离开自己的母亲，到党需要的地方去战斗。"他的妹妹几次来重庆看望他，许建业总是挤出时间，尽力陪伴妹妹，为妹妹买布做新衣服，还设法筹钱为妹妹治病。

许建业虽然深知忠孝难以两全、大忠即大孝的大义，但仍然为自己不能在家尽孝亲身奉养母亲深怀愧疚。每次妹妹离开重庆时，他都要再三叮嘱："我们的父亲去世得早，母亲为了全身心地抚养我们，并没有改嫁，她真是受尽了苦。现在身体又多病，且年岁已高，望你能理解哥哥，代我多照顾她，把做子女的责任担负起来。"许建业在给母亲的信中写道："您老人家不要担心我，儿在外面生活得很好，工作得很有意义，儿会给您争气的。"

就是这样一位孝敬母亲、关心妹妹、忠诚于党、敢于担当的好儿子、好兄长、好党员，却因叛徒出卖被敌人关进了监狱。敌人的利诱威逼从未奏效，反而在许建业这里碰了一鼻

子灰。

但特务头子徐远举也不可能就这样善罢甘休，决定对许建业刑讯逼供，妄图用皮鞭、棍棒来撬开许建业的嘴。

当天晚上，许建业被国民党特务绑进刑讯室，国民党重庆行辕二处情报课长陆坚如主持审讯。刚开始，陆坚如装出一副客客气气的样子说："杨先生（许建业曾化名杨绍武、杨清），徐处长给你讲得很多了，有的问题你们的人都说了，何必还要隐瞒呢。希望你将你的上下级组织交出来，这样对你来说是很有好处的。"

"既然叛徒都给你们讲了，还来问我干什么！"许建业以鄙视愤恨的口吻回应道。

陆坚如的态度立刻发生了180度的转变，用威胁性的口气说道："你不要嘴硬，现在你已失去了自由，只有交代出组织和同党才能重新获得自由，那才是唯一的出路。"

许建业斩钉截铁地说："少啰唆，我没有什么可讲的！"

陆坚如见许建业态度如此强硬，就进一步威逼说："到了我这里，就不由你不讲，放明白点，好汉不吃眼前亏。"

"你的意思不外乎要动刑，就是杀头我也没什么可讲。"许建业继续刚毅地予以回击。

此时，陆坚如更加凶相毕露，猛击桌子吼叫道："给我吊起来！"话音刚落，几个刽子手立即将许建业捆绑起来，反吊在屋中大梁上。只见许建业头上汗珠直冒，但他咬紧牙关，忍住剧痛，不叫不哼。几个特务手执皮鞭、棍棒，边抽打边盘问："说不说？"许建业仍以"无声"对抗，刽子手们声嘶力竭地狂吠一阵之后，无可奈何，只好将许建业放下。这时，许建业的手脚已严重损伤，痛得昏迷过去。就这样，许建业坚强地战胜了特务的第一次酷刑。

灭绝人性的国民党特务,没有给许建业喘息的机会,用冷水将他泼醒后,又向许建业的鼻孔猛烈冲灌带刺激性的水。这种水呛入气管,万分难受,但许建业一声不响,仍然以极大的毅力战胜了特务的第二次酷刑。

特务两次刑讯失败后,对许建业使用了更为凶残的酷刑,他们将许建业绑在"老虎凳"上。这是一种既原始又残暴的刑具,它可以使人脚骨折断,瘫痪致残。当垫到第三块砖时,许建业的膝盖骨吱吱作响,痛得昏迷过去。特务用凉水将其泼醒后,又加砖头,许建业再次昏迷。几次反复,许建业仍未吐出一字半语。

经过三次酷刑,特务仍一无所获,只好灰溜溜地收场,结束了他们的酷刑审讯。

面对国民党特务的酷刑,许建业虽饱受折磨几近于死,但始终坚贞不屈。1948年7月22日,许建业被公开枪杀于大坪刑场。狱中难友许晓轩怀着悲愤的心情,写下这首诗:"噩耗传来入禁宫,悲伤切齿众心同。文山大节垂青史,叶挺孤忠有古风。十次苦刑犹骂贼,从容就义气如虹。临危慷慨高歌日,争睹英雄万巷空。"许建业用鲜血和生命践行了自己的诺言,为天下母亲尽孝,成为全中国的母亲最可爱的儿子!他在临刑前的从容气度,连敌人也不得不佩服。特务头子徐远举也曾回忆说:"我有个朋友告诉我:'你们行辕昨天在杀共产党是吗?我在路上看见一汽车的兵押解着两个人去杀,他们沿途高呼共产党万岁,真英武啊!'他的话使我感到黯然和怅惘。"

1949年7月21日,当许建业周年祭日来临之际,有"黑牢诗人"之称的蔡梦慰烈士,在狱中写下一首名为《祭》的诗

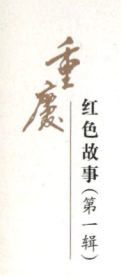

篇，以纪念这位为天下母亲奉献赤子之情、为中国人民的解放事业而献出生命的伟大先烈：

安息吧，烈士，
请接受这最高的敬礼！
当你们的面前只有两条路，
你们毫无踌躇，
从容的走上刑场，
像去赴一个神圣的约会。
在断头台上，
你们先宣判了敌人的命运，
用震撼地球的声音向全世界播告：
——中国革命胜利！
——中国人民能够胜利！
一年了呵，
胜利的花朵，
在战士们的血泊中蓬勃开放！
你们被害的去年今日，
大半个中国还在罪恶的统治下；
今年今日呀，
人民的军队已经渡过大江，
扫荡着敌人的败兵残将；
不会等到明年的今天，
解放的红旗呀，
将飘扬在中国的每一寸土地，
飘扬在你们的墓头，

飘扬在这黑牢的门口!

无数代享受幸福的人民,

将从不朽的烈士碑上,

读出那代表光荣与庄严的名字:

——中国共产党党员许建业。

【点评】

　　许建业烈士用鲜血和生命践行了自己的诺言,为天下母亲尽孝,成为全中国的母亲最可爱的儿子!老吾老以及人之老。为人子女,赡养父母,是尽人子之孝;立身行道有益于社会,使父母因此而自豪荣耀,是为大孝;心系天下,为国为民尽忠职守,是为至孝,是孝的升华。许建业为了千万个母亲老有所养而远离自己的母亲,到党需要的地方舍身战斗,壮烈地诠释了什么是伟大无私的至孝!这种至孝,实质上就是对党的忠诚、对人民的忠诚,在今天,这理应成为我们每一位共产党员的不懈追求。

供稿:红岩联线管理中心

陈然：以身殉真理

1947年,《彷徨》杂志第五期发表了一篇文章:《论气节》,文中写道:

气节,是中国知识分子的优良传统精神。什么是气节?就是孟子所说的:"富贵不能淫,贫贱不能移,威武不能屈。"在平时能安贫乐道,在富贵荣华的诱惑之下不动心志;在狂风暴雨袭击下能坚定信念,而不惊慌失措,以至于"临难毋苟免,以身殉真理"。

这篇文章的作者就是红岩

陈然 （红岩联线管理中心 供图）

英烈陈然，他用自己的生命对"气节"二字的深刻内涵作出了最透彻最有力的诠释。

陈然，原名陈崇德，祖籍江西，1923年12月28日生于河北省香河县。父亲是海关小职员，先后在北京、上海、安徽、湖北、重庆等地工作，陈然也随父辗转各地生活、求学。1938年，陈然在湖北宜昌参加"抗战剧团"，在抗日救亡宣传工作中，接受了革命教育，经过实际工作锻炼，1939年在"抗战剧团"加入共产党。1940年，正值国民党顽固派发动反共高潮，剧团内党组织撤离，陈然也因父亲工作调动，随家迁居重庆，党的组织关系转到中共中央南方局。1942年因躲避特务抓捕又与组织失去联系。失去组织联系后，陈然仍然自觉地履行一个党员的职责，通过学习《新华日报》《群众周刊》等领会党指示的斗争方向，主动深入到工厂、码头去与工人群众交朋友，启发他们的阶级觉悟。

1946年，全面内战爆发，中国社会处在"向何处去"的重大转折关口，相当多青年的思想状况也因政治局势的复杂和自身前途的茫然而显得苦闷与彷徨。在新华日报社的领导下，陈然与一些进步青年创办了《彷徨》杂志，以小职员、小店员、失学和失业青年等为对象，以谈青年切身问题为主要内容，形式上是"灰色"的，但内容是积极健康的，以此联系更广泛的社会群众，发展和聚集革命力量。1947年1月1日，《彷徨》出刊后，大量读者来信，倾诉种种不幸遭遇，以及个人生活上、思想上的苦闷。陈然担任编辑部的"通联"工作，利用业余时间答复读者来信和到新华日报社取稿，常常工作到深夜，为杂志和读者呕心沥血、不遗余力。

1947年2月，新华日报遭到了国民党反动派的无理查封，

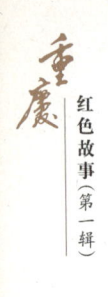

报馆全体人员被迫离开重庆撤回延安。重庆的政治生活顿时陷入一片沉闷压抑的氛围中，国民党政府实施的白色恐怖和新闻封锁政策，断绝了进步人士了解革命进程的渠道。这一突发事件更是打断了《彷徨》杂志与新华日报社的联系，使陈然他们失去了上级党组织的领导。

在这种"黑云压城城欲摧"的危急情况下，陈然和《彷徨》杂志的蒋一苇、刘镕铸等同志却于1947年4月底的一天突然收到了党组织从香港寄来的《群众周刊》香港版和《新华社电讯稿》，这让几位同志欣喜若狂——党组织并没有忘记他们，这无疑是为他们在当时极其严峻的形势下继续开展工作带来了一盏指路明灯。从此以后，他们每隔几天便会收到党组织从香港寄来的《新华社电讯稿》，一个个人民革命胜利的消息，使大家倍受鼓舞。他们认为应该把那些鼓舞人民的消息散发出去，可是该怎么办呢？由于《彷徨》杂志是公开出版物，不方便刊登，他们决定用油印小报的方式把这些消息传播出去，并将该报定名为《挺进报》！陈然他们还希望中共地下党组织能看到这份小报，使他们能尽快恢复与组织上的联系。

果然，《挺进报》很快传到了重庆地下党组织那里，市委派彭咏梧同志和他们接上关系，决定将《挺进报》作为重庆地下党市委的机关报，并购买收音机直接收听延安电台，同时成立了电台特支和《挺进报》特支。陈然负责油印，成善谋负责抄收消息。就这样，《挺进报》犹如一把钢刀，直插敌人的心脏，它又如一座灯塔，照亮了山城人民前进的道路。

后来，地下党为了对敌人展开"攻心"战，于是将《挺进报》直接寄给敌人。国民党重庆行辕主任朱绍良收到《挺进报》大发雷霆，他把行辕二处处长徐远举叫到办公室训斥道：

"你徐处长说的,南方局已撤离了,《新华日报》查封了,重庆的共产党销声匿迹了,那为什么共产党的《挺进报》寄到我的办公桌上来了?!你怎么解释?"朱绍良命令徐远举限期破获地下党的《挺进报》。

这一棘手的"案子"让徐远举颇为头疼。他在重庆解放后被关押于战犯管理所,写下了近十万字的交代材料《血手染红岩》,材料中对破坏《挺进报》的过程有这样的交待:限期破案对我来说是一个沉重的压力。顶头上司的震怒,南京方面的责难,使我感到有些恐慌,也有些焦躁不安。当时特务机关的情报虽多如牛毛,但并无确实可靠的资料。乱抓一些人又解决不了问题,捏造栽赃又怕暴露出来更麻烦。我对限期破案不知从何下手,既感到愤恨恼怒,又感到束手无策,但在无形战线上就此败下阵来,又不甘心。

他绞尽脑汁,终于想到了"堡垒从内部攻破"的策略,制订了"红旗特务计划"。就是把经过培训的一些特务,伪装成进步的学生、工人、失业人员,派遣到社会各单位、团体和群体中,通过自己进步语言、行为接近其他人,搜寻蛛丝马迹。

当时重庆有个民盟办的文城书店,是地下党用来发行《挺进报》的一个联络点。书店被国民党查封后,地下党安排店员陈柏林到社会大学学习。在"社大","红旗特务"曾纪纲,伪装成进步学生,表示要帮助陈柏林恢复书店,并且希望陈柏林能够提供一些进步的书刊资料给他学习。曾纪纲的假象骗取了地下党员陈柏林的信任。陈柏林向他的上级任达哉提出,要求发展曾纪纲,以便协助他开展工作。当任达哉决定与曾纪纲面谈时,曾纪纲立即向他的上级特务李克昌汇报,于是徐远举当即指派特务抓捕了陈柏林和任达哉。陈柏林虽然年幼无知,被

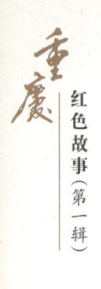

特务假象所麻痹,但被捕后,在敌人酷刑面前却表现得十分坚强。而任达哉被捕后,经受不住酷刑折磨,投降叛变,出卖组织,出卖同志,由此引发整个地下党组织遭到一连串的大破坏。

地下党出现叛徒,党组织遭到破坏。组织上迅速作出反应,通知有关同志转移。当时陈然的公开身份是国民党中国粮食公司机修厂的管理员,家住南岸野猫溪,他收到了一封告急信:"近日江水暴涨,闻君欲买舟东下,谨祝一帆风顺,沿路平安!"下面署名是"彭云"。"彭云"是江姐的儿子,那时不过是个2岁左右的小孩。陈然收到此信,猜测地下党组织可能出了事,但他却并没有立即转移。首先是因为他无法确定该信是否真实,更重要的是他深深明白在情况不明之时贸然行事可能造成的后果。他回想起抗战期间,为躲特务追捕,上级叫他到江津去隐蔽待命,以后由组织来找他。后来,陈然在江津身患疾病,就违背纪律自行跑回重庆接头,结果接不上而脱党好几年,直到成立《挺进报》特支才重新入党。陈然曾经痛悔地说过,当初就是死在江津也不应离开。所以,他决定,哪怕出现最恶劣的情况,没有确切的消息,也决不撤离!

他作出了这样的决定:找相关同志核实情况并坚持把第23期《挺进报》印刷发行出去再转移。

1948年4月22日,当陈然准备将印刷完毕的《挺进报》送出去的时候,特务按叛徒提供的线索追到他家。陈然被捕了。当敌人搜查的时候,除了查到第23期《挺进报》和油印工具外,一无所获。

敌人对他施用了各种酷刑,陈然被折磨得几次昏死过去,醒来后怒斥匪徒,最后特务强行把他架起来,拿出纸笔,要他招供,以扩大对地下党组织的破坏。面对敌人的酷刑威逼,面对敌人的穷凶极恶，陈然英勇不屈，坚不吐实，展现了一位共产党员坚强的意志品质。最后敌人无计可施，只有将他押回牢房。

1949年10月28日，陈然上演了他生命中最后的悲壮一幕。

在国民党法庭上，法官张界宣读判词："成善谋，《挺进报》电讯负责人；陈然，挺进报负责人，印刷《挺进报》。"听到这些，陈然、成善谋这两位老战友惊喜地四目相对，他们甩开特务的看押，紧紧地拥抱在一起，不约而同说出：

"紧紧地握你的手！"

"致以革命的敬礼！"

原来，《挺进报》特支和电台特支都是单线联系，互不往来。陈然在印刷《挺进报》的时候，发现每次从组织上转来收录的电讯稿，字迹工整，一笔不苟，他被收录员这种认真的态度深深折服。他写了一句"致以革命的敬礼"向这位同志表示敬意，考虑到工作纪律，没有署名，由组织转交。几天后，他收到回信，也是简单的一句："紧紧地握你的手"，同样没有署名。这位同志其实就是他的老战友成善谋，但他们在一起的时候，都遵守党的工作纪律，从不相互打听和谈论工作情况。

两位战友的"表白"使国民党的法庭顿时秩序大乱，审判实在无法进行下去，特务只好草草收场，将他们押往刑场。当陈然等10人被押到刑场时，陈然突然转过身来，面对端枪的刽子手说："你们有种的，正面开枪！"行刑队不敢开枪，他们强行把陈然扭转过去，还是从后面开了枪！陈然在刑场上是何等的英勇，何等的潇洒！"面对死亡放声大笑"这视死如归的英雄气节，是他伟大人格力量的真实写照，是他对生命意义的有力诠释！

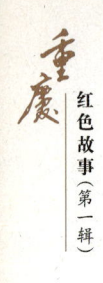

【点评】

　　气节是人生的灵魂支柱和精神脊梁。习近平总书记曾指出："纵观人类历史，凡有成就者，必有高风亮节"，"高尚的气节是每一个领导者应有的品质。没有气节，就没有了脊梁骨"。守护初心使命，砥砺政治气节，磨炼政治风骨，党员干部就有力量，我们党就有力量。千千万万个脊梁挺立起来，就能筑起民族复兴最坚强的政治保障。

供稿：厉　华

王朴：毁家纾难助革命

　　1948年4月27日上午10时许，王容像平常一样，到民国路（今重庆市渝中区五一路）宏泰大楼二楼的南华贸易公司找三哥王朴玩。王朴是公司的经理，但这次见到弟弟，却皱起了眉头，第一次不加解释地让王容到别处去耍。负气离开之后，王容既急又想不通，又折返回来。这时，包饭的餐馆送来了午餐。王容和哥哥等人刚坐下不久，王朴还没有吃完第一碗饭，门就被特务推开了。王朴知书识礼，又家境殷实，特务为什么会找上他？

　　王朴，原名兰骏，1921年11月27日出生于

王朴　　　　（红岩联线管理中心　供图）

原四川省江北县仙桃乡（今重庆市渝北区仙桃街道）一个富裕的商人家庭。王朴自小坦率正直，勤奋好学。1944年夏天，他考入复旦大学新闻系（位于重庆北碚）。在这里，他如饥似渴地阅读了大量马列著作、进步报刊，并尽力传播，逐步树立了共产主义信仰。这期间，中共中央南方局也开始关注王朴。

1945年7月，为了落实党中央开辟农村工作据点的指示精神，南方局青年组动员王朴回乡办学，开展农村工作。王朴坚决响应党的号召，征得母亲捐资兴学的同意，回县兴办学校。筹办莲华小学时，南方局抽调了黄颂文、李青林等10余名青年来到复兴乡协助办学，开展工作。1946年7月，为扩大办学影响，又开办莲华中学，校址从李家祠堂迁至逊敏书院，四川省委青年组又派杨仲武、王敏等同志到莲华中学工作。

1946年冬，在办校建点的过程中，经过长期培养和考验的王朴，被吸收入党，实现了他多年的愿望。1947年2月，中共江北县特支成立，王朴被任命为特支委员。7月，江北县工委成立，王朴任工委书记。1947年9月，中共重庆北区工委成立，工委书记齐亮以英语教员的身份化名李仲伟来到莲华中学，黄颂文任组织委员，王朴任宣传委员兼管统战工作。莲华中学随即成为北区工委机关所在地，成为江北县和北碚地区党的活动中心。1948年初，为争取莲华中学的"合法"地位，北区工委接办私立志达中学，莲华中学改为志达中学初中部，原志达中学为高中部，王朴任校长。从1945年秋到1949年11月的4年多时间里，在党组织的领导下，学校充分发挥了农村工作据点的作用，在发展壮大党的组织、开展革命活动、培养革命人才等方面，取得了显著成效。

就在北区工委成立时，为了配合解放战争，在大后方进行武装斗争，川东地下党急需经费购买粮食、药品和武器。王朴接受了为党筹集大笔经费的任务，他决定把家产全部献给他为之奋斗的神圣事业。王朴把想法告诉了母亲，年近半百的金永华同意将自己半生苦心经营积攒所得、准备留给子孙后代的殷实家产全部奉献给党安排使用。从1947年秋至1949年，金永华、王朴陆续变卖了1480石田产和市区的部分沿街房产，折合黄金近两千两，所得款项，一部分作为党的活动经费，一部分通过中国银行会计杨志（党员）存入银行备用。

　　大量卖田，引起了社会上一些人士的注意。川东临委指示王朴以做生意为名筹建一家贸易公司，作为川东地下党的一个经济据点。1948年初，王朴在重庆民国路宏泰大楼二楼租了一层楼房，根据党的需要创办了南华贸易公司，由王朴任经理，杨志任副经理。同时还从已经创办的3所学校抽调了几个党员担任会计和办事员。南华贸易公司一方面以王朴家卖田的款项作资本，经营生意；另一方面，通过公司供给川东地下党活动经费，并与上海、香港等地打通贸易往来，与上级党组织取得联系。开业后，川东临委工委书记王慕斋（王璞）来此接过头，提过款，对公司的创办工作十分满意。

　　在党的感召下，出身于资本家家庭的王朴，不但背叛了自己的阶级，而且把母亲和全家引上了革命的道路。这一切都是在白色恐怖笼罩山城，党处于极端艰难的情形下所发生的。这是一种对党赤胆忠贞的拳拳之心，一种壮怀激烈的报国之志，更是一种无坚不摧的信念支撑！

　　1948年4月初，重庆市委机关报《挺进报》被破坏，复兴乡也几次出现特务踪迹。据打入复兴乡公所的地下党员王泽泮回忆，4月20日前后，重庆行辕二处的3个特务来复兴乡公

所，窥视地下党活动。在情势异常危险的情况下，王朴不顾个人安危，仍到场上与王泽泮见面。当王泽泮汇报到敌人了解思源中学情况多、了解志达中学情况少时，王朴说："小王要提高警惕，要防止声东击西，继续监视敌人的行动。"一次，王朴还在街上与特务擦身而过，但他从容镇静，泰然自若，安全地回到了学校。

北区工委也得到情报，重庆、万县地下党组织遭到破坏，市委书记刘国定被捕。王朴与齐亮、黄颂文在志达中学初中部召开了紧急会议，商量对策。在讨论谁留下时，王朴、齐亮、黄颂文各持理由，争执不下，谁也不愿意把安全留给自己，把危险让给别人。王朴认为自己土生土长，又是校长身份，突然走了影响大，坚决留下工作。在王朴一再坚持下，最后决定由他留守。他坚定表示："能不能经得起最严峻的考验，我的行动是最好的回答。"

市委书记刘国定叛变后，敌人从他身上搜出一张王朴开出的现金支票，他便供出了川东地区党组织经济支持人王朴与苟孔甲（当时在川康银行工作）的关系。苟孔甲随即被捕，交代了他所知道的王朴的收支账目。没几天，参与南华公司筹备工作的电力公司员工唐鹤生也被捕。特务要求二人发现王朴进城立即报告。

4月24日晚，王朴与妻子褚群相对坐着，他抱着爱子"狗狗"依恋地说："城里还有一摊子要采取紧急措施，我要按照原定的接头时间到重庆去与王慕斋碰头，我这次进城去很可能被捕。"随即拿出一支活芯铅笔给褚群说："这支笔留给你作个纪念吧！你留在学校里担子不轻啊！也有可能被捕……要是我被捕了，你要听从组织的安排，老李（齐亮）会与你联系的，要努力完成党交给的任务,要把孩子抚养成人……"

次日清晨,东方刚露鱼肚白,王朴如往常一样平静,收拾好行李,进城去了。他和正住在城内的母亲金永华谈了很久。母亲叫他到成都躲避一下,他说:"我怎么能走?我加入了组织,就不是娘一个人的儿子了。"想着今后母亲要走的路更是充满严峻的考验,王朴噙着泪珠,向母亲讲了三条意见:一是万一他被捕了,要放出和平空气,掩护学校,保护同志,学校一定要办下去,这是命根子;二是听党的话,剩下的田产,继续变卖;三是弟弟、妹妹要靠组织,不能离开学校。

4月26日晚,王朴分别与苟孔甲、唐鹤生联系。第二天一早,两人便先后向特务告了密。4月27日中午,行辕二处课长雷天元带着5个特务,包围了南华公司大楼,于是就出现了文中开头的一幕。

王朴被捕后,先被关押在行辕二处,组织上通过各种关系,千方百计进行营救,均未果。王朴在狱中咬定被人诬陷,敌人除给他冠上"以物资助匪"的罪名外,无更多可靠证据,不得不"劝导"王朴:"像你这样的家庭,这样的社会地位,为什么要跟共产党跑呢?"敌人软硬兼施,威逼利诱,提出三条要求:一是澄清思想;二是交出组织;三是"参加工作",就可以还王朴自由。但王朴铁骨铮铮,在利诱面前,毫不动摇,在"老虎凳""电刑"等酷刑面前,忍受着肉体折磨的痛苦,坚守党的机密。最后,王朴被列入有重大案情的政治犯,转囚于白公馆。

在狱中,王朴始终充满革命乐观主义的精神,关心难友,在生活条件极差的情况下,还把家里带来的食品分给难友。他坚持学习,手不释卷,不断追求进步,和大家一块儿学习、讨

论形势。当中华人民共和国成立的消息传入狱中的时候，他怀着无比向往的心情期待着黎明的到来，期盼着五星红旗在山城迎风飘扬。

不过，考虑到随时都可能牺牲，王朴设法带出口信给母亲和妻子，嘱托他们坚持革命。他在给妻子褚群的信里说："小群，莫要悲伤，有泪莫轻弹。你还年轻，你的幸福就是我的幸福。狗狗（儿子的小名）取名'继志'，要让他长大成人，长一身硬骨头，千万莫成软骨头。让他真正懂得'继志'的含义。"在给母亲金永华的信中说："娘，你要永远跟着学校走，继续支持学校，一刻也不要离开学校，弟、妹也交给学校。"这里的学校指的是党组织所办的莲华中学，实际上就是指党组织。在临近生命的最后时刻，王朴将自己未竟的事业寄托于后来人、寄托于党，其殷切期望和赤子之情，跃然纸上。

1949年10月28日下午，王朴与其他9位战友一道，被公开枪杀于重庆的大坪刑场，为党和人民的事业献出了年轻的生命。

【点评】

王朴是坚强的共产主义战士，他的一生只走过了28个春秋，短暂却壮丽。他以振兴中华、解放全人类为己任，用热血和生命书写对党的忠诚，无私地为人民的利益献出了自己的一切，充分体现了为党分忧、为民造福的担当精神，必将鼓舞广大党员干部不忘初心、牢记使命，勇于担当、甘于奉献，在新时代的长征路上作出新的更大贡献。

供稿：厉 华

邱少云：烈火真金铸英雄

  雄赳赳，气昂昂，跨过鸭绿江，保和平，卫祖国，就是保家乡……

  这首大家耳熟能详的歌曲，就是《中国人民志愿军战歌》，至今仍被广泛传唱。新中国成立不久，朝鲜战争爆发，战火烧到鸭绿江边，威胁着新中国的安全。1950年10月，党中央发出了"抗美援朝，保家卫国"的号召，中国人民志愿军陆续开赴朝鲜。在抗美援朝战争中，诞生了许多英雄人物，特等功臣、一级英雄邱少云就是其中之一。

  1926年，邱少云出生在重庆铜梁县。他父母早逝，四个兄弟相依为命。他13岁时开始当雇工，与两个弟弟一起帮地主打短工度日，有时竟被迫讨饭，受尽欺凌和白眼。解放前夕，邱少云外出打工时，被抓了壮丁，进入国民党军队。1949年12月，邱少云所在部队在成都龙泉驿起义，由此加入中国人民解放军。

  解放初期，邱少云参加内江剿匪斗争。在一次战斗中，他

与九连战友化装成乡下农民，机智勇敢地深入匪窟，在高粱镇活捉内江反共救国军司令、匪首刘荣熙。为此，师部授予邱少云所在连"剿匪先锋连"光荣称号，集体荣立大功一次，邱少云个人也荣立三等功。

1951年3月，邱少云随部队开赴朝鲜。临行前，他给家里的亲人写了一封信，信中写道："前些日子，我报名参加了中国人民志愿军……听我们指导员说，美国佬在朝鲜杀人放火，干尽了坏事。我在朝鲜要多打美国佬，你们在家里要把分的地种好，多打些粮食，多交些公粮，支援抗美援朝战争……到朝鲜后一定要拼命打仗，不怕死。为了让所有的受苦人都像我们一家过上好日子，我死了算个啥子么。我决心杀敌立功，带着光荣花回来看你们。抗美援朝，保家卫国！"这是邱少云给亲人的最后一封信。

进入朝鲜之后，在部队开赴前线途中，邱少云曾冒着美军飞机的扫射轰炸，从燃烧的居民房屋里勇救朝鲜儿童。

1952年9月，美帝国主义发起了夏季攻势，失败后又发起秋季攻势，占领了朝鲜平康与金华之间的391高地。391高地就像一颗毒牙挡住了我军前进的道路，为了将战线向南推进，必须拿下它。391高地地势险要，那高高的山形像马鞍，32个碉堡林立在山间，半山腰上有4层铁丝网，形成了层层路障，山前有一大片开阔地，蒿草长得十分茂密。

营首长们远看地形，又分析了敌情，马上召集全营将士作战前动员报告："同志们，攻打391高地很重要，它是我军下一步发动上甘岭战役的必经要道。但是391高地居高临下，对敌人有利，如果我们去硬攻，敌人的炮火就往下轰，损失就很严重，所以绝不能硬攻，要巧打才能把敌人彻底打垮，为缩短冲锋距离，打他一个措手不及，决定组织一支500人的加强营潜伏队，于11日晚12点以前按计划潜伏在离敌人阵地60米远的蒿草丛中。等到第二天下午5点半大部队发起总攻，前后配合一起冲。同志们，谁愿当先锋？"

"报告首长！我愿去，我愿去！"

10月11日晚，500多名战士从头到脚缠上草，作好伪装准备，悄悄爬进开阔地带潜伏。入夜之后，天寒地冻，邱少云和他的战友们按照预定计划，在391高地附近的野草丛中纹丝不动。

邱少云所在的3班是尖刀班，潜伏在最前面。为了确保首次爆破成功，邱少云与副班长李元兴、战士李士虎组成第一爆破组，班里其余同志组成第二、第三爆破组。第一爆破组距敌阵地前沿约60米，形成品字形战斗队形，最前方第一爆破手就是邱少云。当时邱少云携带的是一把大铁剪和自己的武器，主要任务是待炮击向前延伸后，首先剪开敌人阵地前沿的残存铁丝网，形成单人通道，以利于爆破手冲上去炸毁敌人的碉堡，消灭敌人的机枪火力点，为部队冲锋扫除障碍。他们要在敌人的眼皮底下无声无息潜伏至第二天下午5点半才能发起总攻。

10月12日上午11时许，5名敌人照例下山取水和巡逻，从地堡里钻出后往山下走来。潜伏部队万分焦急，但这一切已被我军观察所里的指挥员掌握，便命令炮兵用一发炮弹消灭这5个敌人。敌人对出现的这一新情况感到怀疑，认为我军在暗中侦察他们，便派飞机盘旋在志愿军潜伏地上空侦察动静，结果没发现任何目标。但敌人非常狡猾，不一会儿，便在潜伏区上空发射了一排燃烧弹，企图烧掉野草，使我军无法潜伏。有一颗燃烧弹恰巧落在邱少云前面两米左右，由于野草多已干枯，

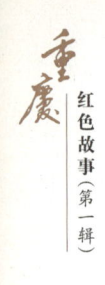

一见火星就燃，熊熊大火很快烧到了邱少云身上。

但邱少云并没有爬起来扑灭自己身上的火焰，他尽力把爆破筒慢慢推向离自己不远的战友李士虎身边，又把子弹夹埋在土坑里，以防燃烧引起爆炸暴露目标。在他右侧面3米处有一条小水沟，只需侧身一滚即可扑灭身上火焰，但他深知，如果一滚动，就会暴露目标，必将遭到敌机狂轰滥炸，数百名战友将陷入绝境，整个潜伏计划就会全部失败。

为了数百名战友的生命安全，为了整个战斗的胜利，邱少云在烈火中咬紧牙关，强忍着剧痛，用微弱的声音向战友李士虎说："胜利是我们的，但是我不能完成爆破任务了，你去完成吧。"邱少云燃烧着的身躯紧贴地面，双手颤动着慢慢插入软泥里，直到失去知觉，最后英勇牺牲，年仅26岁。距离邱少云最近的战友李士虎，因来时过河全身棉衣湿透了，身上没被烧着。当烈火在邱少云身上燃烧的时候，他一直眼睁睁地看着，听到邱少云皮肤被烈火烧得嗤嗤作响。李士虎眼里冒着火星，急得咬破了嘴唇。他多么想爬起来扑灭战友身上的烈火啊！但他和其他战士一样，为了整个战斗的胜利，强忍内心极度的悲痛和怒火，等待战斗时刻的到来。

傍晚5点21分，天空中升起了两颗红色信号弹，我军正式发起攻击。炮兵按计划对391高地进行8分钟疾风骤雨般的炮击后，5点30分准时发起冲击，战士们怀着满腔怒火，高喊"为邱少云报仇"，个个如离弦之箭，以排山倒海之势扑向敌人。顿时，枪炮声、喊杀声响成一片，以摧枯拉朽之势，仅用30分钟，就将敌人一个连和一个火器排全部歼灭，拿下了整个391高地。

邱少云的事迹迅速传遍了部队。《人民日报》《解放军报》

邱少云烈士纪念馆　　　　　　　　　　　　　　　　（铜梁区委宣传部　供图）

等报刊先后发表通讯《英雄的战士邱少云》《伟大的战士邱少云》，报道了邱少云的英雄壮举。

1953年2月，部队将邱少云的遗骨运回祖国，安葬于沈阳市北郊"抗美援朝烈士陵园"。志愿军战士在朝鲜平康以南的五圣山主峰（391高地）石壁上，庄严地镌刻上几个大字："为整体胜利而自我牺牲的伟大战士邱少云同志永垂不朽！"

1953年6月1日，中国人民志愿军司令部、政治部为邱少云追记特等功，并追授邱少云"一级英雄"称号。1953年6月25日，朝鲜民主主义人民共和国最高人民会议常任委员会追授邱少云"朝鲜民主主义人民共和国英雄"称号，同时授予金星奖章、一级国旗勋章。

1962年，重庆铜梁凤山修建了"邱少云烈士纪念馆"，朱德总司令题写了"邱少云纪念碑"碑名。一代文豪郭沫若写下诗句：

援朝抗美弟兄多，烈士少云事可歌。
高地名传三九一，寇军徒念阿弥陀。
戳穿纸虎功长在，缚住苍龙志不磨。
邻国金星留纪念，英雄肝胆壮山河。

【点评】

邱少云烈士用自己的生命换取了战斗的胜利。我们学习邱少云，就要学习他为了革命事业严守纪律、勇于牺牲的精神。习近平总书记指出，"党的纪律是刚性约束"，"各级党组织要把严守纪律、严明规矩放到重要位置来抓，努力在全党营造守纪律、讲规矩的氛围"。作为党员干部，必须坚持把纪律规矩挺在前面，越是关键时刻，越要讲政治、顾大局、守纪律，只有这样，我们的事业才能无往而不胜。

供稿：余敬春　左　涛　王成金

杨闇公：民主生活会留佳话

在中国共产党党史中，有一份弥足珍贵的档案。翻开档案，泛黄毛边纸上飘逸俊秀的字迹背后，讲述着杨闇公如何解决党内矛盾争端的故事。

1926年1月，中共党员杨洵决定向远在上海的党中央去信，反映重庆党、团存在的团体个人化、革命学潮化问题。

杨洵当时33岁，已过而立之年，还是一名1922年在法国勤工俭学时入党的"老党员"。可是，当他在1925年7月受党安排返回重庆，在党的据点中法大学四川分校工作后，近半年来却一再感到种种不适：重庆党、团的领导人童庸生"个性强烈"，杨洵关心刊登中法大学招生广告的问题，童庸生居然以长信回复，有质疑之意；国立四川第二女子师范学院学潮发起，童庸生坚决反对杨洵提出的停止运动的意见；童庸生还一再插手中法大学教职员事务，有捣乱之嫌；除童庸生外，团地委其他同志也常常不采纳杨洵的意见，还要求他不能只关心中法大学事务，让他担任不恰当的职位；党的宣传资料不知怎么又寄到中法大学，使这个据点有暴露之虞……如此种种，让杨洵如鲠在

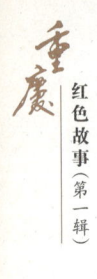

喉，不吐不快。眼下，四川军阀白色恐怖正烈，重庆党、团领导人吴玉章、杨闇公和童庸生受到通缉，他们远赴广州参加国民党代表大会之际，与其报告临时负责人曾净吾，不如直接报告中央。

中央收到杨洵的来信后，高度重视信中的问题。不过，中央更为关切的是重庆党、团的团结问题。适逢杨闇公、童庸生在广州会议结束后，来到上海，中央随即专门召集杨闇公、童庸生二人谈话，来解决这个问题。

此时的杨闇公、童庸生一头雾水。他们刚刚带着一身的疲惫离开国民党第二次全国代表大会，满心欢喜地准备迎接下一场战斗，哪知居然从中央领导口中得知内部团结出了问题，受到了"重庆显然有两派的现象"的严肃批评，真是尴尬不已！

说起来，童庸生也有些冤枉。例如，刊登中法大学招生广告之事，因经办同志延误、报社要价较贵，慢了两天登出，这本与他无关，谁料想杨洵发生误解还来信质询，童庸生才写长信要杨洵尊重客观事实；女师学潮兴起，如不参加，必定失去青年信仰，怎么可以制止；组织事务繁多，希望杨洵多承担工作，有何不可；至于中法大学教职员事务，或是安排其他同志生活来源，或是担心引发军阀注意，又怎么算是乱插手……其实，童庸生反倒是对杨洵不愿意担当临时负责人、推诿工作的做法有看法。

不过，杨洵反映的有一件事，童庸生确实不冤——他实在是性格太强势。譬如童庸生是在共产党员王右木的影响下参加革命的，谁知道，成都地方团在1922年10月初创后，身为书记的童庸生就与团的指导者王右木发生矛盾，还一发不可收拾。童庸生居然离开成都，转赴重庆建青年团，在给团中央的报告中还严厉指责王右木。说起来，无论王右木还是童庸生，都是坚贞的革命志士，这番笔墨官司，着实让后人叹息。"江山易改、秉性难移"，杨洵受不了童庸生的性格，倒也不令人奇怪。

不过，中央怎么能允许地方组织中发生不团结的现象？身处斗争险境，肩负革命重任，内部的分裂，很可能导致党、团组织走向消亡。如果矛盾得不到解决，就会带来不可挽回的损失。

那么，怎么解决这个问题呢？

办法就是一个：开会！包括杨闇公、童庸生等重庆党、团负责人，杨洵在内的涉事人全部参加，进行公开的批评与自我批评，目的就是一个：弄清事实，消除误会，团结同志向前进。

于是，1926年4月15日，重庆党、团地委领导干部共10人，按照中央的要求开了一个批评会。杨闇公开门见山，"我们仅可赤裸裸地、把许多经过的事实说出来，请各位加以批评，以免因一点小事，妨碍团体工作的进行"。

杨洵随即发言，他详细陈述了自己在工作中遇到的10个不适的问题和对童庸生的误会，同时也抱怨道，自己给中央写信提意见，却被

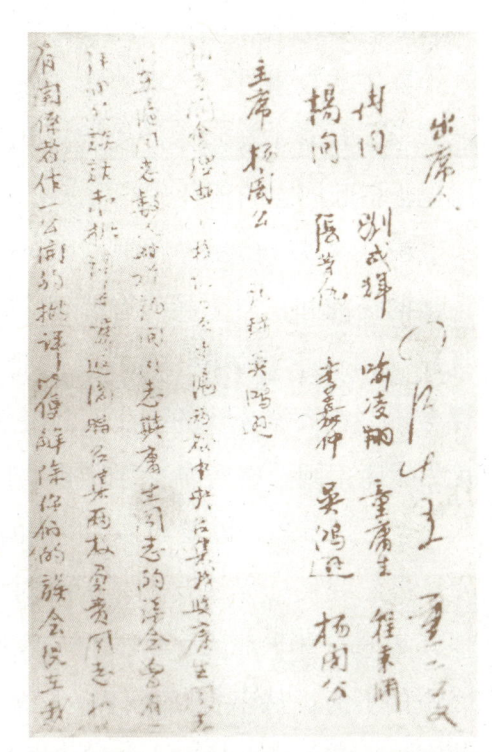

民主生活会记录稿（重庆市委党史研究室 供图）

中央认为"不工作,在团体外说话,以后要负一部分实际工作",实在是难以接受。童庸生一如既往,把相关情况一一陈述,言下之意对杨洵极为不满。

不过,令两人都意外的事来了。参会的同志逐一发言,态度严谨,言辞庄重,陈述事实,一字一句见血见肉,根本没有什么童庸生是重庆团的创始人、杨洵是老党员的顾虑。"这次全是他(庸生)的态度不好,惹出来的,以后希望改正。杨洵平时对工作不努力,有高等党员的气概。这次的误会,全是你自己的疑心生出来的,不应因个人的误会,不信任团体";"庸生对团体工作虽诚实,但个性强烈,有'左'倾幼稚病。杨以前也曾努力工作,但回团后,态度上不十分好";"对地委生出许多误会来,全是不明了团体与个人的关系而发生的";"庸生个性甚强,批评同志时甚至于谩骂,故很容易引起误会。杨洵……除中法校事外,全不工作,态度对同志不诚恳,自然要引起误会,且常站在团体外说话,更容易引起分歧……这些言论哪里不引起同志的猜疑呢?"

或许这就是醍醐灌顶吧。面对同志们的批评,刚才还言之凿凿的杨洵和童庸生虽偶有解释,却更多的是一再回答"接受批评"。于是,当杨闇公要求互相批评之时,双方曾经的一个个误会早已在大家公认的事实面前澄清,杨洵希望童庸生改正态度,童庸生则希望杨洵注意改正"小资产阶级心理"、团体与个人关系处理不当,以及对工作挑剔的毛病。

虽然我们已无法得知杨闇公对童庸生、杨洵两人的评价,但其实他一直非常认可童庸生。然而,杨闇公主持会议时,始终不偏不倚,从未打断任何一人的发言。当所有人发言完毕,他客观总结了童、杨二人的缺点并进行批评,他以极为严肃的态度强调："我们的团体是统一的，我们的同志时时刻刻都应维护团体的统一，不应因一点误会而离开团体去说话，表现分裂的毛病。这是我们同志应该注意的。团体不是私人能把持的，绝不是个人化的，是要团体化的。"最后，他希望童、杨"以后共同努力奋斗，不再闹此资产阶级的意气"。这时的杨闇公，犹如一位率领千军万马的统帅，在他看来，童、杨皆有优点，只要团结一致，都是可以独当一面的"将军"；这时的杨闇公，犹如一位参透人生的长者，把"团结"这一成功的真谛以最诚恳的方式传授给同志；这时的杨闇公，犹如一位严慈相济的兄长，面对弟弟们的争执，他总能找到双方最大的共同点……

经历此番会议的童、杨二人，由此化解了矛盾，放下了包袱。而经过这次批评会的重庆党、团组织，则以更加团结、更富战斗力的工作姿态受到中央的赞誉。童庸生始终战斗在四川革命斗争的最前线，后于1930年牺牲；杨洵一直发挥理论功底深厚的特长，一边搞宣传，一边做统战，不幸于1949年12月7日牺牲在国民党的屠刀下。

这次会议，是重庆党组织历史上的第一次民主生活会。细读会议记录可以发现，主持人程序严明，争议双方辩事实、讲道理，参与者公正严谨，最后的总结一针见血，达到了解决问题、团结同志的目的。

【点评】

开展批评和自我批评是我们党的优良传统和作风，是我们党增强自我免疫力、永葆生机活力的关键所在。习近平总书记指出，"批评和自我批评是解决党内矛盾的有力武器"。我们要以杨闇公主持召开的这次民主生活会为标杆，开展经常性的批

评与自我批评，认真检视问题，让党员红红脸、出出汗，促进党内政治生活的严格规范，促进党性原则基础上的团结，不断增强党组织的凝聚力、战斗力。

供稿：简　奕

傅烈：用生命保护党组织和同志

1928年3月9日，中共巴县县委成立大会正在兴隆巷8号的灰色小楼里举行。下午两点，前来主持会议的傅烈刚走进房内，喝了口水，正准备说话，突然，一阵急促的敲门声响起，有人在外面大声地喊道："收捐！收捐！"屋内的气氛顿时紧张起来……

这就是史上著名的"兴隆巷事件"，中共四川省委书记傅烈在此次事件中被捕，24天后英勇牺牲。

傅烈，1899年出生于江西省临川县上顿渡镇的一个小商人家庭，从小聪明好学，成绩优良，1917年怀着"科学救国"的热情，考入九江南伟烈教会大学学习英语，期间听到十月革命胜利

傅烈　（重庆市委党史研究室　供图）

的消息，受到极大鼓舞。1920年5月赴法国勤工俭学，不久参加由李维汉、李富春发起组织的"工学世界社"，成为第一批社员。1921年，傅烈在留法勤工俭学期间结识了周恩来、邓小平等一批共产主义者，参与创建旅欧中国少年共产党。后被派赴苏联东方劳动大学学习，毕业后回国参加了北伐战争并担任中共江西省委组织部部长。

1927年5月，傅烈调到中共中央军委工作。这时，重庆"三三一"惨案已经发生，杨闇公、冉钧等一大批党的优秀干部、共产党员和革命群众惨遭杀害，党组织受到严重破坏，一些公开了身份的同志纷纷到武汉等地避难，留下的同志，也因交通阻塞，听不到党的声音，思想彷徨、悲观、动摇，有的甚至叛变投敌，革命斗争陷入了"群龙无首"的低潮。中共中央在"八七会议"后，决定派得力干部到四川重建党组织，开展武装斗争。于是年仅28岁的傅烈被派入川，担负起了重建四川党组织的重任。

傅烈入川后，化名贺泽、喻伯凯，在极其困难复杂的形势下，将已被打散的共产党员重新组织起来，开创了新的工作局面。1927年8月，傅烈等人在神仙口街的一个院子里，建立了中共四川临时省委。10月，临时省委在重庆召开紧急会议，傅烈对过去党内思想和组织上出现的散漫现象提出严厉批评，并作出严明的纪律规定，以"特别通信第一号"的形式通告四川各地党组织和全党同志，有效增强了各级党组织和全体党员的政治意识和纪律意识，为巩固和发展全川党组织打下了坚实基础。在傅烈的领导下，四川党组织获得突飞猛进的发展，截至1927年12月底，党员发展到600多人，成立了2个市委、8个县委和10个特支。1928年2月，临时省委扩大会议选出了第一届正式的中共四川省委，傅烈任省委书记兼军委书记，会上还讨论并通过了由傅烈起草的《四川暴动行动大纲》，准备在1928年春荒时节发动暴动。在省委的领导下，南溪、宜宾、涪陵、潼南、万县、绵竹、武隆、丰都等地先后爆发武装暴动。四川革命形势为之一新。

正当四川革命工作取得重大进展的时候，危机却悄悄降临。1928年3月9日，中共巴县县委召开成立大会，省委书记傅烈和省委组织局主任、巴县县委代理书记周贡植到会指导。开会地点在兴隆巷8号，位于重庆城内东边著名的罗汉寺附近，当时是国民党二十三军军需处长蔡某的私宅。蔡某常年在外，只有一个几岁的儿子和保姆常住。蔡某的内弟黄中元是中共党员，党组织便通过他租用了一间楼房作为秘密机关（代号为"话语楼"）。

但谁也没想到，成立大会还没正式开始，就遇到了意外，出现了故事开头的场景。当天3个巡警上门来收"公巡捐"（即警察巡逻的费用，属当年军阀苛捐杂税中的一种），在楼下没见到人，便上楼来催缴钱款。巡警一看到屋里坐了这么多人，以为是聚众赌博，于是马上堵住门喊"抓赌"，并吹口哨呼唤其他警察。

这时，开会的人中有人想起身反抗冲出去，但傅烈示意大家不要鲁莽行事，他以为只要不搜出赌博的证据就好说了。但他却不知道，当时党组织的文件交给黄中元保管，而黄中元看外面形势紧张，偏偏又在几天前把文件都转移到这间屋里来了！

这一下，党组织的名册、文件、传单、刊物、资料等被当场搜出来，警察才知道是抓到了"赤匪"共产党，在场9人全部被捕。省委秘书长牛大鸣因事迟到，赶来时正碰上警察在搜

查，他个子小，像未成年人，连忙谎称同小伙伴捉迷藏，警察便将其赶走。随即军警在全城戒严，继续搜捕，又根据缴获的名册抓到1名共产党人。

傅烈被捕后首先考虑的是党组织和其他同志的安全。3月10日凌晨，趁着看守警察熟睡的时候，傅烈轻声对被捕的同志说："要统一口径，称作商人，要坚强，用生命保护党组织和同志。"下午他们被移送卫戍部，当晚由重庆警备司令王陵基亲自审讯。敌人起初用上等茶饭和香烟款待，以金钱和官位引诱，企图软化和收买傅烈，都遭到了怒斥和拒绝。敌人恼羞成怒，凶狠地对他施尽酷刑，但都未能压垮他的铮铮铁骨。王陵基问："你不怕死？"傅烈大义凛然地回答："革命不怕死，怕死不革命！""同党有多少？""全四川人都是！"王陵基气急败坏地拍着桌子叫嚷："给我用刑，用重刑！"

敌人将煤油灌进傅烈的嘴里，再用铁丝穿过两个大拇指头把他吊起来打，拇指关节扯脱了，又上夹板继续吊打。傅烈被折磨得昏死过去，敌人又用冷水把他泼醒。当敌人逼问他口供时，傅烈斩钉截铁地说："砍断我的头颅，也休想从我身上得到你们需要的片言只字！"其他多数同志也受到了残酷折磨，但大家始终保持共产党人的高尚气节，无一人屈服。

在关押期间，傅烈等人被视作洪水猛兽，不仅被戴上了脚镣，还被戴上了手肘与颈项连锁的镣铐，睡觉时还要用一根上了锁的杠子压在大家身上，要翻身时由看守打开锁一起翻。他们视死如归，作好了牺牲的准备，经常在狱中唱《国际歌》等革命歌曲。据当时刘湘军部的一些参谋、秘书人员说："一个江西口音的（即傅烈）最顽强。"

在狱中，虽然备受折磨，但傅烈心中最惦记的还是党组织和同志。他曾两次通过探监的地下党员送信给党组织，告诉需要转移的材料和事后的安排。同时，他也写了两封家信。一封给父亲的信说："我这次牺牲并不出于意外，父亲不必过于悲伤……我自问没有什么对不起家庭的地方，但是使你现在十分悲伤。我不悲伤，若干年后，你一定会理解（我）的。"另一封给妻子陈才用的信写道："你是知道我怎样死的和为什么而死的！你要为我报仇，要继承我的遗志，为党的事业奋斗到底。"并在信中赋诗："拼将七尺男儿血，争得神州遍地红。"

1928年4月3日，年仅29岁的傅烈在重庆朝天门英勇就义。临刑前，他神色不变，沿途高呼"打倒帝国主义""无产阶级联合起来"等口号，英勇就义。

【点评】

傅烈同志为了党组织和同志的安全献出了自己年轻的生命，展现了一名共产党员的优秀品格。习近平总书记强调："我们党是肩负着历史使命的政治组织，必须有严明的政治纪律和政治规矩。"每一个党员干部都要像傅烈等革命先辈那样，严守党的纪律，保守党的秘密，在任何情况下都要对党忠贞不渝。

供稿：史甲庆　黎　余

刘愿庵：为劳苦大众献身

1930年5月8日，3名共产党人被军阀刘湘下令枪杀于重庆城内巴县衙门院坝里。其中一位就是中国共产党第六届中央委员会候补委员、中共四川省委书记刘愿庵，牺牲时年仅35岁。

时间回到1930年5月5日，时任中共四川省委书记的刘愿庵在秘密据点——浩池街39号裕发祥酱园铺楼上召开省委常委会议，商讨有关工作。此时的刘愿庵万万想不到他们已被叛徒出卖。时任省委秘书处交通科主任兼会计科主任的陈茂华，此前因执行送钱款营救李鸣珂任务时拖延误事，致使营救计划失败，受到刘愿庵严

刘愿庵　（重庆市委党史研究室　供图）

厉批评，因而心怀不满。出于报复，找人向附近的警察所送交了告密字条，说在"裕发祥"楼上有共党集会。当时警察并未完全相信这无头告密字条。据事后二十一军特务委员会的报告说："前几次密告，皆未得确据，他们前去并不料到真有其事。"遗憾的是，当时地下工作者缺乏经验，没有做好充分的防范和应变准备。结果警察一去就发现是在开会。与会者同冲上来争抢会议记录的警察发生扭打，混战中刘愿庵眼睛被打伤并被按倒在地上。省委组织部代理主任游少彬跳窗逃脱。邹进贤在搏斗中眼镜被打掉，逃下楼后，在街上看不清道路，被石阶绊倒，落入敌手。

刘愿庵是从旧官场里杀出来的革命家。在四川军阀混战时期，他曾当过卢锡卿部的参谋，杨春芳部的秘书，刘文辉的第九师师部咨议官等。在杨春芳部时，刘愿庵曾被委任为丰都县知事（即县长），因为官清正，得罪了地方邪恶势力而被革职，而当地人民却没有忘记他的功劳，给他建了"德政碑"。刘湘在大革命热潮中宣布易帜加入国民革命军时，为扩大影响，曾辗转托人找到时任四川省参议会秘书长的刘愿庵，请他代写了《国民革命军第二十一军军长刘湘就职宣言》，通电全国。刘湘当时欲聘他为秘书，但遭到拒绝。

抓到共产党在四川的主要领导人，刘湘高兴不已，他企图用高官厚禄把刘愿庵收为己用，先后派出巴县县长冯均逸（刘愿庵早年的好朋友）和部属某师参谋长（刘愿庵的亲戚）等来劝降，并拿出省政府下属的"院长""厅长"等要职任刘愿庵挑选，要他脱离革命，退出共产党。这些职位，正常的月薪都是200多块大洋。刘愿庵坚决拒绝了反动军阀当局的劝降利诱，保持了共产党人的崇高气节。他针对反动派的诱降回答道："信

仰不同，不可能同路。共产党追求的是真理，共产主义是历史的必然趋势。这不是什么歧途，而是一条光明之路！"

劝降无效，利诱无果。5月6日，刘湘的二十一军军事法庭正式开庭"审判"刘愿庵。法庭上，法官询问他姓名、职业及其地址，刘愿庵昂首挺胸，理直气壮地回答："全世界无产阶级的斗士、中国共产党党员、四川省委书记刘愿庵。"

法官愣了一下，连忙说："刘先生，你之为人，不但我们敬佩，就是军长也非常爱惜你。……军长认为刘先生是国家的人才，他要我们转告刘先生，希望能退出共产党组织……"

刘愿庵坚定地答道："我信仰马列主义，加入中国共产党，是经过仔细研究和长期考虑的，是为了中国社会向前发展，这是我的人生观。至于生死之事，我早已置之度外，决没有什么退出共产党可言！"

"刘先生，军长对你非常惋惜……"

未等他说完，刘愿庵轻蔑地回道："真的么？我倒有点替你们军长惋惜，他吃的穿的都是老百姓的血汗，不把武力用来替穷苦大众办事，反而伤天害理，残害无辜百姓，这倒真值得惋惜，与其惋惜我，不如去惋惜他自己吧！"

刘湘如意算盘落空，恼羞成怒，想到刘愿庵不能为己所用，还不如立刻除掉，以绝后患。

刘愿庵也料到，自己对敌人的软硬都拒绝了之后，他们很快就会将自己置于死地的。他从容地给爱人周敦琬和表姐夫写了诀别书。在给妻子的遗书中，他倾诉了对爱人最后的希望："我现在准备踏着先烈们的血迹去就义。我已经尽了我的一切努力，贡献给了我的阶级，贡献给了我的党。""把全部的精神，全部爱我的精神，灌注在我们的事业上，不要一刻懈怠、消极",''不要伤痛,努力工作,我在地下有灵,时刻是望着中国革命成功,而你是这中间一个努力工作的战斗员!"

在给表姐夫的诀别信中,刘愿庵这样写道,"此身纯为被压迫者牺牲,非有丝毫个人企图"。这句话正是他对自己一生的总结,也是他所追求的人生使命。

【点评】

习近平总书记强调,人民对美好生活的向往就是我们的奋斗目标。今天,我们学习刘愿庵同志,就是要学习他牢记初心使命,站稳人民立场,切实为最广大人民谋幸福。

供稿:黎　余

周贡植：临难不苟为大义

1920年8月27日，在重庆朝天门码头，周贡植和他的同学邓希贤（邓小平）、冉钧等进步青年登上轮船，踏上了前往法国的留学之旅。8年后的4月3日清晨，还是在朝天门，"中国共产党万岁""打倒国民党反动派"的口号声响彻江畔。

从睡梦中惊醒的人们纷纷涌上街头，看见9位革命志士身戴镣铐，高呼口号，在国民党反动军警的押解下，正气凛然地走向朝天门沙嘴刑场。面对滔滔江水，他们昂首挺胸唱起了国际歌："起来，饥寒交迫的奴隶。起来，全世界受苦的人。满腔的热血已经沸腾，要为真理而斗争……"

砰，砰，砰……

周贡植　（重庆市委党史研究室　供图）

反动派罪恶的枪声响了，9位革命志士倒在了血泊之中，围观人群中不时传来阵阵悲泣声。英勇就义的革命志士中，就有中共四川省委第一届省委常委、组织局主任、省委秘书长周贡植。

这一年，他29岁。

周贡植1899年出生在重庆巴县铜罐驿乡（今九龙坡区铜罐驿镇），由于家境不错，从小便接受了良好的教育。19岁那年，周贡植从巴县中学毕业并顺利考进了重庆留法勤工俭学预备学校。1920年10月，周贡植抵达法国马赛。

置身异国，周贡植生活非常艰苦，他每天起早贪黑，拼命工作，努力学习，只要能挤出一点点时间，他都会待在图书馆，像一块浸泡在海洋里的海绵，拼命地汲取着西方先进的科学知识。

一天晚上，周贡植刚回到寝室，他的同学袁庆云便悄悄塞给他一本小册子。周贡植翻开封皮一看，居然是他朝思暮想的《共产党宣言》。这本书使他看到了国家和民族的希望，同时也找到了自己的人生信仰。他如饥似渴地捧着书本，看得热血沸腾，彻夜难眠。在袁庆云的邀请下，周贡植参加了一个特别的聚会，并在这里结识了共产党旅欧代表赵世炎、周恩来和刘伯坚等人。

23岁的周贡植，毅然决然地加入了旅欧中国少年共产党。由于表现突出，他很快便转为正式党员。1925年秋天，周贡植被党组织安排回国，在中法大学四川分校任教。1926年2月，中共重庆地方执行委员会成立，并在中法大学组织了"农民运动研究会"，周贡植担任中国国民党四川省党部（左派）农民部秘书。

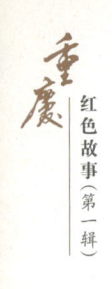

1927年3月24日，在北伐军刚刚进入南京城的时候，英、美军舰却借口侨民和领事馆受到骚扰，下令炮击南京城，炸死炸伤中国军民2000余人，史称"南京惨案"。南京惨案的消息传到重庆，点燃了重庆人民的反帝烈火。1927年3月31日，重庆数万群众手持横幅，聚集在通远门附近的打枪坝上，声讨帝国主义的罪行。

周贡植与杨闇公等领导人刚刚走上主席台，突然枪声四起，大批军警拥了过来，会场秩序一片混乱。周贡植不顾个人安危，毅然站立在会场中心，组织到会群众向北门撤离。

这一次声讨大会，遭到了军阀刘湘、王陵基等反动势力的镇压，死者300余人，重伤者七八百人，轻伤者不计其数，史称"三三一"惨案。鉴于严峻的形势，周贡植不宜再留在重庆，他被党组织安排到武汉向党中央汇报，后出任国民党湖北省党部秘书长，协助国民党左派开展工作。

就在"三三一"惨案发生后，蒋介石又发动了"四一二"反革命政变，国民党右派公然背叛革命，在全国实行白色恐怖。

反动派的残酷杀戮，使党组织受到了极大的破坏，在这生死存亡的紧要关头，党中央决定派周贡植和傅烈等返回重庆，把党组织重新恢复起来。

1927年7月，周贡植离开武汉，回到自己的老家铜罐驿。

铜罐驿紧靠长江，地形隐蔽，中共铜罐驿党支部在当地拥有良好的群众基础。研究后，上级决定在周贡植家里召开中共四川临时省委扩大会议。

为了得到父亲的支持，周贡植向父亲请求说："有一批留法同学，要来我们家里聚会，希望父亲能够同意。"其实父亲心里明白，于是微笑着回答他说："放心开会吧，这里很安全。"

周贡植不由满含热泪，激动地拉着父亲的手说："谢谢您老支持！谢谢您老支持！"父亲周信诚也红着眼圈，紧紧握住儿子的双手说："我儿子为天下苍生出生入死，你说我还能顾忌什么？"听到父亲的表白，周贡植非常感动，忍不住扑上去抱住了父亲。

在父亲周信诚的安排下，周家众人忙前忙后，开始为会议做准备工作。周贡植的夫人也不甘落后，亲自为参会人员收拾房间，准备食物。

1928年2月10日，盼望已久的日子到了，所有参会人员都在鲜红的党旗下举起右手，庄严宣誓："服从纪律，永不叛党，随时准备为党和人民牺牲一切！"经过讨论，会议选举产生了省委委员11人，候补委员5人，并由5位常委组成了常委会，周贡植同志任省委委员、组织局主任、省委秘书长。

随着省委"一大"的顺利召开，星星之火呈现出一片燎原之势。在周贡植等同志的努力下，迅速在全省开展了党组织活动。

就在革命形势一片大好，群众都开始觉悟的时候，反动派却加强了白色恐怖统治。他们为了扑灭革命火种，丧心病狂地到处抓人，屠杀了一批又一批革命志士。

1928年3月9日下午，在重庆城区大梁子兴隆巷8号，中共巴县县委成立大会正在紧张有序地进行。突然，3个巡警上门来收"公巡捐"，在楼下没见到人，便上楼来催缴钱款。巡警一看到屋里坐了这么多男子，便以为是在聚众赌博，于是马上堵住门喊"抓赌"，并吹口哨呼唤其他警察。党组织的名册、文件、传单、刊物、资料等等物证当场被搜出来，巡警才知道是抓到了共产党，在场的9人全部被捕。

反动军阀王陵基格外重视，决定亲自审讯，希望能获取更多情报。

周贡植被押出牢房，推进了狭窄的审讯室。审讯室里堆放着各种各样的刑具，每一件都沾满了斑斑血迹，显得格外阴森恐怖。

王陵基狡黠地看着周贡植，一字一顿地向他承诺说："只要周公子说出你们的组织和人员，我保证今天就放你回家。"周贡植冲着王陵基轻蔑地一笑，对他的诱惑充耳不闻，以长久的沉默作为抵抗。王陵基气急败坏，立刻示意手下，对周贡植实施酷刑。

两个面目狰狞的打手，将周贡植双手捆绑在刑架上，挥舞着用盐水浸泡过的牛皮鞭，在他身上疯狂地抽打。受刑后的周贡植足足昏迷了两天两夜。战友们被周贡植的革命斗志深深激励，全都英勇不屈，始终保守着组织的秘密。

虽然王陵基软硬兼施，却没有一个同志投降变节。王陵基在一无所获的情况下，下令枪毙这批共产党员。1928年4月3日，周贡植在重庆朝天门英勇就义，年仅29岁。

周贡植牺牲以后，遗体无人收殓。当地群众十分悲痛，在深夜悄悄将烈士遗体装进一只小木船逆江而上。当小木船来到铜罐驿陡石塔村那片茂密的柑橘林时，老父亲周信诚悲痛万分，他亲手将儿子埋入黄土，使其面向东方，遥望着冉冉升起的曙光。

周贡植同志临难不苟、舍生取义的光辉形象永远活在人们心中。

【点评】

习近平总书记强调："'人生自古谁无死，留取丹心照汗青''鞠躬尽瘁，死而后已'的献身精神，体现了中华民族的优秀传统文化和民族精神，我们一定要继承好、发扬好。"周贡植同志舍生取义的伟大精神，永远激励着我们投身新时代、建功新时代，为党和人民的事业舍生忘死、无私奉献。

供稿：王永登

万涛：忠魂系楚天

1984年11月10日，湘鄂西革命烈士纪念馆落成典礼在湖北省洪湖县隆重举行，国家主席李先念发来专电，贺龙元帅夫人薛明亲临现场，老红军、老战士代表以及各界干部群众5000多人参加大会，深切缅怀革命先烈。

一位年近八旬的老太太，是典礼上的贵宾，专程从重庆黔江赶来。她凝视着纪念馆内的烈士墙，眼里含着激动的泪花。老人与丈夫分别60年，今天总算在纪念馆里重逢了！在场的各界人士，对老人家格外尊敬，纷纷致以由衷的问候……

万涛　（重庆市委党史研究室　供图）

这位老人家叫冉启秀,她的丈夫就是曾经与贺龙、周逸群并肩战斗的湘鄂西革命根据地的主要创始人之一——万涛。

1904年1月22日,万涛出生在重庆黔江一个土家族农民家庭,父亲给他起名万诗楷。1923年4月,万涛怀揣着救国救民的梦想,匆匆告别了新婚仅3个月的妻子冉启秀,奔赴重庆川东师范求学深造,寻求真理。在重庆,万涛受到革命思想的熏陶,积极参加学生运动。1924年,他光荣地加入了中国社会主义青年团。他瞒着家人,将自己的原名"万诗楷"改为"万涛",寓意是将自己的一生化作万顷波涛融入革命洪流。从此,开始了他辗转重庆、上海、武汉的艰苦革命生涯。

1926年1月,万涛加入中国共产党,随后赴上海党中央机关,在周恩来直接领导下工作。1927年"八七会议"后,他以中央巡视员身份赴湖北指导农民运动,与周逸群一道恢复鄂西特委,出任特委副书记。在鄂西特委工作期间,万涛与周逸群一起,摸清了鄂西社会阶级状况,制定了在那里从事革命斗争的方案和策略,得到了周恩来的高度赞扬。

1930年2月,万涛受特委委派,前往鹤峰传达中央和特委关于红四军东下与红六军会师的指示。万涛与贺龙一起,把湘鄂西游击队编成一个独立团,留在湘鄂边坚持革命斗争,红四军则整编成四、七两个师,向洪湖挺进,与红六军会合。

在以周逸群、万涛为首的特委的正确领导下,游击战争不断取得胜利,红色割据不断扩大,在河湖港汊交错的江汉平原上,初步形成一片较大的红色区域,这便是后来的洪湖苏区的雏形。

红四军逐步壮大到4000多人,贺龙和万涛率领红四军离开鹤峰,经过数次艰难转战,于1930年7月3日,与红六军在湖

北公安陡湖胜利会师。两军会师后，湘鄂西革命根据地正式建立。万涛参与领导洪湖革命根据地取得第一、第二次反"围剿"的重大胜利。

1931年夏，蒋介石调集大批兵力，向湘鄂西苏区发动了第三次"围剿"，当时，湖北省正遇特大水灾，灾区人民衣食艰难，苦不堪言，万涛积极组织苏区人民进行抗洪救灾工作，并代表省委起草了《水灾时期党的紧急任务之决议》，明确提出了动员红军、游击队保护秋收等五项主张。在洪湖苏区生死存亡的严重关头，万涛奉命于危难之际，毅然担负起反"围剿"和救灾的重任。

此时，红三军主力七师、八师，远在鄂西北房县一带开辟新的根据地。为击退敌人的进攻和征服自然灾害，湘鄂西省革命军事委员会决定，红三军九师二十五团保卫苏区，由万涛和红三军九师师长段德昌、政委陈培荫带领九师二十六团向潜江、天门、京山一带突击，歼灭敌军余德佐旅，撕开包围圈。

万涛和战友们浴血奋战，不仅冲破了敌人的包围，还先后攻占沙洋、潜江，缴获一个团的枪械，打退了敌人从北面对洪湖苏区的第三次"围剿"。

这次胜利，解除了敌人的威胁，巩固了监利、沔阳、汉川等地的红色政权。攻占沙洋后，万涛率九师出击荆门，与红三军主力会师。后来，他出任红三军政委和前委书记，与贺龙一起率红三军打通了联结洪湖苏区新区与老区之间的通道。他组织运输队将缴获的粮食物资送往洪湖，帮助根据地人民度过了洪灾困难。

在洪湖期间，万涛穿越崇山峻岭，足迹遍布鹤峰、桑植等30余县，并以鄂西巡视员身份向中央写下3个巡视报告，系统地汇报各地政治、军事、经济、党的建设等方面的客观情况，总结出了"革命的武装是必要的组织，群众的斗争，要以武装扶助"等独到的见解。

1931年1月，党内以王明为首的"左"倾教条主义者取得了领导地位，开始了新的"左"倾冒险主义在全党的统治。

万涛努力克服盲目主义和地方主义倾向，清理、恢复整顿各县党组织，要求党员利用各种社会职业作掩护。同时，把工作重点从城市转移到农村，发动各县开展抗捐抗债活动，发展农村游击战争，党组织得到巩固和发展，小块的游击根据地不断出现。

1931年3月，王明把夏曦派往湘鄂西苏区，担任分局书记要职。夏曦刚到任就以中央分局书记名义取消了鄂西特委，撤销了周逸群和万涛的书记、副书记职务。尽管如此，他们仍然忍辱负重，从实际出发，依靠群众和党团骨干，在不长的时间内，便在江南苏区恢复和发展了20多个党支部，并攻下了石首县城。

1945年4月，中国共产党第七次全国代表大会追认万涛为烈士。1957年12月，由国务院批准的湘鄂西革命烈士纪念碑碑文中，列上了万涛的英名。中央军委责成有关部门查找万涛烈士家属，但由于烈士使用了化名，且籍贯被误记等原因，一直没有结果。

1984年3月20日，经过大量艰苦细致的工作，中央组织部来函，正式确认万涛就是黔江的万诗楷。中共黔江县委领导同志将中华人民共和国民政部颁发的《万涛烈士证明书》送到冉启秀手中："启秀同志，你受委屈了。地委、县委派我来落实你的政策，你应该享受烈士家属的待遇……"年近八旬的冉启秀等待60年，终于找到了丈夫的下落。满头白发的她悲喜交集，

眼里涌出了激动的泪花。湖北洪湖老区的党政领导得知找到万涛夫人的消息，十分高兴，立即邀请她作为贵宾，出席湘鄂西革命烈士纪念馆落成典礼。在庄严肃穆的纪念馆内，万涛与周逸群、贺龙的名字排列在一起，受到人民的崇敬。

万涛同志为了坚持真理牺牲了生命。

【点评】

习近平总书记指出，我们党对自己的失误和错误，历来采取郑重的态度，一是敢于承认，二是正确分析，三是坚决纠正，从而使失误和错误连同党的成功经验一起成为宝贵的历史教材。我们要学习万涛同志，为了党和人民的利益旗帜鲜明坚持真理，立场坚定批驳谬误。今天，我们坚持真理，就是要坚持用习近平新时代中国特色社会主义思想武装头脑、指导实践、推动工作，为了党和人民的事业不懈奋斗。

供稿：丁　颖

车耀先：办好革命"努力餐"

"老板，有没有拿手的好菜？"

"有的是，本店最有名的菜是板栗烧鸡。请问你是要红烧还是要清炖。"

"要红烧，外加小米辣。"

"请客人到后厅一号雅间入座。"

说完，几个客人就急急忙忙地到后厅去找座位了。

你以为这是纯粹的生意接待吗？那就大错特错了。这是革命同志用暗语在交流。

1927年，军阀刘湘与蒋介石勾结，制造了"三三一"惨案，大批共产党人和革命志士遭到残杀。此时的共产党和一些倾向革命的团体还处在地下时期，如果公开身份就会被

车耀先　（红岩联线管理中心　供图）

反动政府抓进监狱或被扣上反政府的帽子，因此他们秘密制定了一套联络暗号，如"红烧""小米辣"代表赤色、红色，象征共产主义，凡能说出联络暗号"红烧加小米辣"的，就是进步人士或革命青年。他们会直接进入后厅一号雅间，探讨中国革命的有关问题，或是阅读《共产党宣言》《新青年》《民声》等进步书籍或刊物，充分吸收革命的养分。

有人不禁要问，这个神秘的餐馆叫什么名字，由何人所开设呢？这个餐馆名叫"努力餐"，主人就是红岩英烈车耀先。

1894年，车耀先出生于四川省大邑县一个贫苦的小贩家庭，早年参加了"四川保路同志军"。1927年"三三一"惨案发生后，他离开部队，在成都开设"努力餐"餐馆，以联络各地的革命同志。餐馆之所以取名"努力餐"，一是希望革命同志努力加餐，健壮身体，好有精力与旧社会作斗争；二是在这里多看革命书籍，增加知识，今后可以对旧政府镇压群众的暴行口诛笔伐。

餐馆创立之初，车耀先曾亲笔在墙壁上留下一副对联：要解决吃饭问题，努力，努力！论实行民生主义，庶几，庶几！他常提醒厨师，"庶民百姓到我们这里来进餐，就要想办法让他们吃好，做到物美价廉"。根据党的指示，车耀先以"努力餐"老板的身份作掩护，积极从事抗日救亡工作，"努力餐"也顺理成章地成为革命据点。革命者只要喊出"一菜一汤"的暗号，餐馆就会提供免费餐饭。就这样，"努力餐"默默接济了许多生活上存在困难的革命者。车耀先等人办事细致周到，在餐厅一号雅室中放置了四书五经和佛经之类的书籍。革命同志来了之后，车耀先便将秘密收藏的进步书刊拿出来供大家阅读。1929年，车耀先加入中国共产党，并担任川西特委军委委员。

"九一八"事变后,车耀先积极从事抗日救亡运动。在成都"国耻纪念大会"上,他慷慨陈词,怒斥蒋介石和旧政府的投降主义。他的言论和活动引起了"三军联合办事处"头子向传义的注意,密令城防部队深夜包围"努力餐",逮捕车耀先。但二十四军中车耀先的同学及早通知了车耀先,车耀先得以秘密前往重庆,转赴上海躲避。半年之后,风头过去,车耀先返回成都,先后在刘文辉的二十四军和邓锡侯的二十八军担任上校参谋、副官等,以此作为掩护,继续做革命工作。1933年,他获取敌人要搜捕的地下党名单,立即想方设法通知名单上的人及时转移,为保护革命力量发挥了积极作用。

1937年1月,车耀先用餐馆内两间屋子作为编辑部办公室,创办《大声》周刊。他用笔名发表大量文章,揭露亲日派挑动内战的阴谋,积极宣传抗日,反对内战。该刊曾多次被国民党反动派查封,不得不先后改名为《大生》《图存》等,与敌人来回周旋。从1937年1月创刊到1938年8月23日停刊,《大声》周刊共出刊61期,疾呼抗战,反对妥协,成为当时四川抗日救亡运动的喉舌。

1937年,成都地区各抗日救亡团体骨干联合成立"成都各界救国联合会","联合会"的日常工作和聚会就在"努力餐"。自此以后,抗日救亡运动不但可以统一行动,也加强了成都抗日救亡组织同全川各地抗日救亡组织的联系。

"努力餐"还成了抗日救亡人士的活动中心,国内著名的抗日救亡人士大多相会于此。救国会"七君子"沈钧儒、邹韬奋、史良、李公朴、章乃器、王造时、沙千里出狱后来蓉,车耀先特为他们设宴于"努力餐"。沈钧儒还曾陪同邓颖超与车耀先会面。1940年,中华文艺界抗敌协会成都分会欢迎冯玉祥、

老舍来蓉的欢迎会，也在"努力餐"举行。

1940年3月，国民党顽固派在成都制造"抢米事件"，造谣诬陷共产党，车耀先等100余人被捕。车耀先最初被关在重庆望龙门监狱，国民党的一个头目对车耀先说："只要你供出成都'抢米事件'是共产党组织的，就可以让你当四川省民政厅厅长，你看如何？""我是一个小老百姓，我不知道是谁组织抢米，我也没有那个福气当官。"车耀先平静地说。敌人见软的不行，就施以酷刑，结果还是一无所获。1940年底，车耀先又被转押至贵州息烽集中营。在集中营里，车耀先与罗世文两人在狱中组建中共地下临时支委会，团结狱中革命志士，与国民党当局进行坚决斗争。1946年7月，车耀先及其他数十名革命志士被转囚于重庆渣滓洞监狱。8月18日，车耀先同罗世文一道昂首走向刑场，国民党特务将他们杀害于松林坡戴公祠的停车场。新中国成立后，人民政府为车耀先举行了隆重的葬礼，周恩来总理亲自为他题写了墓碑碑文。

"喜见东方瑞气生，不问收获问耕耘。愿以我血献后土，换得神州永太平。"这首咏志诗实际上也是车耀先同志革命精神的写照。

【点评】

习近平总书记指出，伟大出自平凡，平凡造就伟大。今天，我们要学习车耀先同志寓伟大于平凡的革命精神，胸怀理想，不懈奋斗，脚踏实地把每件平凡的事做好，创造不平凡的业绩。

供稿：廖正伦

许晓轩：共产党人是不可动摇的

在重庆歌乐山革命纪念馆里珍藏着一张字条，这张字条属于国家一级保护文物，上面写着四个字"宁关不屈"，字里行间透露出革命者的斗志和决心。这张字条的书写者就是《红岩》小说中齐晓轩的原型——许晓轩。

许晓轩，又名永安，1916年11月出生于江苏省江都县。少时因生活所迫中途辍学，到本地一钱庄当学徒。"九一八"事变后，积极投身到抗日救亡的洪流中。1935年到无锡公益铁工厂当会计，组织"青年读书会"，参加抗日救亡组织"无锡学社"。卢沟桥事变后，许晓轩随公益铁工厂迁至重庆。1938年初，经救国会负责人沙千里介绍，结识了青年职业互助会的党团书记杨修范，并参加了互助会的活动。1938年5月，经杨修范介绍，许晓轩加入

许晓轩（红岩联线管理中心 供图）

中国共产党，成为青年职业互助会的党团成员。

入党后，许晓轩先后在复兴铁厂、液体燃料管理委员会、中华职业教育社等处工作，还曾在沙坪坝开过青年书店，以此类公开身份为掩护开展党的工作。

1938年8月，中共川东特委青委决定创办《青年生活》月刊，由许晓轩负责编辑和发行工作。每期稿件编好后，由他送到《新蜀报》或《商务日报》印刷厂排印，每期大约印1000至2000份。自1938年9月25日第一期问世至1939年7月15日停办，《青年生活》共出刊10期。在编印刊物期间，许晓轩还撰写了《寒衣运动在重庆》等许多文章。目前收藏于重庆北碚图书馆的《青年生活》上，几乎每期都能看到许晓轩的名字。

1939年春，许晓轩任中共川东特委青委委员、宣传部长，1940年春调任中共重庆新市区区委委员，经常深入工厂、学校发动群众开展地下斗争，使许多基层党组织恢复了活动。

1940年4月，由于叛徒出卖，许晓轩被捕入狱，囚于重庆望龙门看守所。特务提出只要他在悔过书上签字，就可以释放。许晓轩斩钉截铁地回答说："要枪毙请便，要我签字休想！"随后，他便被转囚白公馆监狱。当得知亲人正在设法营救他，许晓轩便用铅笔在一张包香烟的薄纸上写上"宁关不屈"四个字托人捎出，以向党和亲人表达自己坚贞不屈的革命意志和斗争到底的决心。解放后，据出卖许晓轩的叛徒交代："张国芝（逮捕许晓轩的军统特务）说区委（指许晓轩）一出来就被捕了，我说叫他写个手续也出来吧，张说区委嘴硬，不比你们……"

按照军统术语，重庆望龙门看守所为"小学"，白公馆为"中学"，息烽集中营为"大学"。短短一年多时间，许晓轩就被升到了"大学"。1941年10月,许晓轩与白公馆的"犯人"一起转入贵州息烽集中营。在这里,国民党特务称牢房为斋房,按忠孝仁爱、信义和平来命名。囚犯在监狱里不准用真实姓名,一律用号码来代替名字。许晓轩先被关在"信斋",编号302,后与罗世文、车耀先等同因于"忠斋"。狱中,他凭着对党的无限忠诚和机智勇敢,多次挫败敌人阴谋。许晓轩还协助罗世文等人成立了中共狱中秘密支部,作为支部核心成员,参与领导狱中斗争。许晓轩在狱中威信很高,难友们都尊敬他。每当危难的时候,他就鼓励大家:"越是关键的时刻,我们越要叫敌人知道,共产党人是不可动摇的。"

1946年,军统息烽集中营撤销,许晓轩等72人被转囚重庆白公馆监狱。由于斗争的需要,在罗世文和车耀先被特务杀害后,许晓轩与谭沈明、韩子栋重新成立了中共狱中临时支部,许晓轩任支部书记。为保存革命力量,经临时支部研究决定,组织难友瞅准时机越狱逃跑,能跑一个算一个,谁有机会谁先跑。许晓轩等人考虑到韩子栋当时在狱中为小卖部和伙食团干杂活,有机会逃走,于是让他作好一切准备。韩子栋利用进出监狱的机会,画了一张道路、壕沟、岗哨等四周环境简图交给许晓轩,并将他在狱中积存的钱换成了现钞。随后他们商量了越狱的具体办法。1947年8月18日,韩子栋利用上街买菜的机会机智逃脱,并历经艰辛到了延安。此后,许晓轩还曾和李子伯等难友筹划过集体越狱,因条件不成熟未能实现。年底,李子伯转囚渣滓洞集中营,临别时许晓轩作《赠别》诗相送:"相逢狱里倍相亲,共话雄图叹未成。临别无言唯翘首,联军已薄沈阳城。"表达了对越狱计划未能实现的惋惜心情和对革命充满必胜信心的乐观主义精神。

一次，狱友宣灏在阅读传递《挺进报》白公馆版的纸条时，被看守长杨进兴当场抓住并严刑拷打，追问纸条上的消息是从哪里来，是谁写的。紧急关头，许晓轩毅然挺身而出，承认纸条是他写的。敌人问他消息来源，许晓轩说是在杨办公室里的报纸上看到的。之所以这么笃定，是因为许晓轩知道宣灏传递的消息，是黄显声将军看报后传出的，当然能在杨的办公室里的报上找到。这事要传出去，杨进兴也吃罪不起，只好不了了之。

敌人见硬的不行，便改用软的花招，承诺让许晓轩当会计，并诱以相当高额的津贴。他却回答说："我对倒马桶、洗茅房很有兴趣。"又有一次，看守所长丁敏之说："我们打算释放你，并介绍你去教书。"许晓轩答："先无条件放出去，再谈工作吧！"

在狱中，敌人曾要许晓轩保证不越狱逃跑，他义正词严地拒绝了。面对敌人的严刑拷打、残酷折磨和威逼利诱，许晓轩始终大义凛然，坚强不屈，不为所动。后许晓轩被罚戴重镣，在烈日下做苦工，被关在终日不见阳光的地牢里。

1949年11月27日，中国大部分已经解放，解放军大踏步向西南进军，重庆即将解放。国民党下令对狱中的革命者进行血腥大屠杀。11月27日下午，特务头目杨进兴在牢门外喊："许晓轩出来！"许晓轩知道自己为党献身的时刻到了。他从容不迫地站起来，把身上一件外衣脱下来披在一个难友身上说："我穿着没用了，你披着吧，能穿多久穿多久。"然后他转身和同室难友一一告别，走出牢门。他又转回头，郑重地对大家说："请转告党，我做到了党教导我的一切，在生命的最后几分钟，仍将是这样。希望组织上注意整党整风，清除非无产阶级意识，保持党的纯洁。"随后，他从容不迫地走向刑场，高声申斥敌人："你们这些狗东西也活不了几天，人民就要审判你们了！"敌人扣动扳机，许晓轩英勇就义，年仅33岁。

许晓轩同志用生命和热血书写了对党的事业的坚定执着。

【点评】

习近平总书记指出，执着，就是英雄模范们都在党和人民最需要的地方冲锋陷阵、顽强拼搏，几十年如一日埋头苦干，为国为民奉献的志向坚定不移，对事业的坚守无怨无悔，为民族复兴拼搏奋斗的赤子之心始终不改。今天，我们要学习许晓轩等革命先烈的坚定执着精神，对信念永不动摇，对目标永不放弃，对困难永不低头，为党和人民的事业作出贡献。

供稿：余敬春　左　涛

刘国锧：党的荣誉不容丝毫玷污

"五哥，你怎么到这儿来啦？"

"国锧，你不知道，为你的事，全家人急得团团转！我这次是专门回来解决你的问题。我与徐处长已经谈好，只要你在退党声明书上签个字，在报纸上公布一下，徐处长对你以前的事情既往不咎。出去后，你愿意读书可到美国，不愿意读书可到香港来协助我发展。反正你不要再去搞什么共产革命了，弄得我们一家人不安宁……"

1948年秋，五哥刘国锜专门从香港回到重庆，营救关押在白公馆监狱的弟弟刘国锧。

刘国锧何许人也？

1921年，刘国锧出生于四川泸州一个大富豪的家庭。他排行第七，是大家庭中备受娇宠的幺儿，但就是出生于这样一个家庭

刘国锧（红岩联线管理中心 供图）

的刘国鋕，如今却被关押在暗无天日、专门刑讯折磨革命者的"活棺材"白公馆，这究竟是为何呢？

1936年，刘国鋕进入建国中学，聆听了不少抗日的演讲，参加了一些集会和读书会，阅读了艾思奇的《大众哲学》、列昂节夫的《政治经济学讲话》、杜德的《世界政治》《思想方法论》及《子夜》《阿Q正传》等进步书籍、文章。这使他眼界大开、逐步觉醒，推动着他去认识、分析他的家庭和中国社会。他在给五姐的信中说："这个家是在旧社会垂死的身躯上的一个烂疮，它已经完全是一块脓血和腐肉，旧社会的整个身躯都要死亡，看不出有希望，我们要得到完全的幸福，只有让新的产生，让旧的死亡。"

1939年，他考入西南联大经济系，1940年入校学习。这时候的刘国鋕已不满足单纯从书籍中寻求真理的做法，开始深入到社会实践中去思考问题。他发现周围有很多同学并不像自己条件优越，有的同学缺少生活费，甚至有的交不起学费而被迫中途辍学。他加入到进步学生组织，开始接受进步学生和地下党员的影响和教育，去认识、分析、了解中国社会各阶层的状况；他更关注时局，为国民党军队在日本进攻下节节败退、丢失祖国大好河山而痛心疾首；为中国共产党没有在国民党的围剿、日寇的进攻之下垮下去，反而在斗争中发展壮大而备受鼓舞。通过比较，他认识到只有中国共产党才是中华民族的救星，他决心走革命的道路，毅然加入了中国共产党。

1944年，刘国鋕大学毕业。他的家人希望他到国外继续读书深造，而他却向党组织主动申请去云南陆良县的一所中学，参加那里的党组织发展工作。云南陆良当时连电灯都没有，他在那里一面教书，一面进行社会实践。通过对少数民族村落的

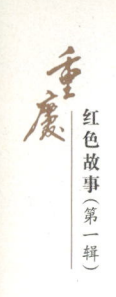

调查，他发现很多人连做人的基本权利都没有，很多地方还处于非常落后的社会状态之中。通过对现实社会的反思，更坚定了他从事社会革命、追求共产主义的信念。

1945年，刘国鋕受党组织的调遣到重庆工作，公开的身份是四川省银行经济研究所资料室研究员，1947年担任地下党沙磁区学运特支书记。在这期间，著名民主人士李公朴、闻一多在昆明遭到反动派暗杀，刘国鋕成功地组织了重庆各学校学生走上街头示威声援，他还以刘钢为笔名，在《新华日报》上发表了《略论闻一多先生》的文章。

1948年4月，由于叛徒的出卖，刘国鋕不幸被捕。国民党重庆行辕二处处长徐远举欣喜若狂，他认为这个细皮嫩肉、文质彬彬，出身于大地主、大资产阶级家庭的少爷，不可能是真正的共产党，骨子里不可能相信共产革命那一套，只不过是青年人图新鲜，喜欢赶时髦。他认为制服刘国鋕不会有多少问题。他会同保密局行动处处长叶翔之、渝站站长颜齐对刘国鋕进行审讯。

审讯中，特务提出了许多问题，刘国鋕的回答是一连串的"不知道"。徐远举的喜悦心情逐渐消失，于是耍弄起劝诱和威胁并重的手段。

徐远举问刘国鋕："你这万贯家财的少爷，家里有钱有势，你有吃有喝，你闹什么共产党？你共谁的产？你要知道，这共产是闹不得的，要坐班房、挨杀头的。"

刘国鋕冷冷地看了特务一眼，没有吭声。

徐远举又问刘国鋕说："你的上级已将你出卖了，否则，我们不可能把你抓住，今天让你来，就是看你老实不老实。如果不老实，只怕你的皮肉细嫩，吃不消。"

听了徐远举的话，刘国铱却冷笑着回答："既然我的上级已将我出卖，你们什么都知道，又何必来问我呢？你问我，我什么也不知道。"

徐远举万万没有想到这个细皮嫩肉的公子哥儿如此不识抬举，他要用刑罚对刘国铱进行惩治！

在"别致而又丰富"的酷刑面前，刘国铱没有屈服。他牙关紧咬，大汗淋漓，一言不发，弄得敌人无法审讯，只得给他戴上脚镣，重新投入监狱。

刘国铱被捕后，刘家积极营救，特地从香港请回他的五哥刘国锁。刘国锁是国民党四川省建设厅厅长何北衡的女婿，当时在香港开公司做生意。

第一次刘国锁从香港回来，带回许多东西，打点特务机关的上上下下。他专门给徐远举送了一个纯金香烟盒、一块劳力士名贵女用金手表和其他礼物。徐远举收受了刘家的贿赂，特务机关的里里外外也帮刘国铱说话。徐远举同意放人，但是他提出：刘国铱必须在报上发表声明退出中共组织。刘家同意后，徐远举安排两兄弟先见个面。

刘国铱被特务带到了徐远举的办公室。刘国铱做梦也没想到会在这里突然见到哥哥，他很想冲上前抱住哥哥痛哭一场！可以想象他当时的情感状态：一个人被关在监狱里，戴着脚镣手铐，吃的是"三多饭"（沙多、糠多、稗子多），每天只有早晚10分钟的放风时间，突然看见了自己的家人会是一种什么样的心情？但是，刘国铱没有这么做，他用理智控制住了自己的情感，而后，便出现了故事开头的那段刘国铱与五哥刘国锁的对话。

五哥刘国锁说完，便把刘国铱拉到徐远举办公桌前说：

"来，赶紧在上面签一个字！"

刘国铠一看，退党声明书上写着：吾人加入中国共产党组织，现经政府教育帮助大彻大悟，即日起宣布退出中国共产党组织，今后该组织一切活动与本人无关。具结人一栏，正等待他签字。

徐远举也在一旁劝说："你这样的家庭，有钱又有地位，怎么去当共产党。现在只要你签个字脱离共产党，我就释放你。"

而刘国铠却毫不犹豫地说："不行。我死了，有共产党，我等于没有死；如果出卖组织，我活着也没有什么意义。"

他的哥哥在一旁苦苦地相劝，而刘国铠只是含着眼泪缓缓地摇头。第一次营救就这么失败了。

1949年7月，人民解放军已越过长江向华南、西南进军，重庆也面临解放。刘国铠的家人又再一次为刘国铠的安危进行奔走。这一次，家里又从香港请回了刘国锓，而刘国锓给徐远举送去的礼物则是一张空白支票。他提出："你们要多少钱，自己填，我们刘家只有一个要求，降低条件放人。"

重庆解放前夕，国民党许多达官贵人纷纷撤到重庆，再由昆明等地到台湾。当时，兑美元，抢黄金，乱成一股风。这时候有人送上空白支票，对保密局来说那是莫大的诱惑，是求之不得的事情。所以保密局便立即爽快地降低条件，答应释放刘国铠。但徐远举很顽固，他提出，刘国铠不声明退党可以，但必须认错，写悔过书。刘国锓考虑到弟弟的倔强性格根本不可能写什么悔过书，便向徐远举提出能不能代写悔过书，让国铠签字。徐远举同意了。这样，刘国铠第二次被带到特务办公室。

在特务的办公室里，刘国铠一见到五哥立即问："五哥，我要的全家照片带来没有？"五哥赶紧递上一张全家照，刘国铠一看这张全家照，再也控制不住自己的情感，两行热泪夺眶而出。他饱含深情地看着照片，然后努力控制住了自己的情绪，立即擦干眼泪，将照片放进囚衣。

刘国錤赶紧上前劝说："国鋕，今天我们什么也不要再争了，你不知道外面已经乱成什么样子了，你再不出去，小命就难保了！徐处长已经答应你带着共产党员的称号出去，但是你得跟政府认个错，你罢课捣乱总是不对的嘛！这个悔过书是我写的，你只签个字。今后要追究，找我，与你无关。"

刘国鋕看到五哥焦急伤心的样子，心中十分难受。但他怎能在特务的办公室，用三言两语，就让这埋头做生意的哥哥一下子明白许多道理呢？他决不能让特务去玩弄亲人的泪水，践踏兄弟的情谊，他毅然起身说道："五哥，我理解你和家里人对我的思念。我有我的信念、意志和决心，这是谁也动摇不了的！我自愿为人民牺牲自己，你们不要再管我，也不要再来了！"

刘国錤伤心地一再哭劝，甚至跪在地上苦苦哀求，要刘国鋕即使不为自己着想，也得为家里的人着想！但是，刘国鋕仍然十分坚定地表示：释放必须是无条件的。这样，第二次营救也宣告失败。

1949年9月，国民党特务机关就制定了陆续处决关押在白公馆、渣滓洞的共产党政治犯的详细计划。

11月27日，白公馆大屠杀开始。当刽子手提押刘国鋕的时候，早有准备的刘国鋕正伏在牢房地板上写"就义诗"。面对特务的吼叫，他回答："不要慌，等老子把诗写完以后，再跟你们一块走。"可刽子手不容分说，上前将他架出了牢房推向刑场。

在赴刑场途中，刘国鋕一路痛骂蒋介石、国民党、徐远举以及大大小小的特务，高声呼喊社会主义一定胜利，革命必定

成功。就义时，他再一次宣布自己是共产党员，为革命而死，无上光荣，死而无憾！死而无愧！刘国鋕实际上没有作完他的就义诗，是纪念他的人们把他就义时的话记录下来，连成了"就义诗"。这诗，是刘国鋕的思想、刘国鋕的语言，更是刘国鋕精神的流传：

> 同志们，听吧！
> 像春雷爆炸的，
> 是人民解放军的炮声，
> 人民解放了，
> 人民胜利了！
> 我们——
> 没有玷污党的荣誉！
> 我们死而无愧！

刘国鋕用自己宝贵的生命维护党的荣誉，实质上体现的是对党的赤胆忠心。

【点评】

　　习近平总书记指出，对党忠诚不是有条件的而是无条件的，不是抽象的而是具体的。今天，我们学习刘国鋕烈士，就要学习他的忠诚，对党和人民事业矢志不渝、百折不挠，坚守一心为民的理想信念，坚守为中国人民谋幸福、为中华民族谋复兴的初心使命，努力谱写新时代的华章。

供稿：厉　华

张露萍：七月里的石榴花

1939年11月，秋天的山城，夕阳微风，略带寒意。车流人流交织涌动的重庆两路口汽车站，商贩叫卖，人声嘈杂。一辆满载乘客的汽车驶进车站。刚刚停稳，稽查处的特务便上前盘查旅客。一位衣着时髦的女郎，气度不凡，款款下车，看也不看特务一眼，态度十分傲慢。几个小特务被她的气场震慑，呆呆接过证件，慌乱中也没看清，就赶紧让路，还没回过神来，那位小姐已出站去了。

她，就是延安派来的共产党员张露萍。

此行重庆，年仅18岁的她身负重要使命——打入特务组织心脏，建立"军统电台特支"！张露萍走在陪都大街上，映入眼

张露萍（红岩联线管理中心　供图）

帘的是大轰炸后军警横行，满目疮痍的城市。确定身后没有"尾巴"后，她突然加快脚步，顺势拐进了曾家岩50号周公馆。

张露萍，原名余家英，父亲余安民是国民党川军中将师长。中学时她常去同班好友车崇英家玩，车崇英的爸爸正是中共川西特委负责人车耀先。张露萍自幼天资聪颖，好学上进，车耀先逐渐发现了这棵可爱的幼苗。1937年6月，在车耀先的思想启蒙和教育引导下，张露萍渐渐理解了"天下兴亡匹夫有责"的历史使命，树立了弃笔从戎、投身革命的坚定信念，她积极参加"中华民族解放先锋队"等救国运动组织，在川西地下党领导下，为宣传抗日救亡四处奔走，大声疾呼。经过如火如荼的抗日宣传活动的锤炼，张露萍献身民族解放事业的信念日益坚定，她向往着延安，憧憬着光明的未来。同年12月初，在车耀先安排下，张露萍离开成都，踏上了奔赴革命圣地的征途。

1938年2月3日下午，伴着延安抗日军政大学的号角，一辆客车停在学校门口，这是一辆满载抗日救国热血青年的客车，张露萍就在其中。

从这一天起，张露萍的生命历程翻开了崭新的一页！

宝塔山下，延河岸边。从陕北公学到抗大，从中组部干训班到延安文联，再到中央军委通讯学校，沸腾的革命生活让她兴奋不已，呼吸着自由清新的空气，她像出笼的小鸟，开始了朝气蓬勃的新生活。1938年10月，张露萍光荣加入了中国共产党。她激动地向党组织表示："要为人类的理想、为共产主义奋斗到底！"1939年4月开始，抗日形势发生重大变化，中央军委决定加强对国民党军队的统战工作，张露萍特殊的家庭关系受到军委重视。1939年秋，新婚燕尔的她接受中央委派，肩负做好父亲余安民统战工作的重任，踏上了充满荆棘的征途。此时的她已从那个充满好奇心的爱国青年，成长为身负重任奔赴战场的革命战士！

在回成都做好父亲统战工作后，按照组织安排，张露萍赶到重庆，走进了"周公馆"。随着对严峻斗争环境的熟悉，渐渐地，少年老成的张露萍变得更加成熟和稳重。经慎重考虑，时任中央南方局军事组负责人的叶剑英，决定让她以军统电讯人员张蔚林妹妹的身份，获取重要情报，相机发展组织。南方局军事组曾希圣、雷英夫找她谈话，给她分析形势交代任务，特别讲明了任务的重要性和危险性："为加强和国民党投降派的斗争，我们已在国民党军统电讯处发展了2名共产党员（张蔚林和报务主任冯传庆），目前急需建立秘密联络点，由一个绝对可靠的联络员负责，组织上认为你比较合适。"张露萍听后，抬头坚定地说："我完全同意组织的安排，愿意到最需要我的地方去接受党的考验，感谢党对我的信任！"

当天下午，叶剑英召集曾希圣、雷英夫、张露萍研究工作方案。叶剑英提出，张露萍不应只担任联络员，还应结合现有条件，在军统电讯总台内部发展特别支部，担任支部书记。同时，决定"军统电台特支"由南方局军事组直接领导，张露萍与雷英夫单线联系。叶剑英鼓励道："我们是在特务组织心脏里开展斗争，将面临各种困难，经受各种考验，一定要建成一个坚强的战斗堡垒去夺取这场斗争的胜利。"

1939年11月底，张露萍和张蔚林以兄妹关系租住了重庆牛角沱嘉陵江边的小屋，作为"军统电台特支"与周公馆的秘密联络点。坐落于两路口佛图关下遗爱祠的军统电讯总台，是由美国援建的国民党现代化特务电讯中心，每天从这里发出的情

报电讯密码和信号，指挥着国民党军统在海内外的数百个秘密情报组织、数十万秘密特工。作为"特支书记"的张露萍带领战友们，如同一柄锋利出鞘的宝剑直插国民党特工总部的心脏，成功获取了军统电讯总台电报密码、电台呼号、波长图表和军统内部组织概况及其全国各地秘密电台分布情况……源源不断的情报被送到南方局军事组。在极其险恶艰苦的环境下，支部成员逐步壮大到7人。张露萍领导的"特支七人组"像安装在军统心脏的X光透视机，时刻监视着军统的一举一动，日夜传递着秘密情报，为粉碎国民党第一次反共高潮发挥了举足轻重的作用。

1939年12月的一天晚上，张蔚林急切找到张露萍："今天杨光奉命向胡宗南部发了一份密电，内容是通知军统特工小组潜入延安的具体日期地点，要胡宗南派人护送通过防区，携美制电台潜入陕甘宁边区搜取情报。"张露萍当即将这份情报送到南方局，经中央周密部署应对，军统特务刚跨入边区，就被我军民抓获，美制电台自然也成了战利品。1940年1月下旬，特支成员赵力耕又成功截获军统局发出的搜捕昆明地下党部分领导成员名单，由张露萍上报后，周公馆立即通知昆明市委组织安全撤离。还有一次，设在天官府街14号的中共地下联络站被特务发觉，企图"放长线钓大鱼"，在地下党开会当晚实施抓捕。情报来得较晚，时间紧急，为了掩护同志们迅速转移，张露萍临危不惧，乘着夜色毅然只身前往天官府街，巧妙传递了一张"有险情，速转移"的字条，便匆匆离去。军统特务的图谋再次落空！

"为什么秘密行动总是走漏风声？而中共的准备又那么充分？难道军统有内鬼？"戴笠的猜想没有错，张露萍领导的"特支七人组"早已据守军统电讯总台机房、报务、译码室,消息怎么会有不走漏的道理。一个个严重的泄密事件,令戴笠勃然大怒,下令严加追查。张露萍立即向上级汇报,通知战友停止一切行动,进入集体"静默"。

1940年春节刚过,回成都省亲的张露萍突接张蔚林电报"兄病重望妹速返渝"。对此,张露萍确实有过一丝怀疑,但战友的安全一时遮蔽了惯有的稳重和冷静,她用暗语向周公馆寄信报告,随即动身回渝。然而,这份电报并非张蔚林所发,而是戴笠的圈套。

破绽发生在张蔚林上班时,因操作不慎烧坏了一个发报机真空管,当时电子元件管理极严,他因此被军统稽查处禁闭。怎么办?难道身份暴露了?情急之下,缺乏斗争经验的张蔚林趁敌人防范不严,从禁闭室逃出,径直到八路军办事处向南方局军事组作了汇报。组织认为,这是日常工作过失,应立即返回。但张蔚林逃离禁闭的行为,立刻引起戴笠的警觉,他当即下令搜查张蔚林宿舍,并搜出军统局各地电台配置和密码的记录本、张露萍的暗语信、军统局职员名册及七人小组的名单等。张蔚林随即被捕。叶剑英接到消息,急电张露萍就地隐蔽,勿回重庆。可惜,这个电报晚到了一个时辰!戴笠借张蔚林的名义实施诱捕,随后张露萍、冯传庆、杨光、陈国柱、王席珍、赵力耕等军统"特支七人小组"成员全部不幸被捕。

一时国民党内部万分震惊,他们万万没想到共产党已深入军统中枢。戴笠恼羞成怒,故意释放张露萍,暗中跟踪,伺机欲对周公馆进行大搜捕。1940年2月底的一天,重庆上空乌云密布,周公馆内气氛凝重。南方局军事组正在开会研究张露萍等人被捕的影响与对策。忽然接报,发现巷子口张露萍正朝周

公馆后门走来，后面不远处尾随着很多特务。叶剑英当即命令严密监视，坚决制止特务们闯进来！雷英夫第一个冲到后门口，他看到特务们跟着张露萍走近了，机智的张露萍虽然步履维艰，但早已识破敌人阴谋，她坚定而自然地双眼直视前方，从容不迫从曾家岩50号前经过，昂首而行！那一刻，也许只要眼睛往大门望一眼，特务们就会蜂拥而至对周公馆进行大扫荡。此时的张露萍头脑清醒，意志坚定！雷英夫、曾希圣站在大门口，多想跨出门去把自己的同志抢回来！但他们万万不能！现场如有一点冲动和蛛丝马迹，就会给周公馆带来不可估量的严重后果！

一步一个脚印，张露萍终于走了过去，她没有向周公馆望一眼！特务们的阴谋诡计，被张露萍的镇定彻底击碎！戴笠恼羞成怒，亲自提审张露萍，用尽各种酷刑，皆一无所获。在狱中，她还鼓励战友们："宁为玉碎，不为瓦全。"

1941年3月，张露萍等7人与其他囚禁者一道，被转移到贵州息烽监狱。1945年7月，张露萍等7人被敌人押赴刑场。在路上，张露萍带领战友们高唱《国际歌》，悲壮激越的歌声表达了视死如归的大无畏英雄气概。刑场上，张露萍和战友们用尽最后力气高呼："打倒国民党反动派！""中国共产党万岁！"1945年7月14日，党的好女儿张露萍同志壮烈牺牲，年仅24岁。

7月，是石榴花盛开的季节。张露萍曾以"晓露"为笔名，在息烽监狱党支部《复活周刊》发表诗歌《七月里的石榴花》，诗中写道：

七月里山城的石榴花，依旧灿烂地红满枝头。
它像战士的鲜血，又似少女的朱唇……

石榴花开的季节，先烈们曾洒出了他们满腔的热血……

　　我们要准备着更大的牺牲，去争取前途的光明！

张露萍同志用热血染红了七月的石榴花，其革命精神、革命斗志令人感动和敬佩。

【点评】

　　习近平总书记指出，"全党同志要保持革命精神、革命斗志"。今天，我们学习张露萍同志，就要学习她时刻保持旺盛的革命精神、昂扬的革命斗志，危难之中挺身而出，困苦之中坚守信念，为党和人民的事业作出贡献。

供稿：阎　实

杨汉秀：卓节流芳播海瀛

"几十年来，我无时无刻不在思念我的妈妈，因为妈妈离开我时我还不到两月，妈妈牺牲时，我还不到1岁半。而今我要见到她了，却只是她的遗骨了……"1996年，烈士杨汉秀的女儿李继业在文章《我的妈妈杨汉秀烈士》中回忆了她亲自参与母亲遗骸挖掘收殓的经过。

杨汉秀，1912年8月15日出生于四川广安县，她的父亲杨懋修是四川军阀第二十军军长杨森的胞弟，曾任杨森部师长，家为川东巨富。杨汉秀在杨家几房儿女辈中居长，在广安、渠县一带是有名的杨家"大小姐"。1924年，杨懋修在宜昌大战中身受重伤，弥留之际将女儿托付给哥哥杨森，从此杨汉秀就生活在伯父杨森的

杨汉秀 （红岩联线管理中心 供图）

身边。但杨森的庄园如同一座禁锢的城堡，杨汉秀在伯父家目睹了军阀地主对劳苦大众的盘剥蹂躏、压榨欺侮，内心十分反感。

1926年7月，正值北伐战争期间，国民革命军势头正盛，从苏联归来的朱德，受中共中央派遣，来到万县杨森总部做统战工作。此时，朱德任国民革命军第二十军党代表、代政治部主任。杨汉秀得以有机会接近朱德，听他讲述人生志向和革命真理并铭刻于心。在万县，杨汉秀目睹了英国轮船肇事和英帝国主义制造的"九五"惨案，激起了对帝国主义的强烈愤慨，在聆听了朱德的反帝演讲后随即参加了反帝示威游行。

1934年，杨汉秀不顾家人的强烈反对，坚决退掉包办婚姻，毅然和家境贫寒的渠县小学教员赵致和结婚，婚后夫妇一同去上海读书。这期间，她接触了许多爱国热血青年，阅读了大量左翼文学作品，同时还苦练剑术，决心效仿革命烈士秋瑾，准备将来为拯救国难干一番轰轰烈烈的事业。

1937年全面抗战爆发后，杨汉秀回到渠县，丈夫却不幸病逝，遗下一儿一女，但她并没有被家庭的重负所羁绊，而是一心想到革命圣地延安参加抗日斗争。在家庭教师朱挹清（共产党员）的帮助下，杨汉秀在成都星芒报社做校对工作。在此期间，她对朱挹清表示："真理在何处，为我所知。无论杨家铁门或四川剑门，岂能锁囚于我?！纵然是爬，也定去延安。"一次偶然的机会，她从报纸上得知朱德任八路军总司令，正率领部队在敌后作战，这使得她在逆境中又看到了希望。

1940年春，杨汉秀带着朱挹清的推荐信，开始了北上征程。在冲破重重阻挠后，杨汉秀于1940年冬见到了阔别14年的朱德。杨汉秀向朱德表示："我决心要做军阀地主家庭的叛逆

者，要坚决彻底改造，连名带姓都改，跟着共产党革命到底，就是无名无姓也决不姓杨。"朱德说："照你自己说的无名无姓，就叫'吴铭'吧，不过是口天'吴'，金字旁的'铭'。"从此，杨汉秀改名为吴铭，表明了她与杨氏家族彻底决裂、为革命事业默默奉献的决心。不久，杨汉秀进入延安女子大学第七班学习，后转入鲁迅艺术学院、抗日军政大学学习。杨汉秀曾多次申请入党，却都因出身问题被搁置下来。1942年3月，在朱德和王维舟的关怀下，杨汉秀光荣地加入了中国共产党。

1946年3月22日，在王维舟引荐下，杨汉秀受到中共中央副主席周恩来接见，聆听了党组织派她回四川工作的指示，接受党组织交给的秘密任务：若和平协定得以维持，就做上层统战工作；若形势逆转，就策动反蒋武装斗争。3月25日，杨汉秀随周恩来同机飞抵重庆。国民党军统西安站早就将她奉调四川情况电告重庆，她一下飞机，便被特务监视。为摆脱特务的严密跟踪，杨汉秀回到渠县，以"杨大小姐"身份广泛接触各界人士，开展统战工作。

1947年7月，因中统特务漆旭告密，渠县国民党当局以"延安来人"为由将杨汉秀逮捕。在关押期间，她教育前来探望的儿子说："妈妈不怕死，你也不要怕！即使我被害了，也会有人照顾你们兄妹，你要坚强些，以后成为一个勇敢、进步的青年，长大了好为妈妈报仇！"随后杨汉秀又被转押至成都。通过中共地下党组织和统战人士多方营救，杨汉秀最后由渠县旅省同乡会会长刘君孝保释回渠。回到渠县后，杨汉秀及时投入龙潭起义（华蓥山大起义的重要组成部分）的准备工作，将经商筹集的款项用来购置枪支、粮食、棉絮和衣物，通过地下党的联络点转运至地下武装集结点。同时还将家中的135石黄谷、6

床被盖及2支手枪交给党组织，竭力支持川东北的武装起义。

1948年9月，因军统特务柳自修告密，杨汉秀第二次被捕，转押至重庆渣滓洞监狱。在狱中，她沉着冷静，严守党的机密，组织难友学唱延安歌曲，为患病难友端茶送水、照料生活。她凭借自己的特殊身份与难友一道开展斗争。

1949年4月，杨森的姨太出面活动，将杨汉秀保释出狱。杨森以"疗养"名义，将她安置在重庆市民医院"监护"。一天，杨汉秀见到了前去"探病"的伯父杨森，她随即转达朱德对他的口信说："大伯，朱总司令是你老友，他托我向你问候。他说，你们一道反袁护法，又在万县一同打过英舰。凡做好事，人民记得。他盼你切不可像1927年去打武汉政府那样，部队打垮了，最终还落骂名。他还是希望像在万县那样和你相见，共同把中国的事情办好。朋友间就不要对着打了，把枪口掉个头，共同去打欺侮中国的帝国主义！"杨森大怒："人都老了，还去改姓？"气得拂袖而去。

后来，杨森的二十军在解放军发起的渡江战役中全军覆没，又将重庆保警队改建为二十军七十九师，委任其二儿子杨汉烈为师长回广安招兵。杨汉秀冒着生命危险悄悄回到广安，做杨汉烈的思想工作（杨汉烈后来在金堂县率部起义投诚），并寻找安顿了中共川东临委书记王璞流落在外的女儿。

1949年，震惊中外的"九二"大火灾给山城人民的生命财产造成了惨重的损失，激起了强烈的民愤。惨案发生后，杨汉秀奔走于街巷，揭露国民党蓄意制造纵火事端嫁祸于共产党的阴谋，并严词表明，这是国民党有意纵火，是希特勒"国会纵火案"在山城的重演，是杨森军阀成性、在溃退前对重庆市的大破坏、大暴行！杨森恼羞成怒，遂下令将杨汉秀在飞来寺秘

密逮捕，并连夜突击审讯，企图将纵火的罪名栽赃于她。杨汉秀自知必遭杀身之祸，却无所惧怕，对所加罪名据理驳斥。11月23日，杨汉秀被敌人秘密杀害，遗体被掩埋在重庆西郊的歌乐山金刚坡的破碉堡中，牺牲时年仅37岁。

重庆解放后，有关方面一直在搜集杨汉秀烈士的光辉事迹，并寻找其遗骸。1975年夏，杨汉秀的遗体被发现和挖掘出来。

作为女儿的李继业回忆了当时的情景："几十年来任凭山水冲刷，妈妈的遗骨已经剩下不多了。我们只有按照当地老农指点的位置，用手在泥土里小心地扒着、找着，经过仔细辨认，才找到一些碎骨头。我轻轻地拿着妈妈的每一块骨头，小心地放在我手里拿着的纸口袋里。我把口袋放在我的胸前，感到妈妈和我贴得是那样的近，仿佛就站在我的面前……"

1980年11月25日，重庆市民政局和有关单位隆重举行了"杨汉秀烈士遗骨安葬仪式"，并将烈士遗骨迁葬于重庆"一一·二七"烈士陵园。

一位学者赋诗赞叹杨汉秀的革命壮举：

啼罢杜鹃花总艳，飞劳精卫海犹横。
归来遭遇鸱枭辈，卓节流芳播海瀛。

【点评】

杨汉秀为了党和人民的事业舍弃了安逸的生活，牺牲了自己的一切，直至献出了宝贵的生命，其事迹可歌可泣。习近平总书记指出，"忠于党、忠于人民、无私奉献，是共产党人的优秀品质"。今天,我们要学习杨汉秀同志无私奉献的精神,时刻把党和人民的利益放在高于一切的位置,为国家富强、民族振兴、人民幸福贡献全部力量。

           供稿:红岩联线管理中心

谭祖尧：不为家愁为国仇

诗可以传情，也可以言志。重庆曾有这样一位青年才俊，写下了"不为家愁为国仇"的诗句，赢得佳人赞誉，诗画定情。佳人在侧，他未贪恋私情，最终以身报国。这位有志青年名叫谭祖尧。

1902年，谭祖尧出生在重庆江津白沙镇。他8岁入私塾，13岁考入白沙镇高等小学，19岁考入国立北京美术学校（今中央美术学院前身）西画系学习。事实上，谭祖尧不仅是一位风度翩翩、天赋异禀的才子，更是一位胸中充满爱国热情、组织能力极佳的热血青年。五四运动期间，谭祖尧就被选为白沙学生联合会代表，积极组织学生运动。到北平后，他积极投身于爱国革命活动，并在斗争中表现出卓越的组织能力，颇得革命先驱李大钊的赏识。在李大钊的影响下，谭祖尧1924年在北平加入了中国共产党，并担任了李大钊的秘书，负责收集国内外报刊资料，供李大钊参考使用。

谭祖尧的公开身份是北京美专学生。年轻英俊的他十分善于组织学生开展爱国运动，所以很快成为北平学生界的领袖人

谭祖尧：不为家愁为国仇

谭祖尧塑像　　　　　　　　　　　　（江津区网络传媒中心　贺奎　供图）

物。恰逢《新青年》暂时停刊，谭祖尧为了团结进步青年，宣传马列主义，在北京建立了"新军社"，创办《新军》杂志，被誉为《新青年》杂志再现。

所谓自古才子配佳人，谭祖尧也碰上了一段天赐良缘。有一次，谭祖尧与同学去观看北京美专中画系办的画展，一幅笔法细腻的工笔画吸引了他。那画左面一丛芭蕉，旁边一位妙龄女郎亭亭玉立。右面题有一首七绝：

碧玉年华初上头，何妨顾影学风流。
闲来却傍芭蕉立，绿透春衫未解愁。

落款是清秀工整的三个字——"李婉玉"。"这可巧了，"谭祖尧心想，"没想到这位李小姐如此多才多艺。"原来，李婉玉经常为《新军》杂志投稿，她辛辣的言辞、犀利的文风早就引

起了谭祖尧的注意，但两人却一直没能相识，谭祖尧甚至不知道两人同为校友。他在画前观赏良久，对江津老乡、中画系同学朱近之感叹道："真是诗画双绝，倘能画成扇面，倒是一件高雅之物。"他全然不知，李婉玉此时正混在他身后的观众之中。谭祖尧接近她的画作时，她就在一旁悄然观察谭祖尧的一举一动。听到谭祖尧的赞美，她心中悄然自喜，却并未作声。

几天之后，李婉玉来到西画系谭祖尧的教室，当众拜会了他。这位身着素衣，温婉如玉的女子站在谭祖尧面前，拿出一把精美的杭州折扇，大方地说："谭先生，我曾多次听过你的演讲，对你倾慕已久。这是我特意为你画的，请你也在上面题一首诗吧。"说罢，即展开扇面，放在谭祖尧书桌上。

扇面上的诗画与谭祖尧在画展上见到的内容别无二致，只是缩小了尺幅。他略为思索，就在李婉玉题画诗下方，挥洒出字迹隽永的和诗：

休教年华付白头，横刀跃马逞风流。
春衫绿透增惆怅，不为家愁为国仇。

谭诗紧步李诗之韵，句句应和，又立意高远，报国之情跃然于胸。"好一个不为家愁为国仇！"李婉玉不禁素手轻拍，赞誉道，"谭先生忧国忧民，志向高远，真是令小女子汗颜。"从此，两人交往愈发频繁，"书画定情"也在北京美专传为佳话。

李婉玉的父亲是张作霖手下的一名海军军官，李婉玉幼秉庭训，善抚琴，通诗画，学养兼优。这样一位千金小姐，却从不居高自傲，而是追求民主进步。在谭祖尧的引领下，李婉玉参加了共青团。她以家庭背景为掩护，担任了中共北方区委的地下交通员，成为谭祖尧亲密的战友。

1926年"三一八"惨案发生后，谭祖尧在李大钊指示下直接领导北平学生运动，由此受到敌人注意。张作霖入主北平后，大肆破坏共产党组织，党员被捕被杀者众多，北平顿时笼罩在白色恐怖之中。李大钊带领谭祖尧，避进了东交民巷苏联大使馆，通过李婉玉等人和外界保持着联系，领导着外面的斗争。1927年4月6日，张作霖派出一千多名军警，闯入苏联大使馆内强行抓捕了李大钊、谭祖尧等20位革命志士。

次日，反动军阀对他们进行开庭讯问。敌人宣布："你们自己的事情自己明白，在党的站在左边，不在党的站在右边。不在党的可以立即释放。"他们毫不犹豫地站到了左边。几天之后，一律被移送反动军阀的所谓军事法庭。会审的时候，谭祖尧昂首挺立，每句答话掷地有声。问："共产主义好不好？"答："好！"问："你看过共产主义的书没有？"答："看过！"问："如果放你出去，你还宣传不？"答："我喜欢的，我就宣传！"问："你喜欢什么呢？"答："我喜欢共产主义！"4月28日，李大钊、谭祖尧等人怀着对共产主义的坚定信仰与期盼，毅然延颈就义。

其实，在谭祖尧被捕前，他是有两次机会逃脱的。1927年3月底，李婉玉的父亲探听到张作霖即将对在苏联大使馆的革命者下毒手的消息，他让李婉玉带上谭祖尧马上离开北平去广州，他已经通过广州方面的朋友为谭祖尧谋了工作和安身之处。没过几天，谭祖尧的江津老乡、时为北大学生的龚灿滨也从一位相熟的海军部科长处获得同一则信息，并赶紧告知了谭祖尧。谭祖尧作为李大钊的秘书，不愿独自逃难，他把这一情报告诉了李大钊。李大钊认为，按照《辛丑条约》规定，中国

军警不得进入东交民巷外国使领馆区。李大钊说:"不要太胆小了。中国军阀看帝国主义,那是无上的。"他也知道,一旦自己离开,北京的党组织就会遭到破坏,工作就无法开展,所以他留了下来。谭祖尧见李大钊不愿走,于是对李婉玉和龚灿滨表示:"干革命就不能怕死,我已打定主意,宁为玉碎,不可瓦全,坚决追随李先生不回头。只要李大钊先生留在北平,我也决不离开。"

谭祖尧被捕时,敌人也抓捕了李婉玉和为地下组织送过情报的李婉玉的妹妹李柔玉,并把姐妹俩和李大钊的家人关押在草街子胡同的监狱里。李大钊的女儿李星华曾称赞李婉玉勇敢贞烈,其斗争精神不让须眉。直到李大钊、谭祖尧就义,姐妹俩和李大钊的家人才被释放。

4月28日,龚灿滨到四川会馆找到江津籍人士吴清汉,一同前往监狱领出谭祖尧和另一位同时殉难的江津籍烈士吴平地的遗体,雇车送往城南陶然亭的四川义地安葬。李婉玉出狱后,听闻谭祖尧殉难,顿时心如刀绞。龚灿滨后来回忆道:"当薄薄的棺木揭开时,只见两位烈士的颈子上各有一圈乌痕,谭祖尧胸前还有碗口大一团血斑,可能是死前遭受毒打所致。李婉玉奋身扑向谭祖尧遗体,跪伏棺前抚尸痛哭,直至昏厥。我赶紧雇了一辆黄包车,让她母亲护送她回家。"

朱近之也曾说:"祖尧是我老乡,婉玉是我同学,我们三人的感情非比寻常。我和婉玉参加革命活动,主要是受祖尧的影响……祖尧牺牲以后,婉玉曾与我通了若干次信。关于祖尧,她写道:'君以英杰之姿,年轻有为,而乃以爱恋革命甚于爱恋吾,甘赴危境,致罹于难。悔恨当时吾未能决然要求君与吾离开北平,同赴广州,而今悔恨莫及,此生此世,何以自处?惟有抱恨终身，以泪洗面耳！'她那时真是悲痛到了极点。"

因过度悲伤愤慨，李婉玉渐渐精神失常，时常怒目圆睁高呼："我必杀张作霖报此血海深仇！"在一个大雪纷飞的晚上，她离家出走。第二天黎明，家人在张作霖北平官邸顺承王府旁的一条小胡同口找到她时，她已经冻死在雪地里。装殓时，母亲发现女儿的腰间别着一把雪亮的匕首。

1983年，李大钊烈士陵园在北京香山落成，邓小平亲笔题写碑文。纪念碑上镌刻着谭祖尧的英名，这位年仅25岁的青年，紧靠在李大钊英名之后，守卫着革命的初心。

【点评】

"不为家愁为国仇"是谭祖尧同志一生的生动写照。习近平总书记指出，中国人历来讲求精忠报国，精忠报国是我一生追求的目标。新时代，我们要学习谭祖尧同志先大家后小家、为大家舍小家的高尚的家国情怀，把自己的理想同祖国的前途、把自己的人生同民族的命运紧密联系在一起，为祖国的发展繁荣而不懈奋斗。

供稿：钟治德

狱中制红旗

1949年10月1日，54门礼炮齐鸣28响，中华人民共和国中央人民政府在北京正式宣告成立，毛泽东主席在天安门城楼上亲手升起了第一面五星红旗。庄严神圣的开国大典，象征着中国人民从此结束了受压迫、受奴役的历史，成为新国家、新社会的主人，中国历史进入了新纪元。

就在此时，重庆仍然笼罩在一片白色恐怖之中。位于歌乐山脚下的白公馆、渣滓洞，关押着许多共产党人和革命志士。在封闭的环境里，他们当时还不知道自己为之奋斗的理想已经变成现实。

1949年10月7日，罗广斌在狱中放风时，从黄显声将军那里秘密得到一张报纸，才得知中华人民共和国已经成立的消息，还知道了中华人民共和国的国旗是五星红旗，国歌是《义勇军进行曲》。

"新中国成立了！"罗广斌心中激动万分。虽身陷国民党反动派的牢笼之中，但自己的理想已经实现了！罗广斌强忍着激动，将这一喜讯藏在心底。10分钟的放风时间，平常总是嫌太短，此时却那么的漫长！他急匆匆地回到牢房，将这个喜讯分享给每一位同志！

"当真？新中国成立了？我们党胜利了？"几位同室的狱友听到这一喜讯，兴奋得几乎跳起来。但大家马上意识到，不能让特务察觉到他们的情绪变化，否则将十分危险。他们压抑着内心的狂喜，悄悄紧握住彼此的手，轻声地欢呼："中华人民共和国万岁！""中国共产党万岁！"这小得不能再小的欢呼声，却仿佛用尽了他们全部的力量。他们甚至情不自禁地在囚室里相互拥抱着，倒在地上连连打滚。

天色暗了下来，狱友们仍然激动得难以入睡。他们避开特务的监视，庄严而肃穆地面朝着北方，眼含热泪，悄声哼唱着那耳熟能详的《义勇军进行曲》，共同想象着国旗飘扬在祖国上空的场景，讨论着国旗的样式，想象着解放区群情振奋的面貌。看见这般热烈的情景，罗广斌忽然闪出一个念头，动情地对大家说："同志们，我有个建议！我们也应该做一面五星红旗，等人民解放军到来的时候，我们打着这面红旗冲出牢门去！"

这个绝妙的主意立刻得到了所有狱友的认同，大家马上翻找各种各样制作红旗的材料。要知道，当时在狱中，所有的物资都极为匮乏，既没有剪刀，也没有针线，更别提制作红旗的面料了。但这难不倒大家。罗广斌扯下他的红色绣花被面，陈然同志拿出了黄纸，王朴等同志准备好了铁片，磨成刻刀……材料凑齐了，但五星红旗到底是什么式样呢？同志们你望着我，我望着你：那张报纸上并没有刊登五星红旗的图案哪！于是大家悄悄讨论着，最后一致认为，应该把一颗大星放置在旗帜中心，代表中国共产党，四颗小星对称分布于四角，代表着

狱中制作的红旗　　（红岩联线管理中心　供图）

四亿中国人民。

狱友们细心地在黄纸上刻出了五颗星星，然后再用吃剩的饭粒，把五颗星星粘在红布之上。这面"五星红旗"做好了！它并不是一面标准的国旗，但又是一面最珍贵的旗帜，因为它寄托着狱中同志们对理想的无限忠诚，对党和人民的无限热爱啊！罗广斌的心情久久不能平静，心潮起伏，写下了这样一首诗：

　　我们有床红色的绣花被面，
　　把花拆掉吧，这里有剪刀。
　　拿黄纸剪成五颗明亮的星，贴在角上，
　　再找根竹竿，就是帐竿也罢！

　　瞧呀，这是我们的旗帜！
　　鲜明的旗帜，猩红的旗帜，
　　我们用血换来的旗帜！
　　美丽吗？看我挥舞它吧！

　　不要性急，把它藏起来呀！
　　等解放大军来了那天，

> 从敌人的集中营里，
> 我们举起大红旗，
> 洒着自由的眼泪，
> 一齐出去！

狱友们把牢房里的楼板撬开一小块，珍重地将红旗叠起来，小心翼翼地藏进地板里面。他们约定，等到重庆解放的那一天，高举着这面红旗一起迎接黎明。

1949年11月底，人民解放军逼近重庆，隆隆的炮声震撼着山城。国民党反动派在逃跑前夕，对囚禁在白公馆、渣滓洞等监狱的革命者举起了屠刀，制造了震惊中外的"一一·二七"大屠杀，绝大多数革命者倒在血泊之中。

3天以后，重庆解放。侥幸脱险的罗广斌带着解放军战士回到白公馆。他轻轻取出那面鲜艳的五星红旗，郑重地交给党组织。想到无数的战友们已经看不到这一天了，罗广斌忍不住失声痛哭。

如今，这面并不标准但最珍贵的"五星红旗"，仍然陈列在红岩革命历史博物馆，默默地向川流不息的观众讲述着70年前的那段历史。

【点评】

这一面在监狱中制作的"五星红旗"，凝聚着革命先烈对新中国的向往和为之奋斗牺牲的革命精神。习近平总书记曾指出，共和国是红色的，不能淡化这个颜色。无数先烈的鲜血染红了我们的旗帜。今天，我们要传承红色基因、弘扬红色精

神，建设好革命先烈所盼望向往、为之奋斗、为之牺牲的新中国，为实现中华民族伟大复兴的中国梦接力奋斗。

供稿：戴　历　丁　颖

狱中八条：血与泪的政治嘱托

2018年3月10日，习近平总书记在参加十三届全国人大一次会议重庆代表团审议时的讲话中指出，"1949年11月27日，在重庆解放前夕，关押在渣滓洞、白公馆的革命先烈在牺牲前用血的教训提出了'狱中八条'"。2019年4月17日，在重庆考察工作结束时的讲话中，他再次讲到"狱中八条"。能够让总书记反复提起的"狱中八条"到底写了什么？它又是怎么来的呢？

让我们一起回到重庆解放前夕的白公馆、渣滓洞。从1949年9月初到11月27日这两个多月的时间里，国民党特务对关押在白公馆和渣滓洞这两座监狱中的共产党员和其他革命志士进行了大屠杀，共计300多人遇难。在牺牲的革命者中，大多数都是在1948年因中共重庆市工委书记刘国定、副书记冉益智等人叛变和川东三次武装起义失败而被捕的。这血的教训无比沉痛、无比深刻！在屠杀开始前，这些被捕的革命者利用各种机会交换意见，从内部寻找根源，总结经验教训，并相互叮嘱：谁能活着出去，一定要向党转达这血与泪的嘱托。而最终，罗广斌成为了完成这一嘱托的人。

罗广斌（红岩联线管理中心 供图）

1948年9月，共产党员罗广斌因叛徒出卖被捕，与曾直接领导过他的重庆沙磁区学运特支委员张国维一同关押在渣滓洞监狱楼七室。张国维分析罗广斌的情况：罗广斌出身于一个有特殊背景的权贵之家。哥哥罗广文是国民党高级将领，时任第十五兵团司令官，手握重兵，驻扎四川，是当时四川境内最大的武装集团首领，并与西南地区军统特务头子徐远举有交情。基于此，张国维估计，罗广斌最有可能活着出去。他叮嘱罗广斌要注意搜集情况，征求意见，总结经验，有朝一日向党报告。

从此，罗广斌肩负着这项特殊的任务，在积极参加狱中斗争的同时，留心观察，设法和同志们交换意见，积累资料。同志们对他也推心置腹，充分信任，尽力提供情况和意见。1949年1月17日，是江姐（江竹筠）的丈夫彭咏梧牺牲周年纪念日，渣滓洞监狱各囚室的难友纷纷采用各种形式慰问女囚室里的江姐。江姐的回报是起草了一份讨论大纲：一、被捕前的总结；二、被捕后的案情应付；三、狱中的学习。各囚室围绕这几点先后进行了讨论，这对提高狱中同志的斗争意志和思想认识起了很大的作用。

1949年2月，罗广斌被转押到白公馆，关在楼下二室。在白公馆监狱，实际存在一个没有名称的党的秘密领导小组，成员有许晓轩、谭沈明、周从化、刘国鋕。主要领导同志许晓轩、谭沈明已坐牢10年，从贵州息烽监狱到渣滓洞再到白公馆，多次与罗世文、车耀先关在一起。他们在狱中坚贞不屈，刻苦学习，有较高的思想理论水平。在这里，罗广斌与他的入党介绍人——被捕前任沙磁区学运特支书记的刘国鋕、被捕前任重庆北区工委委员的王朴、被捕前任《挺进报》特支委员的陈然等进一步结成生死患难之交，进行过多次深入的讨论。

1949年"一一·二七"大屠杀之夜，罗广斌带领十多位难友成功脱险。为了执行难友们的嘱托，12月25日，也就是重庆解放后的第25天，他向中共重庆市委上报了名为《重庆党组织破坏经过和狱中情形的报告》。这份报告分七个部分，第七部分即为"狱中意见"，共八条：

一、防止领导成员的腐化；

二、加强党内教育和实际斗争锻炼；

三、不要理想主义，对上级也不要迷信；

四、注意路线问题，不要从右跳到左；

五、切勿轻视敌人；

六、注意党员，特别是领导干部的经济、恋爱和生活作风问题；

七、严格整党整风；

八、严惩叛徒、特务。

这些意见，都有所指，体现在以下几个方面：

其中第一、第三、第六条主要是针对当时几个重要领导干部叛变而发出的沉痛呼声。狱中同志们最感痛心的是，绝大多数同志在酷刑下、在刑场上都能坚持共产主义的信念，置个人

生死于不顾，而少数几个资历深、职务高的领导干部却无耻叛变。同志们认为，在长期的地下环境里，隐蔽埋伏，相对平静安全，这是必要的，但少数领导同志脱离党和群众的监督，从生活腐化开始，走向了政治上的腐化。元凶祸首川东临委委员、重庆市工委书记刘国定就是其中的典型。

刘国定，1938年入党，在建立和发展党的组织工作中也发挥过积极作用，受到同志们的好评和领导的器重。但是他在骨子里是个人至上主义者。在党内取得了一定的地位后便开始私欲膨胀。据狱中同志揭发，他平时收入有限却好追求享受。他想轧姘头养情妇做生意，向川东临委管经济的干部何忠发借钱。何忠发说："组织上有钱不能借，私人没有钱可借。"刘国定对此怀恨在心，向川东临委书记王璞诬陷何有经济问题。王璞经过调查了解，才发现其实是刘的问题。后来何忠发因刘出卖而被捕。何忠发被捕后，刘国定又硬咬定何手中存有黄金多少，逼何交出来。他还在参加特务组织时，与特务头子徐远举讨价还价，说自己是"省委兼市委"，要少将，要做处长。在特务机关，刘国定也是趾高气扬，除了对徐远举毕恭毕敬以外，对其他特务分子全不放在眼里，自以为有"本钱"，还可以继续出卖原先的同志，出卖共产党，为特务立功。刘国定平时要两个老妈子（保姆）服侍，吃饭非鸡鸭不上桌。可以看出，这样一个毫无原则、见利忘义、骄横跋扈的腐化分子，他的背叛是迟早的事，只看在什么条件下，以什么形式出现罢了。

作为城区区委书记的李文祥坐牢8个月，却过不了感情关，最后叛变。李文祥于1948年4月为刘国定出卖被捕，关在白公馆。开始还比较好，只是苦念妻子。妻子熊咏辉关在渣滓洞女牢。特务利用李的弱点，经常把他提到渣滓洞审讯，并且让他与妻子见面，每见一次他就要痛哭一次。最后，特务威胁他说："这是最后一面了。"他听后彻底崩溃，在坐牢8个月后叛变，出卖了他领导的16位同志（3人被捕牺牲），主动要求"参加工作（当特务）"，他宣布叛变的"三条理由"中的一条就是：我太太身体太坏，会拖死在牢里，为她着想我只有"工作"。

在地下斗争时期，大都实行单线联系。直接领导就是组织，就是党的代表，下面的同志对他们十分敬仰，他们被抹上了一层理想的光辉。加上刘国定、冉益智等上级领导同志高高在上，不可捉摸，故意说大话，表示什么都知道，都有办法，以至有的年轻同志对他们盲目崇拜、事事依赖，甚至有的同志举止言行都模仿他们的样子，到头来却被自己敬仰和崇拜的对象出卖了，这一堂反面课上得十分深刻。

在狱中，同志们结合自己的思想讨论如何看待组织存在的问题。江姐（江竹筠）早先就说过："不要以为组织是万能的，我们的组织里还有许多缺点。"王朴检查自己的认识说，在被捕前一直迷信上级，依赖组织，没有想过自己就是组织的一部分，组织的力量要靠各个分子的共同努力才能发挥整体的战斗作用。

第四条主要是针对上下川东三次武装起义的惨败和《挺进报》被破坏而说。1948年初至8月，川东地下党在上下川东发动了三次武装起义，但很快失败。狱中同志有的直接参加过起义，有的参加过为起义服务的有关工作。他们大都认为，为了配合人民解放战争的进展，根据上级指示，发生了"过左的盲动倾向"，领导武装起义的几位同志，忠实积极，英勇战斗，但对形势估计不足，盲目乐观，缺乏准备而又急于求成。例如，

有的同志说，刘伯承已经过黄河了，不久一定要进四川，我们再不动手，就来不及了。有的领导同志到工作较好的地区巡视一趟，就认为"好极了！简直像解放区"。有的领导同志偏听偏信浮夸汇报，屡次表扬"一个同志两个月发展三个县的组织，很快拉起武装"，轻信只要起义旗帜一举起，农民都会跟着来。实际结果却并不是这样。敌人大军围剿，敌众我寡，几处起义均很快失败，造成了重大损失。

《挺进报》是当时重庆地下市委机关的发行刊物，最初只在内部发行，但由于错误地估计形势，提出开展对敌攻心斗争，从第十五期起，即改变发行方针，通过各种渠道寄给敌人的党政军警宪特大小头目，报纸的内容也做相应的改变，有针对性地增加了开导、警告敌特人员的内容。在特务密布的敌人统治区域里，创办发行这样大规模的地下报纸，本身就冒着极大的风险。如今公开寄发，无疑是火上浇油，强烈地刺激敌人，硬捅马蜂窝，在完全没有防御能力的情况下，把自己赤裸裸地暴露在敌人面前。

第五条与第四条问题相似：麻痹轻敌。一方面，从领导层来说，表现出来的是对形势的错误估计，本应更好地隐蔽自己，麻痹敌人，深入发动群众，伺机地侧重地开展群众性的合法斗争，但我们却大肆张扬，突出公开斗争，向敌人投寄《挺进报》，公开武装起义。另一方面，具体到人，许多同志，恨特务，怕特务，又轻视特务，认为"特务算什么东西"，却不知道实际上特务对我们已有多年的研究，而我们还蒙在鼓里。有的同志被捕前，在被告知已被特务监视的情况下，还不以为意。有的同志的信件长时间被检扣、被偷看而未发觉。有的同志明知有危险，却图侥幸不走，程谦谋就是这样被捕牺牲的，他生前说:"我们把敌人估计得太低了!"

第二条和第七条都是讲党内教育。在革命高潮中往往卷进一些投机者,这不可避免,也不足为怪。革命队伍能吸引更多的人参加是件好事。问题是在革命过程中,党的组织要对每个参加革命的人,特别是党员干部加强思想教育;每个参加革命的人要自觉改造思想,真正树立革命人生观。狱中同志热切希望在他们身后,能切实加强党内教育,最重要的是在实际斗争中进行锻炼,提高全党的政治思想水平。陈然烈士说:"矿砂只有经过提炼,才能生产出金子。"针对党内存在的问题,他们要求严格进行整党整风,洗刷一切非党的意识作风,不让任何病毒细菌侵蚀党的组织。坐牢10年、组织狱中斗争的主要领导同志许晓轩烈士陈述了他对党的"唯一意见":希望经常注意党内教育、审查工作,决不能允许非党的思想在党内蔓延滋长。

最后,第八条,是狱中志士们一致的强烈要求。1948年由"《挺进报》事件"带来的重庆地下党组织大破坏,主要是由于几个主要领导干部相继叛变造成一度难以遏止的破坏势头。叛徒人数很少,只占被捕人数的5%,但是影响极坏,破坏性极大。

地下工作时期,考验共产党员的是生死关,毒刑拷打关,敌人收买关。叛徒们过不了这几关,出卖的是革命,是党的组织,是党员的人头。执政以后,如今考验共产党员的是名利关、美色关、权力关。腐败分子们,也过不了几关。他们出卖的是社会主义建设和改革开放事业,是党的形象,是党和人民群众的血肉联系。腐败分子就是新时期共产党的叛徒。因此,我们今天仍然要按照烈士的遗愿"严惩叛徒"!

八条意见,是狱中共产党员的斗争经验总结,每一条都是

发自肺腑；八条意见，是狱中共产党员的深刻思考，字里行间浸透着血与泪；八条意见，是狱中共产党员的衷心希望，今天的人，特别是全体共产党员不能忘记！

【点评】

　　"狱中八条"是革命烈士用鲜血和生命换来的经验与教训，是一份宝贵的党史资料、一份厚重的党性教材、一份沉甸甸的政治嘱托。"狱中八条"警示我们：要坚定不移推进全面从严治党，抓好思想从严、管党从严、执纪从严、治吏从严、作风从严、反腐从严，不断加强党员干部的思想道德建设和作风建设，真正做到明大德、守公德、严私德，努力营造风清气正的良好政治生态。

供稿：红岩联线管理中心

韩子栋："疯老头"魔窟脱险记

1947年8月18日，重庆磁器口码头，一个身材瘦削、衣着破烂、看上去疯疯癫癫的中年囚犯跟随国民党白公馆监狱的几个看守去买菜，途中，他借机脱离看守的视线，穿街过巷，一路飞奔……

这个人名叫韩子栋，是小说《红岩》中"疯老头"华子良的原型。韩子栋，原名韩国桢，1908年生，山东阳谷人。1932年在北平中国大学读书时参加革命，1933年加入中国共产党。他积极参加进步学生组织的各种抗日活动，并在地下党领导的春秋书店工作。随后加

韩子栋　　（红岩联线管理中心　供图）

入地下党组织，打入到国民党"蓝衣社"（即"中华复兴社"）做情报工作，在极其复杂和十分危险的条件下，出色地完成了党交给的任务。

1934年，韩子栋因叛徒出卖被捕入狱，面对严刑拷打，他始终咬紧牙关，拒不承认一切指控。特务没有办法，把他当成军统严重违纪人员继续关押，后来辗转各地，来到了贵州的息烽监狱。狱中的韩子栋沉默寡言，老是在不停地做清洁，而且常常一个人来回走动，显得行为怪异、痴痴呆呆，这在很大程度上麻痹了特务们的神经。

韩子栋与罗世文关在同一个牢房。罗世文是原中共川康特委书记，被捕进入息烽监狱后，难友们推选他为狱中临时党支部书记，他知道韩子栋的真实身份。他们一起商量越狱逃跑计划，却出现了分歧。韩子栋主张创造条件集体越狱，罗世文认为很困难，应该让有条件的同志先逃出去，逃掉一个就减少一份损失，出去的同志要把狱中的情况向党组织详细汇报。

1946年7月，息烽监狱撤销，韩子栋与罗世文、车耀先、宋绮云等被转移到重庆的白公馆、渣滓洞监狱关押。然而刚到重庆不久，8月18日，罗世文、车耀先就被特务枪杀于歌乐山松林坡。韩子栋悲痛万分，他牢记着罗世文对他"不要暴露共产党员身份"的叮嘱，按照狱中党支部的指示，"全体越狱不成，就走一个算一个"，于是，他开始秘密计划越狱行动。

白公馆与一般监狱不同，背靠大山，地势险要，四周高墙耸立、电网密布，内外重重设卡、戒备森严。按特务们的说法，就是"插上翅膀也别想出去"，这里也被称为"杀人魔窟"。

韩子栋继续装疯卖傻，骗取了看守的信任，看守们便让他帮忙打杂，脏活累活都交给他。韩子栋对重庆的地形很陌生，每次借外出买菜的机会，他就一边暗中观察，一边留心旁人的谈话，渐渐对周边地形有了大致的了解。回去之后就凭记忆画图，不久就绘制了一份详细的周边地形图，并交给了狱中支部，如果有其他难友想要越狱，这份地形图一定可以派上用场。

韩子栋坚持每天在放风坝不停地跑动，不管刮风下雨从不间断。长期的狱中生活，让他的身体变得很虚弱，跑步无疑可以增强脚力和体力。然而他这种奇怪的举动，却被看守们认为是"疯子"行为，经常取笑和捉弄他。这些看守大概不了解，韩子栋的家乡山东阳谷历史上也有一个出名的"疯子"，就是战国时期的大军事家孙膑。当年孙膑被困魏国，以装疯的方式逃脱，最后率兵一举击败了魏国。

正当韩子栋进行着自己的逃狱准备，这时却发生了一个插曲，让他不得不加快自己的逃狱行动。

有一天，军统总务处处长沈醉来到白公馆视察。一进门，就看见一个疯子样的人围着一棵石榴树来回跑圈圈，旁边是几个看守在逗乐取笑。沈醉走过韩子栋身边，不经意与其对视了一眼，就这么一眼，立刻让沈醉警觉起来。多年的特务经验告诉他，疯子不可能有那样犀利的眼神，眼前这个人不是真疯，是装疯。他立刻命令看守长把韩子栋关押起来。

沈醉离开以后，看守长却不以为然。也许是对沈醉不满，也许是太过于自信，他觉得自己在这里待了这么久，怎么会看不清一个疯子，而沈醉你只一眼就看穿了？不久之后，韩子栋又被放了出来，一切照旧。

但这件事让韩子栋敏锐地意识到，处境越来越凶险，必须尽快寻找机会逃出去。

转眼来到8月18日，这一天是罗世文、车耀先两位烈士遇

害一周年的忌日。一般的"犯人"在牢房里被禁止获取外界信息，对日期没有概念，然而韩子栋不同，他的活动自由度相对较大，加上逃狱谋划已久，对日期特别留心，这一天对他来说是刻骨铭心、终生难忘的。

"225！带上家伙跟我走，去买菜！"225是韩子栋在监狱里的番号，看守对"犯人"都不叫名字，只叫番号。韩子栋循声望去，是一个名叫卢兆春的看守。平时都是杨进兴带韩子栋去磁器口购货，前几天杨进兴出差了，所以换成了卢兆春。这个卢兆春是个出了名的赌鬼，平时吊儿郎当、粗枝大叶，不像杨进兴那么凶狠诡诈。

"等了这么久，也许今天是难得的机会。"韩子栋一边寻思，一边着手准备。他把"小萝卜头"的妈妈徐林侠缝制的衣服穿在里面，又把脏衣服穿在外面。重庆的八月，天气十分炎热，卢兆春看韩子栋穿得那么厚实，嘲笑了一句："果然是个疯子。"随后，韩子栋戴了顶硬壳草帽、挑个箩筐走在前面，卢兆春走在后面，两人一前一后向着磁器口走去。

磁器口位于嘉陵江边，曾因盛产和转运瓷器而得名，是重庆有名的码头和集镇，具有一千多年的历史。这里商贾云集，买卖十分兴隆，周围的居民都要到这里来赶集和进货。

两人走到磁器口，很快就采购完了货物，韩子栋一路暗中观察，但始终没有找到合适的机会。这时，他们在一家杂货铺歇脚，迎面碰上了一个熟人，这个人名叫王殿，是白公馆里的医生。王殿一见面就说差"搭子"，邀约卢兆春去童家桥派出所所长胡为祥家里打麻将。卢兆春本来就是一个赌徒，看看天色还早，就爽快答应了。

韩子栋跟着他们，一会儿就来到胡为祥家中。"搭子"凑齐以后，四人打起了麻将。韩子栋安静地坐在一边，看上去漫不经心，实际上一直在寻找时机。一开始，卢兆春输了，心情不爽，两圈之后，开始转运了，连续赢了几局，眉开眼笑。韩子栋眼看四人陷入酣战，判断时机已到，于是向卢兆春嚷着说要"解手（上厕所）"。

一般遇到这种情况，看守应该押着"犯人"去，但是卢兆春不愿起身。因为赌徒都认一个死理，正在走运的时候，一旦离开牌桌就可能转霉运，何况是"解手"这种晦气的事。卢兆春开始没有回应，经不住韩子栋一再嚷嚷，于是摆了摆手，韩子栋会意，就慢慢起身朝外面走去。

一离开房屋，韩子栋就假装找地方"解手"，看看没有人跟出来，他立刻把身上的脏衣服脱掉，扔进旁边的粪坑，然后大步流星直奔江边。14年来，他只能在放风坝里跑圈圈，今天终于挣脱了束缚，平时锻炼的脚力让他脚下生风，这是他很久没有体验到的自由。

为什么要往江边跑？这是他早已计划好的路线。如果往城区跑，那是国民党统治最严的区域，根本不会有生路。如果向歌乐山上跑，监狱的狼狗很容易嗅出他的踪迹。嘉陵江对岸是敌人控制的薄弱地带，只有向江边跑，过了江，狼狗就无法追踪，跑出重庆就能找到部队。

这边胡为祥家里，又是几局过后，王殿突然问了一句："疯老头怎么还不回来？"这句话立刻点醒了卢兆春，他把麻将一推，慌忙冲到茅房去找，可是哪里还有人。"跑了？"他心里一紧，立刻夺门而出，与王殿四下寻找。

韩子栋穿越磁器口时，刻意放慢了脚步。如果跑得太急容易引起注意，这镇上人来人往，许多人都见过他，他压低了帽

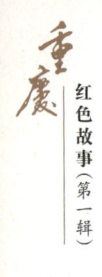

沿，快步向码头走去，不一会儿就来到码头。看着正在上涨的江水，韩子栋犯了愁。他是北方人，水性差，江水又急，肯定无法游过去。

这时他听见后面响起一片嘈杂声，担心是特务追来了，心里更是焦急万分。他沿着江边往北走，看见码头深水处停着一只小船，于是急忙上前打听。船夫说已经有生意了，但经不住韩子栋的一再央求，说家里有急事，便让他上了船。他竖起耳朵，听着岸上的响动。很快，小船划到了对岸，韩子栋跳上岸，向船夫道谢后就继续向前跑去。

卢兆春垂头丧气地回到白公馆向看守长报告，立刻遭到一顿训斥并被关押起来。军统在沙磁区戒严，派出了大批特务带着警犬四处搜捕，但一无所获。韩子栋脱逃事件引起了军统震惊，被认为是极大的耻辱。

逃出虎口的韩子栋一路兼程，不敢停歇，经过长途跋涉，终于在解放区找到了党组织。1948年1月，韩子栋向中共中央组织部递交了一份报告，详细汇报了自己入狱及脱险的情况，组织审查后，恢复了他的党籍。

他曾在"小萝卜头"的妈妈徐林侠烈士亲手为他缝制的白布口袋上写下一首诗，记录了他当年逃狱时的心情：

披枷戴锁一老囚，笼里捉虱话春秋，
一死皎然无复恨，赢得大众来报仇。
谁谓念年牢狱苦，赴仁取义死未休，
生前无愧颜太守，死时犹抱击贼笏。
自古有生必有死，吾久不计日与时，
借问陆公老放翁，家祭曾否告尔知！

【点评】

　　作为一名共产党员，韩子栋深陷牢狱14年，却从没有忘记自己的党员身份以及入党时的初心。面对凶狠的敌人，他装疯卖傻、隐忍坚毅，周密计划、沉着应对，从戒备最森严的监狱成功脱逃，充分展现了共产党人的坚韧意志和斗争智慧。韩子栋的事迹在今天仍然具有重要的教育意义。习近平总书记强调，我们要发扬斗争精神，增强斗争本领。广大党员干部要经受严格的思想淬炼、政治历练、实践锻炼，敢于斗争，善于斗争，为国家富强、民族振兴、人民幸福作出应有贡献。

供稿：何　江

沈安娜：战斗在敌人心脏的无名英雄

一位美丽聪慧、充满青春气息的姑娘，却曾起过千军难抵的特殊作用。她受命打入敌人内部，与魔鬼打交道，在敌人心脏地带勇敢机智地战斗了十多个春秋；她时刻牢记党的教诲，成为深入虎穴的尖兵，圆满地完成了党交办的特殊任务。她鲜为人知、神秘而传奇的潜伏故事直到20世纪90年代才逐渐被揭秘。她就是无名战线女英雄——沈安娜。

1934年底，20岁的沈安娜遵照党的安排，在周恩来、董必武的亲自指示和部署下，参加了国民党浙江省政府速记员的招聘活动，她以高超的速记专长和扎实的中文水平顺利打入浙江省政府秘书处议事科。由于沈安娜为人正派，速记娴熟，很快得到了时

沈安娜 （红岩联线管理中心 供图）

任浙江省主席朱家骅的信任和赏识，后来还经朱家骅等3名国民党中央委员介绍以"特别"入党的方式加入了国民党。由此开始了她传奇般的情报工作生涯。1935年秋，经中央特科领导王学文批准，沈安娜和中共党员华明之在上海举办婚礼，结为夫妇，从此共同战斗在党的隐蔽战线。

考虑到情报工作者随时可能面临的巨大风险，周恩来和董必武两位领导叮嘱沈安娜："要机警灵活，注意隐蔽，既要大胆，又要谨慎。"

1938年8月，武汉保卫战失利，国民党机关开始陆续撤往重庆。遵照董必武的指示，沈安娜和华明之跟着"国民参政会"的包船前往重庆，并到机房街八路军办事处报到。到重庆不久，国民党中央党部就通知沈安娜，"特别入党"的党员证已经批下，安排她在国民党中央党部秘书处当机要速记。由于是经朱家骅亲自安排进中央党部工作的，又是朱家骅的"老部下"，沈安娜深得机要处上上下下的信任和器重，并立即担任了国民党中央常务委员会等重要会议的速记。从此以后，沈安娜在国民党中央党、政、军、特的高层会议上担任速记，凡是蒋介石主持的会议，沈安娜就是速记的不二人选。如此一来，沈安娜就有了获取蒋介石及其军政要员讲话等重大情报的机会。因此，当周恩来得知沈安娜已顺利打入国民党核心部门，并看到由她送出的一份份内容详细准确的情报时，十分高兴。

沈安娜长期身处国民党官僚衙门，那些乌烟瘴气的工作环境和贪污腐败的工作作风使她感到非常厌恶，她渴望着像其他青年革命同志一样到延安去，痛痛快快地干革命。终于有一天，沈安娜按捺不住自己的情绪，悄悄跑到红岩村向董必武倾吐自己的心声，但没承想，却被董必武斩钉截铁地拒绝了，并

对她进行了批评。周恩来知道后，立即把沈安娜叫去自己的办公室，对她进行了耐心细致的说服教育，语重心长地告诫道："你有速记专长，别人无法像你这样打入国民党核心机关。""这项秘密工作非常重要，你要从革命大局着想，以大局为重。党很需要你坚持在这个重要岗位上继续努力。"周恩来的一席话，使沈安娜茅塞顿开，更为自己的幼稚感到深深的内疚。

当她就要离开红岩时，周恩来再一次亲切而严肃地对她强调："为了情报工作的需要，你要甘当无名英雄。"并再三叮嘱："在敌人心脏工作危险性很大，要随时准备应付意外事件，遇到突然事变，共产党员要有骨气，做到临危不惧，从容镇定；既要有为革命献身的决心和勇气，又要沉着冷静想尽一切办法对付敌人，保存自己。"这些谆谆告诫，无不使沈安娜既感到温暖，更感到肩上责任的重大，她暗暗下定决心，一定要在这个特殊的岗位上为党尽心尽力，作出自己的贡献。

1939年1月，沈安娜被确定为即将召开的国民党五届五中全会的速记员，并负责保管会议的有关文件。在这次大会上，由蒋介石作报告，沈安娜就坐在离蒋介石仅三四米远的桌子旁作速记。在全会的小型军事会议上，蒋介石和军事头目们精心策划消灭中国共产党的新阴谋，炮制了两个反动文件，即《防止异党活动办法》（后改为《限制共产党活动办法》）和《关于共产党的处置办法》，这是国民党发动反共高潮的纲领性文件。沈安娜将会议正式通过的两个反动文件送交给董必武和博古。后来党中央根据沈安娜提供的材料以及其他来源提供的材料，将其编入《摩擦从何而来》的小册子并予以公布，其中明确指出：国民党下达的这两个文件，是造成国共摩擦的根源。从而揭露了国民党的反共阴谋，打击了国民党的反共气焰。

五届五中全会以后，国民党中央常委会每两周召开一次会议，均由沈安娜担任速记。会议议题主要是由军事头目何应钦报告军事形势和反共的军事部署，研讨组织特种党团打入共产党和进步组织的措施，还决定在佛图关举办中央训练团，受训人员均为国民党大小头目，朱家骅则主讲"调查统计"。每次常委会的内容以及朱家骅的讲稿，沈安娜均及时送交南方局。

1939年秋，南方局组织部根据沈安娜的表现，认为她已经受了严峻考验，在隐蔽战线上为党作出了突出贡献，已经具备了入党条件，决定接受沈安娜入党，由卢竞如做她的入党介绍人，并负责同她秘密联系。

1941年初，蒋介石发动第二次反共高潮，制造了震惊中外的"皖南事变"，在共产党坚决斗争和广大舆论谴责下，以蒋介石为首的反共势力不得不稍加收敛，但到1941年11月，蒋介石又在召开的五届九中全会上策划新的反共阴谋。当时沈安娜怀孕即将分娩，当她得知这次会议极其重要时，坚持参加会议做速记，获得何应钦和特务头目徐恩曾的报告稿以及《关于党务推进的根本方针》等重要情报。

沈安娜夫妇由于工作的特殊性，曾一度与党组织失去联系。这期间，虽然他们时常往来于曾家岩50号和红岩村附近，但由于特务对我党机关的严密监视，他们只能坚守党的秘密工作纪律，过"家门"而不入，为此，他们承受了巨大的意志考验和情感磨炼。可是，沈安娜夫妇始终坚信党一定会来找他们。

1946年1月，以周恩来为首的中共代表团参加在国民党政府礼堂举行的"政治协商会议"以及有关谈判。其间，沈安娜在会议上又一次见到了日夜想念的周恩来、邓颖超，她差点没能抑制住内心的兴奋劲儿向他们走去。但此刻，周恩来扫过的

冷峻坚毅的目光使沈安娜迅速恢复了常态，她在一瞬间明白了两位领导的心意，一股暖流不由得涌向全身。在整个会议过程中，沈安娜都担任国民党政协委员组成的"党团会"速记，为了使我党掌握谈判的主动权，她把"党团会"商定的底牌连夜写成情报，由华明之交吴克坚转送周恩来，从而使我党在政协的每次会议上都胸有成竹，始终处于政治上的主动优势地位。

自从沈安娜在国民党中央党部摸清情况，站稳脚跟后，与国民党有关的重要情报就源源不断地传往南方局。1946年3月，国民党召开以策动全面内战为目的的六届二中全会，大会需临时借调速记员，为了更多地搜集会议情报，沈安娜机智主动地征得中央党部机要处长的同意，顺势把华明之借到了大会速记室做速记整理和编校。但是华明之在速记室只能看，靠脑子记不住多少东西。沈安娜就借两个孩子晚上需要照看，无法同其他人一起"开晚车"为由，请求速记长同意每晚拿部分材料回家整理。经同意后，沈安娜夫妇就挑选有用的材料带回家摘抄，并连夜送交吴克坚。就这样，会议的情报被沈安娜夫妇完整全面获取，使周恩来等南方局领导能随时弄清国民党的动向，掌握时局的主动权，为党中央正确制定解放战争的战略方针作出了突出贡献。对于沈安娜夫妇出色的情报工作，周恩来给予了"迅速、准确"的高度评价。

1949年5月，沈安娜在解放上海的炮声中回到了党的怀抱，结束了惊心动魄的14年地下工作生涯。

【点评】

"干惊天动地事，做隐姓埋名人。"沈安娜为党的事业长期默默无闻、甘当无名英雄的品质值得我们每一名党员干部学习。我们要像沈安娜那样，抛开个人好恶，坚决服从组织安排，服从党的工作大局，以"功成不必在我"的精神境界和"功成必定有我"的历史担当，不计个人得失，不求名利地位，在各自工作岗位上作出应有贡献。

供稿：厉　华

卢绪章：身家百万的无产者

1949年6月12日，在上海解放后的第一次工商界人士大会上出现了一个人，使与会的工商界人士大为震惊！大家无法理解的是，这个陈果夫身边的大红人怎么可能与共产党的高级领

卢绪章（前排右二）与广大华行同仁在上海留影　　（重庆市委党史研究室　供图）

导干部一起出席会议呢？没过几天，一封封工商界人士检举揭发国民党少将参议、大资本家卢绪章的举报信，出现在陈毅市长的办公桌上。

卢绪章，在商界同行眼里，心狠手辣、为富不仁；在灯红酒绿、纸醉金迷中，他出入豪门，挥金如土。但，谁也想不到，西装革履之下，他其实是一个穿着补丁衬衣的革命者，并被誉为"与魔鬼打交道的人"。

1945年8月，抗战胜利，举国一片欢腾，在重庆八路军办事处周恩来的办公室里，一位西装革履的中年男子却正在倾诉满腹委屈："周副主席，当'资本家'真比要我的命还难受呀！我从青年时代起就立志救国；入党后，我更渴望做一个堂堂正正的战士，但这些年我却成天和那些双手沾满我们同志鲜血的特务周旋，碰杯送礼，我心里受不了呀！老朋友骂我，妻子也不理解，我满腹冤屈向谁说呀，'资本家'的日子我真过够了。"听完他的倾诉，周恩来握着他的手，满含深情地对他说："卢绪章同志，我非常理解你的心情，你的痛苦和迫切希望去延安的愿望，我也完全能够体会。我也听说你过去在上海的朋友曾当面骂你财迷心窍、与豺狼为伍。我这里也收到过一些民主人士的告状信，说你丧失了良心和正义感，只知道赚钱发财。你本是一个生性耿直、嫉恶如仇的人，却要长期和那些令你厌恶的人周旋，被朋友误解指责，内心怎能不痛苦呢！但是，你要从党的事业需要出发，继续当好'红色资本家'！而且，立即将'广大华行'全部转移到上海。"周恩来的一席话让卢绪章的心绪渐渐平复下来。他更加明确了自己工作的重要性，自己的委屈跟党的革命事业比起来又算得了什么呢？于是他暗自下定决心：继续忍辱负重，一定要完成党的嘱托！

其实，早在1933年，卢绪章就和其他四位进步青年在上海组建了"广大华行"，以经营西药、医药器械邮售业务为主，1937年，卢绪章和"广大华行"的几位同志秘密加入了中共地下党组织。由于他出色的经营管理才能，"广大华行"发展迅速，在大后方实业界迅速崛起，成为一个有实力、有地位，又有良好社会信誉的企业。1940年，中共中央南方局书记周恩来决定开辟党的经济战线，将"广大华行"作为南方局直接领导下的秘密经济实体，为党筹措经费。周恩来对卢绪章交代，"广大华行"内的党员由其单线领导，不许同重庆地下党发生横向联系，一定要做到社会化、职业化、合法化。并且要求卢绪章在肩负特殊使命时要做到"出淤泥而不染，同流而不合污"。

自1940年从上海迁到重庆以后，短短几年，"广大华行"不仅在昆明、成都、贵阳、西安、衡阳等地开设了分支机构，还创办了"民孚企业公司"，由卢作孚任董事长，卢绪章任总经理。由于企业经济基础雄厚，卢绪章的社会地位日益提高，成为重庆企业家中的风云人物。

经过一番拉拢，由蒋介石侍从室专员施公猛等人推荐，卢绪章引起了国民党CC派头子陈果夫的兴趣。陈果夫有一家特药研究所，卢绪章被聘为理事。施公猛还向卢绪章提出参加国民党的问题，并将国民党特别党员证送到他手里，介绍人一栏里填的是"国民党中央组织部长吴开先"。接着，一张"国民党二十五集团军少将参议"的委任状也送到他手里。这样，卢绪章在重庆就能畅行无阻了。

1944年10月，为适应战后需要，周恩来批准"广大华行"派人去美国开展进出口贸易业务。卢绪章决定从"广大华行"抽出20万美元，派党员舒自清以蒋介石妻弟和国民党机要室主任毛庆祥合作创办的"生产促进会"的名义，去美国开展国际贸易。舒自清带了20万美元在纽约建立分行，并广交华侨富豪、工商巨头、社会名流、国际政客，逐渐打开了局面。分行成为美国第二大药厂施贵宝在中国和东南亚的总代理，并且与杜邦、摩根等财团做成了进口化工、钢材、五金等大笔生意，还向美国出口大豆、桐油、猪鬃、肠衣等土特产。分行名声大振，并将办公地点搬到了华尔街120号。

1944年，卢绪章又与全国工商会长王晓籁、中国工矿银行经理包玉刚等人组建新公司，将业务范围扩张到运输、五金、布匹、进出口、百货、药材等领域。抗战胜利后，卢绪章涉足海陆空运输，新建了"民益运输公司"。1946年，上海中心制药股份有限公司成立，陈果夫为董事长、卢绪章为总经理。接着，卢绪章又去香港等地开设南洋银行、广业房地产公司等金融机构和企业。全盛时期，"广大华行"资产高达119亿法币。

从1937年至1948年，这位传奇式的中共地下党员企业家，为党筹集经费近400万美元。但他的个人生活却异常俭朴，从不允许员工和家人浪费一文钱。他常说，这些钱都是党的，共产党员赚的钱都要上缴组织。

有一个不完全的统计：卢绪章领导的"广大华行"1942年为广东韶关地下党提供经费8万5千法币。1948年至1949年，他先后两次为中共港澳工委提供了15万美元，给湖北和西南党组织提供经费2万港币。1949年初，卢绪章交党组织现钞100万美元，并向上海地下党提供1亿法币。此时，中央向卢绪章领导的"广大华行"发出指示：清理海外资产，与香港华润公司合并，回京参加新中国建设。卢绪章最后又向党中央上交了200万美元。

在工作中，卢绪章出入固然有汽车，赴宴也是西装革履。但谁也不会想到，这位身家百万、正当英年的"大富豪"，贴身的衬衣却打着补丁。为避免引起怀疑，他不能把衣服拿到洗染店，甚至不能请人代洗。于是，这件打着补丁的贴身衬衣只能由他夫人亲自洗。洗过之后，将马铃薯磨成浆，抹在领子上，再熨烫平齐，以使衣领保持硬挺。这就是一个西装革履的"百万富翁"不为人知的"秘密"。而他的妻子和他一起过着清贫的生活，甚至没有一件真正的首饰。但这对拥有数百万美元资产的夫妻，在革命事业需要时，却那样慷慨大度——慷慨到不仅心甘情愿献出每一分血汗钱，甚至随时准备献出自己的生命。

【点评】

卢绪章同志出淤泥而不染，以实际行动展现了共产党员廉洁自律的高尚品格。习近平总书记指出，"要牢记清廉是福、贪欲是祸的道理，树立正确的权力观、地位观、利益观，任何时候都要稳得住心神、管得住行为、守得住清白"。今天，我们的党员干部要学习卢绪章同志的高尚品格，时刻做到严于律己，廉洁奉公，一身正气，两袖清风，永葆共产党人的浩然正气。

供稿：厉 华

黎强：潜伏者

1939年5月，3位文质彬彬的年轻人来到位于重庆市郊的中共中央南方局和八路军重庆办事处驻地。当他们小心翼翼地从行囊里最隐蔽的地方拿出一张纸条后，办事处的同志热情接待了他们，安排他们在小龙坎的一个招待所暂时住下。3位年轻人的其中一位，就是谍战剧《潜伏》中余则成的主要原型——打入国民党内并获最高官阶的"潜伏者"黎强。

"黎强"这个名字是董必武为其在党内所起的化名，意为"能力强"，后来一直沿用。

此次从延安返回重庆，黎强是按照中央组织部的安排到新近成立的中央南方局接受任务。在八路军重庆办事处，南方局宣传部长凯丰安排黎强先

黎强　（红岩联线管理中心　供图）

找到社会职业安顿下来，再接受组织进一步安排。从此，他便以"李长亭"为名开始了长达近10年的潜伏任务。

1943年夏，黎强抓住中统第三期训练班这一契机成功打入国民党，成为了中统成都实验区区长助理，后又借破获曾庆高偷拍电报原件泄露给青年党主席曾琦一案升级为中统四川调统室（简称"川调室"）任视察，随即又被派到"省特会"担任一组主任干事。

到了"省特会"，黎强逐渐得知，在川调室的各科中，第三科（党派科）最重要，因为它掌管着川调室最机密的"特情"材料。中统把秘密逮捕或"短促突击"后叛变的共产党员或其他人士，又悄悄地放出来让其回到原来的单位或地方去，定期向中统特务机关汇报情况。而这类人员的名单、地址、单位、联络方式等有关材料，就是所谓的"特情"。这个"特情"材料中，还包括其他一些民主党派、进步团体中凡是可以向中统提供有价值情报的人员名单。三科科长叶申之，原是共青团绵阳地区书记，后叛变投向国民党，此人年轻，头脑灵活，点子多，深受川调室主任孙云峰的重视。这批"特情"材料，就是他当三科科长后亲手建立起来的。叶申之把这份绝密材料锁在自己办公室的保险柜里，保险柜的钥匙则随时都拴在他的皮带上。除了孙云峰，这份"特情"是绝不示人的。

1946年3月，从川调室抄送"省特会"的一些内密材料中，黎强发现中统对尚未正式公开成立的中共四川省委中，谁任省委书记、副书记、组织部长等一清二楚。他把这个情况告诉了南方局西南地区情报工作联络人陈于彤，陈于彤要他一定想办法查出埋藏在组织里的内奸，并说组织上对一个叫陈景文的人有所怀疑，希望他能在中统的情报里得到证实。

在得知三科的工作内容之初，为了从叶申之处获取一些重要情报，黎强就采取了主动与叶申之接近的策略。他利用中统内部的行帮关系，和叶申之在中统各期训练班的年轻学员中发起成立了一个以"联络感情、增进友谊、砥砺学行、热爱工作"为宗旨的"青年互砺社"，并争取到川调室主任孙云峰的支持。"青年互砺社"的成员经常在一起吃喝玩乐，他们都知道黎强有兼职，收入多，就经常让他付费。为了拉拢这些特务，与他们建立"感情"，黎强常把家里的东西送进当铺，拿钱供他们娱乐。而叶申之吃喝嫖赌样样在行，黎强就经常为叶申之买单。

一次茶余饭后，叶申之对黎强说了心里话："李兄，干咱们这一行是上下里外不讨好，我又是从那边（指共青团）过来的，今后十分危险。而且现在也没有多少油水可捞。我想到政府田粮部门去谋个差事还实惠一些。你熟人多，能不能帮兄弟这个忙。"

黎强心里一怔，心想你科长当得好好的，又深得上司重视还不满足，想走。好，那我就尽量成全你吧，把你这样精明的特务调离中统机关，党也少一分危险。于是，他装作认真思考的样子说："熟人倒是不少，田粮部门的关系也有一些，不过这事得慢慢来。"他想暂时把叶申之稳住，好从他那里获得更多情报。

1946年4月初的一天，黎强以到田粮部门有了眉目为由，请叶申之喝酒。叶申之心情愉快，想到就快要离开这危险的行当而去田粮部门大把捞钱，不由得和黎强推杯换盏，开怀畅饮起来。不一会儿，许多白酒下肚，叶申之已是酩酊大醉、满口胡言："李兄，这次全靠你了。苟富贵，勿相忘……"

"哪里，哪里，我只不过做了一个顺水人情。叶兄，你有点

醉了。我扶你回去休息吧。"平日里早就练就一身酒量的黎强此时虽然也醉得不轻，但他头脑却十分清醒：一定要趁今天这个机会，把"特情"档案搞到手。

迈着踉踉跄跄的步伐，他俩也不知是谁扶着谁，回到了纯化街中统机关叶申之的办公室。

一进办公室，叶申之就从皮带上取下钥匙打开保险柜，拿出他视为绝密的"特情"档案，递到黎强面前，炫耀着说："不是吹牛，只有我才有这样的'特情'材料。我到田粮部门后，要移交的最重要的材料就是这个东西。如果这次我能去田粮部门，我一定向孙云峰推荐你来当三科科长。"说着说着就醉倒在沙发上呼呼大睡。

机不可失，黎强以极其敏捷的动作打开"特情"档案，迅速翻阅，果然发现有陈景文和几个打入民主同盟的"特情"人员的名字。在记住这几个人的姓名之后，他急忙把叶申之连推带揉地叫醒说："这东西我不看，你不是要移交吗？快放好锁上，等我接收以后再看。"随后，黎强马上把陈景文等人的情况向陈于彤作了汇报。南方局立即采取紧急措施，主动断绝了与陈景文等3人的联络，通知与他们3人熟识的共产党员和进步人士即刻撤离成都。

1949年4月21日，人民解放军百万雄师开展渡江战役，时任国民党第四十五军三一二师副师长的黎强，奉命率队沿宁杭公路撤离，准备前往台湾。在撤往宜兴的途中，被解放军第三野战军所属部队包围俘获，黎强说出自己的真实身份却没人相信，被关押数日后，偶遇时任八十八师补充训练团团长的老同学钱申夫，才托其将暗语致电党中央，中央紧急回电，命令将其送至北平，就这样，黎强戏剧性地回到了党组织的怀抱。

【点评】

  在长达10年的潜伏生涯中，黎强凭借着对党的耿耿忠心和大智大勇，为党锄奸，有力保护了西南地区党组织，创造了鲜为人知的特殊功绩。习近平总书记指出，斗争的艰巨性、复杂性决定了一名合格的战士要有见微知著的能力，对潜在的风险有科学的预判。要培养出这样的能力，今天的领导干部必须经受严格的思想淬炼、政治历练、实践锻炼，在复杂严峻的斗争中经风雨、见世面、壮筋骨，真正锻造成为烈火真金。

供稿：古　越

肖林：三块银元的故事

1941年3月，奉中共川东特委书记廖志高的指示，中共地下党员、"民生公司"物产部工作人员肖林来到了红岩村八路军驻重庆办事处。办事处处长钱之光同志接待了他，并要求他住在红岩，等待第二天周恩来有重要的工作任务向他交代。到底是什么样的工作任务，需要周恩来亲自当面交代呢？

当天晚上，肖林躺在床上反复思索：又会有什么新的任务呢？是不是要自己离开民生公司到新的岗位？或是自己秘密创办的《人力周刊》要进一步扩大发行？又或是批准自己去延安？思来想去，肖林凭直觉隐约感到这项"新的任务"一定尤为重要。事实上也的确如此。

1939年，中共中央南方局书记周恩来为了解决工作经费问题，决定建立党的"第三战线"，也就是经济战线。这一时期，由于国民党对共产党搞经济封锁，八路军、新四军的军需供应和各地办事处的运行经费十分困难，再加上物价上涨，开支不断增加。为了适应持久战的需要，加大力度开展地下经济工作就显得尤为重要。

当时，南方局要求川东地下党物色、挑选具有经济才能、党性强的同志下海经商，为党筹措经费。于是，已经在党的经济战线崭露头角的肖林便出现在了八路军驻重庆办事处，并且见到了周恩来同志。

周恩来在听取了钱之光对肖林的情况介绍后说："党的活动，无论是公开的，还是秘密的，都要有一定的经费开支。经费来源不能光依赖拨款和支援，还得自己去开辟新路。当然，我们这里不能用延安的办法开荒种地，也不能自己动手纺纱织布，而是要根据国民党统治区的条件，开展我们所需要的经济活动。"

周恩来向肖林宣布了南方局党委的决定：肖林从现在开始从事经商活动，组织关系从此归钱之光单线联系。他交代肖林说："这种经济活动，有公开的一面，同一般工商业者一样，合理合法，正当经营；又有秘密的一面，资金来源和资金用途，是不公开的。做生意就是要赚钱，不要怕别人说你唯利是图。你赚的钱不是为个人私利，而是为了党的事业。"

周恩来的一席话完全出乎肖林的意料——组织上竟然是要自己去当资本家！想到要去做自己猛烈批判过的"剥削者"！肖林觉得命运跟自己开了一个天大的玩笑！但是，一看到周恩来同志严肃认真的表情，他还是没有说出自己内心第一时间的真实想法，并且意识到这是组织上交给他的一项艰巨任务。

最后，周恩来叮嘱肖林："党在哪些地方要用钱，事先很难预料。所以只能定个原则：什么时候要，就什么时候给；要多少，就给多少。即使不够，也要想方设法凑足，绝不能误事。此项秘密工作，党内由钱之光负责指挥，社会上由你和妻子王敏卿专职经营。"

肖林与王敏卿　　　　（红岩联线管理中心　供图）

艰巨而复杂的新任务并没有让肖林退缩，他向周恩来说了一句简单而又有分量的话表明自己的态度："这是对我党性的考验，我坚决完成任务！"

1941年4月，一家经营土纱、食糖、植物油等土特商品的"恒源字号"商行在江津县城隆重开张，肖林出任经理。不久，"恒源字号"重庆分号设立，随后"恒源字号"又在宜昌附近的三斗坪设办事处，收购土特产品。到了抗战后期的1944年，"恒源字号"商行扩大发展为"大生公司"，经营业务又增加了五金、木材、西药等种类。

从1941年4月到1946年5月，整整5年多的时间，为了实现从"恒源字号"到"大生公司"的逐渐发展壮大，肖林和他的妻子王敏卿两位由南方局直接领导的"资本家"每天起早贪黑，辛苦经营。他们和当时陪都的众多中小商人一样，细心地操持着每一笔生意和买卖，"唯利是图""见钱就赚"；他们甚至有时候还钻国民党政府的空子，打打"擦边球"，绝不放弃任何赚钱的机会；他们联络培养各种关系为我所用，拼命地为党组织找钱，挣钱！5年中，只要南方局钱之光下达指令，需要提钱，他们总是绝对地保证满足！在肖林、王敏卿夫妇的脑海里，铭记着周恩来给他们定下的原则——"什么时候要，就什么时候给；要多少，就给多少。即使不够，也要想方设法凑

足，绝不能误事。"

抗战胜利后，肖林奉命到了南京梅园新村，钱之光向肖林传达了周恩来同志的新指示："形势虽有变化，但地下经济工作的原则不变，一定要赚钱，仍然随时需要随时支付。"钱之光告诉肖林：立即将公司全部业务转到上海，扩大业务范围。重新打开局面，需要的开支和经费可能会增加，但是党现在不可能增加投资，自己要想办法解决一切困难。

1946年5月初，根据周恩来和钱之光同志的指示，肖林开始把自己的业务逐步向上海转移。8月，肖林到了上海后，新成立了"华益贸易公司"，并在青岛、徐州、蚌埠等地设立了公司的分支机构；后来他又靠驻守青岛的国民党第八军军长李弥，开办了一家"中兴公司"。"华益公司"还同山东解放区在上海的经济实体联合，大量从山东运进花生油、粉丝、水果等批发给十六铺地货行出售，然后买回布匹、药品等物资运到解放区。

当时，山东解放区缴获了大量黄金、美钞和法币，而法币在解放区完全就是废纸。于是，一项暗运黄金、美钞和法币的行动开始了！

肖林亲自出马，将黄金、美钞和法币装入盛花生油的油桶内，秘密运到上海。美钞供"华益公司"开展业务活动使用，法币由肖林转交中共代表团驻沪办事处，而黄金则由肖林全部改铸成上海通行的十两金条，交给了中共代表团驻沪办事处。1947年3月，中共代表团从上海撤退时，三千多两黄金由身兼财务委员会书记的董必武和办事处成员随身带走。

在中共驻上海代表团没有撤离前，钱之光经常从肖林的"华益公司"取钱，"华益公司"也因此被称为"地下党的秘密

金库"。这些钱，有的用于烈士的家属安抚，有的用于生活困难的党员家庭补助，有的用于处境窘迫的知名人士的照顾，更多的则是交给了党组织。

1947年3月，内战愈打愈烈，为了安全起见，肖林又把"中兴公司"迁到上海与"华益公司"在同一处经营。

1948年1月30日，上海申新第九棉纺织厂工人罢工，抗议厂方无故开除工人及克扣年终奖金。2月2日，国民党政府出动大批军警进行镇压，打死3名女工，重伤40多人，造成了震惊全市的"申九二二惨案"，各界民众迅速掀起声援浪潮。为了活动开展需要，上海地下党的负责人刘晓一次性从肖林处取走3亿法币的支票。在上海，肖林和王敏卿坚决按照南方局的指示，保证了党的经费需要，从未因为提款取现出过任何问题。

1948年，中共中央开始筹建新中国，大量知名进步人士从上海启程，转道香港，秘密前往大连，最后抵达已经解放的北平。一次又一次的指令，要提走一笔又一笔的路费、生活费，肖林都按照指定地点，将钱款或支票如数送去。肖林和妻子王敏卿共同创造的秘密地下"金库"为党的革命事业提供了坚实的物质基础，甚至为新中国的筹建提供了可观的财力保障。王敏卿在全国解放后曾回忆说："我们是身着华丽衣饰的神秘送款人，身后跟着一个十七八岁的小伙子——公司会计王凤祥。送款人和收款人都心照不宣，谁也不能打听对方的情况。"

肖林这一肩负特殊使命的"老板"，共为党筹措了多少经费，并没有明确统计。我们现在只知道，当"华益"等地下经济机构宣告撤销时，共计向党上交的资金约合黄金12万两，其他固定资产折价1000多万美元。

肖林和他的夫人王敏卿常说："我们什么样的钱没见过？那

时候，常把装着金条的小盒子存放在家里。但那都是党的财产，一分一厘也不能挪用的。虽说都是在经商，但我们跟'中兴公司'那些人不一样。我们是在为党挣钱。"与金钱打了一辈子交道的肖林、王敏卿夫妇，最后还将自己留作纪念的三块银元也捐给了重庆博物馆。

【点评】

  肖林用奉献革命的实际行动完美诠释了什么是"忠诚干净担当"。习近平总书记强调，要努力造就一支忠诚干净担当的高素质干部队伍。忠诚是政治底色，干净是做人底线，担当是做事本分。在新的历史条件下，党员干部要做到忠诚干净担当，就要在思想上政治上行动上同以习近平同志为核心的党中央保持高度一致，清清白白做人、干干净净做事，尽职尽责、尽心竭力，为建设中国特色社会主义伟大事业作出贡献。

供稿：厉　华

陈同生：心中有一面不倒的红旗

看过电影《东进序曲》的人一定会对影片中新四军挺进纵队政治部主任黄秉光只身入虎穴的场景印象深刻。面对国民党地方势力和顽固派，黄秉光胸有韬略，从容镇定，舌战群顽，为新四军东进抗日奏响了一首辉煌的序曲。影片中黄秉光的原型就是陈同生。

陈同生，原名张翰君，1906年出生在湖南常德。陈同生刚满周岁时，他的祖父张心源入川做官，一家人从常德迁往四川省营山县。从12岁起，陈同生先后在营山县立高等学堂、县立中学读书。营山县立中学创办人和时任校长张澜，是辛亥革命时四川"保路运动"的领

陈同生　（重庆医科大学　供图）

袖之一，他聘请的教员中，有不少留法归来的进步人士。在新式学堂的科学知识和进步人士的民主思想的熏陶下，陈同生心中渐渐播下了一颗革命的种子。

1924年，因参加反抗军阀暴政的"抗捐运动"，18岁的陈同生被川北军阀何光烈通缉，逃往成都避难，从此远离家乡，走上了革命道路。在成都期间，陈同生通过老师和同乡，结识了中国共产党在四川的早期领导人刘愿庵等人，并经刘愿庵介绍加入了共青团。次年1月21日，刘愿庵代表党组织举行了共青团员转党仪式，陈同生转为中国共产党党员，从此成为无产阶级先锋队的一名战士。

1927年秋，经组织安排，陈同生到北伐军第二方面军总指挥张发奎的警卫团当指导员，参加了张太雷、叶挺等人领导的广州起义并在巷战中负伤。次年5月，陈同生在部队反攻海丰城的战斗中再次负伤。根据组织提出的利用各自社会关系分散休养的要求，陈同生拖着虚弱的身体回到四川成都疗养身体。这期间，他并未停止斗争，而是先后担任了《日邮新闻》《成都快报》《新蜀报》的记者、编辑、总编，在记者身份的掩护下从事革命工作。

1932年1月，陈同生因利用关系营救一位被捕的党内同志，受到国民党当局的怀疑，身份几乎暴露，不得不离开四川前往上海。为了掩护身份，陈同生进入中国公学求学，并加入社联和左翼文化同盟。之后被调入中央特科，继续以记者身份从事地下工作。

1934年10月，因叛徒出卖，陈同生被国民党特务逮捕入狱。面对敌人"老虎凳""电刑"等各种酷刑的折磨，甚至是被拖到刑场陪斩，陈同生始终视死如归，坚贞不屈。

由于国民党当局没有得到丝毫证据，只得以陈同生在杂志《东北与西南》上的言论和在看守所写的两首讽刺时政的打油诗为由头，判了他8年徒刑。可笑的是，陈同生写在《官场现形记》和国民党中央组织部部长陈立夫的《唯生论》两本书上的打油诗分明是爱国诗：

国运危时官运隆，堪笑古人与今同。
大好青年血无用，养肥蚊蚤南京虫。
——题《官场现形记》

警报频传草木惊，日寇又入通州城。
国军百万无所用，元戎"将军"论唯生。
——题《唯生论》

1935年9月，陈同生被转往南京中央军人监狱服刑。1937年8月，日寇飞机轰炸南京，炸弹刚好落在中央军人监狱附近，陈同生等狱中进步人士纷纷借此机会要求出狱抗日，并开展了"绝食"斗争。恰逢此时国共关系有所好转，经八路军办事处和周恩来出面具保，国民党当局才无条件释放了陈同生等人。刚出狱的陈同生受命担任《金陵日报》代理社长、总编辑，他通过《金陵日报》积极宣传抗日，发表中国共产党关于国共合作的宣言，报道平型关大捷的消息和一些八路军的战报，不断为抗日摇旗呐喊，直到南京沦陷后停刊。

1939年9月，组织上安排陈同生到江南抗日游击区苏州、太湖一带参加武装斗争，出任江南抗日义勇军指挥部秘书长。陈毅开辟江北抗日根据地后，陈同生又担任了新四军挺进纵队政治部副主任。1940年的春天，随着抗战形势的变化，国民党想把共产党从苏北彻底"肃清"。6月，挺进纵队在司令员叶飞率领下刚挫败日伪军"扫荡"撤至郭村休整，就遭到驻泰州地区的国民党军李明扬、李长江部队围攻。陈同生与周山根据新四军军长陈毅的指示，前往泰州与地方军阀谈判。到泰州的第四天，两人被泰州地方军阀李长江、李明扬软禁。陈同生毫不畏惧地说："要我们写信给叶（叶飞）退出郭村是不可能的，不要说用这样的方法吓不倒我们，就是把我们绑出去枪毙，向你们哀求一声，那就不是共产党员了。"陈同生沉着冷静，面对威逼利诱毫不动摇，与国民党顽固派斗智斗勇，最终顺利完成任务，帮助新四军东进黄桥，开辟了苏北抗日根据地。

1959年，剧作家顾宝璋、所云平将陈同生撰写的回忆录《郭村战斗时的谈判》改编创作为话剧《东进序曲》。后来，八一电影制片厂将这段历史拍成了电影《东进序曲》，以陈同生为原型的孤胆英雄黄秉光从此广为人知。

新中国成立后，陈同生放弃了调往中央统战部任职的机会，主动要求到高校任职。1955年6月，中央决定他担任上海第一医学院党委书记兼院长。为了支援祖国内地建设的重任，上医当时面临着一项重大任务——内迁重庆。陈同生了解整体内迁所存在的问题和困难后，他从实际出发，想出了用"母鸡下蛋"的办法来支援内地医疗卫生教育事业的建设：将全校的学科带头人、教师、科研设备等一分为二，由上医在重庆建设一所新的医学院。最终，中央同意了陈同生的方案，并任命他兼任重庆医学院首任院长。身兼两职的陈同生一面领导上医的工作，关心知识分子，济难扶危；一面关心重医的发展，解决重医在建设中遇到的问题和困难。通过精心准备，重庆医学院

于1956年开学，招生434人，附属医院开出150张病床，为内地医学人才的培养和医疗卫生事业作出了重要贡献。

1978年7月29日，中共上海市委在上海市革命公墓为陈同生举行了隆重的骨灰安葬仪式，邓小平、叶剑英送花圈以示悼念。赵朴初在《临江仙·悼念陈同生同志》中写道："红旗终不倒，烈烈舞民魂！"

【点评】

陈同生同志历经艰辛，但心中始终竖立着一面不倒的红旗，这面红旗就是共产主义理想信念。习近平总书记说："理想信念之火一经点燃，就永远不会熄灭。"今天，我们要像陈同生同志那样，高举理想信念的旗帜，肩负起自己的责任与使命，为党的事业作出贡献。

供稿：重庆医科大学党委宣传部

周宗琼：从来不跟党算账的"老板娘"

1992年7月18日，邓颖超同志的遗体告别仪式正在八宝山革命公墓礼堂举行。一位银丝满头的老太太，悲泣着一边挪动自己的身体，一边十分刚强地用左手拄着手杖，慢慢坐上轮椅，由陪同人员推着缓缓前往告别室。这位饱经沧桑的老太太，就是周宗琼，邓颖超多次夸奖她是"我们党一位能干的'老板娘'！"

周宗琼，1910年出生在重庆一个普通职员家庭，1931年考入北平女子第一高中，1933年毕业后回到家乡江津教小学，第二年任该校校长。因受爱国进步思想影响，在教学中她常对学生进行革命启蒙教育。后因指责国民党反动派警察是富人的帮凶而得罪当局，被迫离开心爱的教育事业。

周宗琼（重庆市委党史研究室 供图）

1936年，周宗琼和当时在重庆天成厂工作的任宗德结为夫妇。1938年，天成厂破产。任宗德、周宗琼夫妇带着厂里遣散的部分机电设备，入股四川合川胜利酒精厂，负责筹建重庆化龙桥营业处，经过夫妻二人的辛勤努力，两个多月后建成了上下两层砖木结构的小楼房。

　　1939年初，周宗琼的一位老同学冉琴舫到化龙桥，对周宗琼说："中国共产党的副主席周恩来领导的中共代表团已得到国民党中宣部的批准，在重庆继续公开出版发行《新华日报》。他们现在需要一个门市部，而且由于日机大轰炸，他们希望找一个离市中心远一点的地方。一些对共产党政策不够了解的房主，不敢和他们接近，有房子也不敢租给他们，因此他们找房子比较困难。你能不能把新盖好的房子租给他们？"

　　周宗琼早就盼望能与共产党有个接触的机会，自然就爽快地答应了下来。第二天，《新华日报》的经理熊瑾玎前来与周宗琼商量，最终确定将周宗琼的底楼作为《新华日报》的营业部。不久，《新华日报》就搬了过来。在与共产党人的接触中，周宗琼逐渐认识到共产党比国民党好，抗战要胜利，中华民族要复兴，只能依靠中国共产党，国民党是没有希望的。从此，周宗琼的思想就倾向共产党了，并迅速成为党能依靠的进步群众。

　　1939年夏，中共中央南方局在重庆的活动经费十分困难。熊瑾玎遵照周恩来的指示，委托任宗德、周宗琼夫妇自筹资金开办一家独立的国防动力酒精厂，由周宗琼任厂长，为《新华日报》的出版发行提供资金。

　　早在1942年，周宗琼就曾向熊瑾玎提出过要加入中国共产党的请求。熊瑾玎根据周恩来的指示，劝周宗琼不入党："你把挣到的钱用来支持我们的革命事业,这个贡献就非常大,党组织一定会记住你,你就发挥了在党内起不到的特殊作用。这样,你留在党外发挥的革命作用也就更大了。"周宗琼明白了更深的革命道理,按捺住当时迫切入党的心情。

1943年秋,周宗琼的酒精厂有了进一步的发展,她就在母亲的住地韦家院坝修建了一栋房子作为酒精厂的办事处。韦家院坝地方比较偏僻,表面上只是酒精厂的一个营业点,人员来往很方便,能很好地掩人耳目。此后,中共中央南方局就把这里作为爱国民主人士及部分党的地下工作的联络点。周恩来也经常在韦家院坝向有关人员作形势报告,会见社会各界人士。

在韦家院坝期间,周宗琼还支持创办了以陶行知为发行人、邓初民为总编的《民主周刊》。该刊物从创刊到最后一期,周宗琼支持了四分之三的经费,她还支持100万元帮助陶行知创办社会大学。

1944年,由中共地下党员出面,她在大溪沟开办了和泰面粉厂和昆仑锯木厂。两个厂子的工作人员都是中共党员,以企业职工的名义作掩护,从事地下工作。

1945年,从事地下工作的部分共产党员因身份暴露,秘密撤退到重庆。国民党特务、宪兵对他们跟踪得很紧,为了保存下这批革命力量,周恩来决定尽快转移他们:有的要撤回延安,有的要分配到其他工作岗位,还有的要立即出国。可是,组织上一时拿不出这么多转移经费。当时,周宗琼有一批货还没有出手,而党组织派来拿钱的人就坐在她家客厅里等着。她当机立断,主动降低货价,把到手的货款全部交给了组织,让40多名同志安全从重庆脱险。

抗日战争已经胜利在望,局势瞬息万变。周宗琼又一次找

到熊瑾玎，提出自己的入党请求。熊瑾玎还是劝周宗琼不入党："这里是大后方，是国统区，我们有许多同志在党外时工作得很好，很有成效，一旦入了党，自己身份变了，在工作中就难免有所顾忌，有时反而不如在党外好做工作了。""现在党组织希望你留在党外更好地为革命工作，所发挥的作用比你入党后还要大，那也是革命的需要啊！"

抗战胜利后，由中共领导的文艺界左翼人士宋之的、司徒慧敏等准备发展电影事业，动员任宗德、周宗琼夫妇参加。他们出资支持，组建了昆仑影业公司，拍摄进步电影。当时，"大孚"和"昆仑"都是在韦家院坝创建起来的。为了"大孚"和"昆仑"，周宗琼不仅无偿地投入了自己辛辛苦苦挣来的巨额资金，也为这两家公司的正常运作费尽了心血。为了帮助"昆仑"渡过难关，她遵照周恩来"一定要支持昆仑，办好昆仑"，"这是一项政治任务，不仅仅是投资办企业，一定要尽最大努力支持"的嘱托，处理掉她在重庆的所有不动产，倾囊相助。

1946年，国共和谈面临破裂的危险，吴克坚在上海领导的地下机关奉命紧急转移，党组织再次请周宗琼给予资金支持。周宗琼二话没说，爽快地拿出了资金，保障了同志们安全离开上海。周宗琼的酒精厂办得很成功，从1941年至1946年，专门负责后方邮车动力酒精的供应，所得收入为《新华日报》的正常出版发行和革命活动提供了不少经费。也就是从那时起，周宗琼在党内同志中就有了"老板娘"的称号。

国民党政府还都南京后，重庆的各行各业冷落了许多，国防动力酒精厂也无奈停业，但留下一笔雄厚的资金。周宗琼作为该厂的创办人，分得了一笔巨款。她把这笔钱全部用来支持陶行知新成立的大孚出版社，出版进步书籍。

从1939年到1949年的10年间，虽然身为党外人士，但周宗琼无数次为《新华日报》的顺利出版，为革命同志的安全转移，为党的相关活动提供了难以计数的资金。

新中国成立后，周宗琼被调到国家水利部工作。她是全国政协第一、二届的列席代表。她在水利战线上兢兢业业地工作，终于在1956年加入了中国共产党，实现了她多年的夙愿。

邓颖超曾意味深长地说："周宗琼是我党困难时期一位能干的'老板娘'，从各方面帮助我党做了许多工作。我们党花了人家很多钱，但人家从不跟我们算账。"

周宗琼后来回忆说："有人说我们党要欠我周宗琼几千两黄金。离休后没事，我还真的估算过，有还真是有的。但我决不跟党算账，要算就算我周宗琼向党组织交的党费吧。"

【点评】

周宗琼入党的故事令人敬佩、引人深思。习近平总书记指出，党的先进性和纯洁性要靠千千万万党员的先进性和纯洁性来体现，党的执政使命要靠千千万万党员卓有成效的工作来完成。今天，我们每一名党员都要像周宗琼同志一样，不仅在组织上入党，更重要的是在思想和行动上入党，时时对照党员的标准，严格要求自己，不断提升境界，永葆共产党员的先进性、纯洁性。

供稿：文　俊

曾霖：时刻把党组织装在心中

1948年8月，作为华蓥山起义重要组成部分的广安代市、观阁一带的起义行动相继失败，革命者被四处追捕。此时的重庆也风声鹤唳，敌人对从华蓥山撤离回渝的革命者大肆搜捕。不久，一些杂志、报纸甚至详细披露了一位重要的起义指挥人员的体貌特征：延安派来一位年近六旬、身经百战、遍体鳞伤的老军事家，在华蓥山建立西南总支部，亲自指挥华蓥山暴动；此人胖、鬓白、脚跛。这些身体特征，正是对代市、观阁一带的起义指挥者曾霖的描述。

曾霖，1897年11月出生在重庆江北厅隆兴场（今重庆市渝北区龙兴镇）一个贫苦农民家庭。1925年，曾霖到达广州，由共产党员黄克建介绍，进入叶挺领导的国民革命军第四军独立团。

曾霖（渝北区委党史研究室 供图）

1927年1月,叶挺独立团改编为第四军二十五师七十三团,曾霖担任团部参谋。6月,随军调至江西九江马回岭,担任团部参谋的曾霖经张堂坤介绍,光荣加入中国共产党,成为一名共产主义战士。随后,参加了南昌起义。8月3日,根据中共中央指示,起义军陆续撤离,南下广东,9月底到达潮汕地区作战。因国民党军队围追堵截,起义军分散转移,曾霖被迫离开部队。虽然离开了部队,但曾霖并没有抛弃自己的革命理想。1927年11月,带着组织"到各地发动农民暴动,组织革命武装力量"的使命,曾霖辗转来到汉口,接上组织关系。后经组织介绍于1928年3月回到重庆,改名田梓材。

随着革命形势的发展,为了帮助党掌握更多的武装,当起了说客。1933年,受组织派遣,曾霖到叙府(宜称)去做土匪李客熙的工作。曾霖为了能顺利进入李客伍,找了一个与李客熙熟悉的人牵线,并随身带了一封上路。但是在路过犍为县时,因曾霖代交李客熙的信件被敌人查出,随后当地政府以通匪嫌疑,将其关进了国民党犍为县政府监狱。直到1936年冬,正好其同学兼拜把盟兄刘耀奎升任司令回家路过犍为县,才将曾霖保释出狱。出狱后,曾霖和组织失去联系,加上各地出现的叛徒,他焦急万分,想方设法寻找党组织。

1937年全面抗战爆发后,曾霖得知叶挺任新四军军长的消息,经好友吕超介绍到八十八军范绍增部任副营长,欲借该部出川抗日之机,就近寻找党组织和新四军。1939年,范绍增部到达江西弋阳,曾霖遂写信给叶挺和周子昆,提出要到新四军参加革命。信送出不久,曾霖就接到叶挺的回信,嘱咐他到新四军上饶办事处。曾霖立即离开范绍增部,经上饶到皖南,回

到了自己的队伍。回到部队后，曾霖及时将自己脱党后的相关情况如实向周子昆作了汇报，提出要回到党的怀抱。但是，由于离开组织时间过久，周子昆要求曾霖先好好干革命事业，待时机成熟再解决组织关系问题。随后，周子昆安排曾霖担任新四军军部副官处第三科副科长，1940年11月调新四军特务团做侦察参谋。

1941年1月发生了震惊中外的皖南事变，其间，为掩护中左纵队，曾霖所在团改为右纵队，奉命经茂林往铜山、占高岭向太平方向佯攻，9日夜间，曾霖所在部队经赵亥梁、大康王一带突围，曾霖带几名侦察员在部队前方侦察前进，但到达大康王街上时，队伍被敌军冲散。此后，由于曾霖腿部受伤，其所带领的十多人藏在附近的谢村山上断粮3天，在1月13日夜国民党军队搜山时，曾霖不幸被捕。

曾霖被捕后，被押解到江西上饶周田村，敌人审问他的年龄、籍贯、担任的工作、是否为共产党员等情况，曾霖巧妙回答，严守机密。在关押期间，监狱的指导员、队长隔几日又审问，但曾霖始终没暴露身份，只说自己是被新四军聘去当机关枪教官的，其他一概不知。在狱中，曾霖伤情严重，无法行走，敌人只把他抬到医务所进行简单治疗。在治伤期间，敌人也没有放松对曾霖的审问，并经常叫宪兵把他押到厨房去当伙夫，煮饭烧水，导致他的腿伤更加恶化。直到年底，曾霖被一个四川老乡担保出狱，才被送去后方医院医治。

1943年初，曾霖从湖南湘潭动身返渝，几经周折，于10月回到重庆，先到南方局办公点曾家岩50号周公馆报到，汇报自己被俘后的情况，次日即被安排到八路军办事处学习。1944年9月去延安，先后在党校军训班六部、二部等处学习两年。由于曾霖于1936年就和党组织失去了关系，组织问题一直未得到解决，1944年，经八路军总政治部组织部审查，由陈毅证明，党中央批准，决定让曾霖重新入党。

1946年6月，国民党发动全面内战前夕，组织决定派曾霖回四川工作。虽然当时曾霖正准备随陈毅到南方工作，但他还是服从组织的决定，毅然回川。由于正值全面内战期间，敌人封锁严密，曾霖只好乔装返川。曾霖一行数人，凭借丰富经验，闯过重重关卡，终于在9月初到达重庆向四川省委报到。1947年2月，四川省委书记吴玉章召开省委及《新华日报》负责人会议，传达周恩来指示，准备发动武装斗争，并决定曾霖负责华蓥山地区的武装斗争。

曾霖虽然大半生都身处枪林弹雨中，参加战斗无数，但要全面负责华蓥山武装起义的军事指挥，他深感责任重大。在他脑子里只有一个念头，那就是千方百计做好准备工作，保证武装起义顺利进行，完成组织交给的任务。

曾霖在上百次战斗中枪伤累累，右脚留下顽疾，行动很不方便，但为察看地形，了解情况，他不怕爬坡下坎，日晒雨淋，坚持走遍华蓥山区。曾霖在1947年下半年坐镇邻水，亲自指挥部署各项起义准备工作，集中力量搞好"四抓"（即抓人、抓枪、抓钱、抓政权），组织起义队伍，准备起义枪支、弹药，筹备起义军费。经过半年的努力，有近一半的乡保政权和武装掌握在共产党员、进步群众和统战对象手里；还办了两个小型兵工厂，建立了3支游击队，控制了县三青团和教育理事会，并利用国民党的派系矛盾，支持和掩护党的地下活动。曾霖考虑到大多数游击队员和领导骨干都未打过仗，缺乏军事常识，便先后在邻水、岳池、广安等地举办了8期游击训练班。训练

内容除政治、形势、"三大纪律八项注意"、气节教育、秘密技术、救护常识外，主要讲解游击战术知识。没有教材，曾霖就凭自己的军事常识和亲身战斗经历，用许多生动的实例和通俗的语言讲解，让学员们受益匪浅。

1948年8月，华蓥山起义发动后，曾霖率领部队在广安的打锣湾与邻水的四五百国民党军队作战，战斗十分激烈，部队在敌人重兵包围之中弹尽粮绝。但曾霖没有被吓倒，他带领剩余的20多人，分两路突围下山，但部队被冲散，曾霖只得孤身一人在罗渡溪一户人家住了两天，又在荒坡上宿了三夜。这时，曾霖得到其他地方的起义相继失败的消息，只好撤回重庆。但重庆的敌人也到处搜捕起义的革命者，因此，曾霖未能找到组织，也不敢在重庆久留，只得冒险回江北县龙兴老家隐蔽。

回到龙兴，曾霖并未消极等待，他一方面四处寻找组织，一方面积极工作。在失去组织关系的情况下，他利用本地的一些社会关系，一面隐蔽，一面"开荒"。经过严格考察，他在龙兴发展党员，1949年建立龙兴支部，并领导当地党员和群众开展革命斗争。在龙兴，他利用其声望，凭借丰富的社会经验开展工作，在反征税、反征粮、反抓丁等斗争方面卓有成效，同时派人打入当地自卫中队，掌握地方武装。重庆解放前夕，他又发动党员和进步群众写标语、出墙报，宣传党的政策，揭露敌人反动罪行。

重庆解放后，经党组织审查，曾霖恢复了组织关系，并在新的岗位上作出了新的贡献。

【点评】

　　曾霖同志两次被迫与党组织失去联系，但毫不气馁，始终牢记自己的党员身份，继续为党的事业奋斗，最终回到党组织的怀抱。习近平总书记强调，每个党员特别是领导干部都要强化党的意识和组织观念。今天，我们的党员干部也应像曾霖同志一样，心中时刻装着党组织，切实做到思想上认同组织、政治上依靠组织、工作上服从组织、感情上信赖组织。

供稿：刘佑红

金永华：英雄母亲的壮举

1949年10月28日，重庆城的天空乌云密布，窗外淅淅沥沥地下着雨，在宏泰大楼的金永华坐立不安。她的儿子王朴在大坪刑场英勇就义！这一天，成为金永华一生中最悲怆的日子。

王朴牺牲的消息传出后，为了稳定学校，中共地下党组织派人进城接金永华，让她回校后不要流露出悲痛情绪。金永华说："王朴的鲜血，使我进一步认识了党的伟大，认识到人为什么活着！这时我就什么也不怕了，党叫我干什么我就干什么，鼓励自己更多地做些工作。"其时，尽管她还不是一名共产党员，但她的思想、感情、信仰，与党息息相通，与儿子一脉相承。"王朴殉难，死得其所。""王朴不仅是我的儿子，而且也是我解放道路上的第一个最重要的老师。"道出了金永华在痛失爱子后的追求和希冀！

金永华，王朴烈士的母亲。"一代风范，百世楷模"，就是对这位伟大母亲的光辉写照。在黎明前最黑暗的日子里，金永华为革命献出了自己的儿子王朴，献出了价值近2000两黄金的家产，献出了所有心血，经受住了最严峻的考验。新中国成立

金永华　　　　　　　　　　　　　　　　（红岩联线管理中心　供图）

后，作为烈士母亲的她，从不居功，从不索取，生活俭朴，耿介清廉，多次谢绝了党组织对她的特殊照顾。1984年5月，经过多次申请，84岁的金永华实现了自己的夙愿，成为一名高龄新党员，继续为党的事业贡献余热。

有人说，金永华与儿子王朴同在中共党史上留姓留名，又同葬王朴陵园，是因为王朴生前在政治上帮妈妈引路，待儿子牺牲成了烈士，大地主的妈妈更沾了儿子的光。事实上，金永华之于王朴，不仅是慈祥能干的母亲，也是严格的老师，王朴的革命事业，从始至终都得到了母亲的帮助和支持。那么，金永华是如何从一个官宦小姐成长为烈士母亲、中共党员，铸就其传奇一生的呢？

1945年7月，王朴根据中共南方局青年组的指示，回乡为党办学，开辟农村工作据点。尽管此时金永华还不知道儿子已经直接在共产党的领导下进行革命活动，然而她信任儿子，信

任儿子的朋友，很快就同意了儿子的办学计划。

1946年夏，内战全面爆发。为适应形势发展的需要，加强农村据点，扩大办学影响，王朴向母亲提出，买下逊敏书院的校址，将小学办成中学，金永华支持了儿子的决定。同年秋，莲华中学在逊敏书院正式开学，共产党的工作据点随之转移到莲华中学。

1947年9月，中共重庆北区工委成立。工委书记齐亮以英语教员身份，化名李仲伟到莲华中学工作，王朴和黄友凡（当时名叫黄颂文）为工委委员。这个学校从此成为中共在江北县、北碚部分地区的司令部，成为培养干部的"红色摇篮"。金永华实际上已成为这个集体的一员，大家都尊称她为"伯母"。

1947年秋，中共川东临委根据中央决定，在上下川东地区发动武装斗争，以配合人民解放军的战略进攻。开展武装斗争需要大量的活动经费，王朴便与母亲商量筹资之事，希望她能同意把田产变成现金借给共产党用。经过王朴的动员，金永华深信共产党必胜，国民党必败，深信儿子引着母亲所走的路是一条崭新的路。

为了儿子的事业，金永华甚至作好了牺牲的准备。正是这位伟大的母亲，从1947年冬至1948年夏，陆续变卖了江北县复兴、悦来、仙桃、静观及巴县鹿角、长生等地的1480多亩土地和市区部分沿街房产，折合黄金价值近2000两，冒着"通匪资匪"的危险，全部存入中国银行，由会计主任、共产党员杨志保管，交付共产党支配使用。

此时，白色恐怖像冬天的浓雾一样笼罩着山城。但金永华心中装着的不再只是自己的儿女和家庭，中共地下党的同志和莲华学校的师生都成了她的亲人，他们的安危时刻牵挂着她的心。她实际上已把自己的全部财产和赤诚的心都献给了儿子所从事的事业，完成了人生的重大转折，实现了人生价值的跨越。

在王朴牺牲后一个月，1949年11月30日，重庆喜获解放，金永华也获得了新生。邓小平听到王朴及其母亲金永华变卖田产资助革命时，当即指示，借用王家的款项要在解放后如数归还。1950年春，在重庆各界妇女庆祝解放的大会上，王朴烈士的战友黄友凡代表党组织向金永华表示感谢，感谢她在黎明前最黑暗的日子里坚定地和共产党站在一起，并郑重地向她呈上一张中国人民银行的巨额支票。

这位伟大的母亲拒绝了。她说："我把儿子献给党是应该的，现在享受特殊是不应该的；我变卖财产奉献给革命是应该的，接受党组织归还的财产是不应该的；作为家属和子女，继承烈士遗志是应该的，把王朴烈士的光环罩在头上作为资本，向党组织伸手是不应该的。"金永华的这"三应该三不应该"，感动了无数人。在金永华老人的再三拒绝下，这笔钱成了重庆市妇女儿童福利事业的发展基金。

在她89岁高龄时，她抱病将妇女互助会留下的5处房屋契约、3万多元现金，还有几千斤粮票，全部交给市妇联，请组织把它管理好，作为她对妇女儿童事业的最后奉献。

金永华多少年为之奋斗的夙愿，就是加入中国共产党。1984年7月1日，84岁高龄的革命老人金永华满头的银丝辉映着鲜艳的党旗，在劳动人民文化宫庄严宣誓，成为一名光荣的共产党员。她找到了自己生命的归宿！

【点评】

金永华同志的故事就像她的名字一样永放光华。习近平总

书记指出，中国共产党具有最讲奉献、最讲牺牲的政治品格。今天，党员干部也要像金永华同志一样，坚持把党和人民的利益放在首位，当个人利益与党和人民的利益发生冲突时，主动舍弃、牺牲个人或小团体的利益，危急关头挺身而出，随时为党和人民作出奉献和牺牲。

供稿：刘佑红

康岱沙：从豪门闺秀到延安青年

1938年6月的一天，爱国民主人士康心之的家里传出一条消息：他不到20岁的二女儿康岱沙毫无征兆地失踪了！不久，又传出一条更加惊人的消息："康心之家的二小姐康岱沙放着锦衣玉食的千金小姐不做，离家出走到延安投奔共产党了。"消息一出，当时重庆的上流社会顿时炸开了锅。

康岱沙，1919年2月出生，其父康心之是重庆颇有名望的民族资本家，与于右任、邵力子等国民党上层人士均为好友。位于重庆市城区内领事巷10号的"康宅"——宽庭阔院，富丽堂皇，远近闻名，是世人眼中的"世外桃源"。

由于家境优裕，康岱沙受到了良好教育。她在北平小学毕业

康岱沙（重庆市委党史研究室 供图）

后，便到上海念中学。未承想卢沟桥的枪声，惊扰了她的求学梦，父亲康心之也不免担心，于是赶紧将康岱沙和其他几个子女接回重庆，康岱沙被送到四川省立女子第二师范学校（简称二女师）借读。二女师是所比较进步的学校，师生的抗日情绪高涨，康岱沙受到老师和同学的影响，逐步走上抗日救国的道路，积极参加学校的救亡宣传活动。她的出色表现，引起学校中共秘密组织的注意，在党组织的积极引导和培养下，1938年6月1日，康岱沙光荣地加入了中国共产党。

不过，这时的康岱沙虽然组织上已经入党，但离思想上入党还有很大差距。她只是一个有着单纯爱国热情的青年，对于"什么叫革命？为什么革命？什么叫阶级？怎样才能救国？"等问题的认识还不深刻。

入党后，康岱沙接触到了一些基本的革命理论知识，但她并不满足，迫切想要得到更多、更深的革命教育。后来，她看了从延安传过来的书报，其中提到的主张和观点令她十分佩服。她越来越感觉到自己现在的生活环境是一种束缚和压抑。而最令她痛苦的还是她和家庭的矛盾关系——她日常的生活离不开家庭，而家庭本身却又是革命的对象。在这样的环境中，如何能成为一个真正的革命者呢？于是她决定要到革命圣地延安去，到艰苦的环境中去接受锻炼，将自己从一位"千金小姐"改造成为一名坚强的革命战士。

显然，家人对她这个决定是坚决反对的，特别是父亲甚至还以"登报断绝父女关系"相逼。最终，康岱沙决定离家出走！她于1938年6月底到延安，并很快适应了新环境，全身心地投入到紧张的学习生活中去。

1939年夏季的一天，指导员突然通知康岱沙，邓颖超大姐要见她。这突如其来的消息让康岱沙又惊又喜。久闻大名的革命前辈找自己这样一个普通战士谈话，这让她多少有些紧张。

和邓颖超大姐的谈话在轻松愉快的氛围中开始，康岱沙很快将悬着的心放下，但邓颖超接着告诉她一个不幸的消息——自己出走后，奶奶已经去世，母亲也因为挂念自己生病卧床不起。

这一消息，犹如晴天霹雳，让康岱沙一时间无法接受，与亲人相处的过往点滴不断在脑海中闪现，她情不自禁地捂着脸抽泣起来。邓颖超边安慰康岱沙边对她说："你的父亲一再托恩来和林老（林伯渠），要我们转告你家人对你的思念。他希望我们把你送回去，你看怎么办好啊？"

原来，康岱沙的母亲对自己宝贝女儿的不告而别深感震惊，终日牵挂忧虑，一病不起。对女儿的出走，父亲康心之虽然嘴上不说，但心中也甚是挂念，加之妻子病重，便托人多方打听，最终找到了周恩来、林伯渠，婉言提出："无论如何希望把女儿找回家。"

此时的康岱沙怔住了，家中至亲的病故让她心痛不已。她非常思念自己的亲人，但真要回去吗？回到那个金碧辉煌的家？回去继续做自己的"大小姐"？回去按照父亲的安排出国留学，然后嫁个好丈夫，相夫教子，两耳不闻窗外事，做一个无视民族危亡的"冷血人"……一想到这些，康岱沙顿时感到一阵寒意从脊柱直蹿到头顶，她下意识地摇了摇头，坚定地说："我就是要到前方去抗日，不想回重庆那个家。"

邓颖超听了康岱沙的话，温和地说："你投身革命，参加抗战的决心很好，谁也不能阻拦。这就是恩来常讲的，出身不由己，道路可以自由选择嘛！但是我问你，干革命是人多好呢，

还是人少好呢？是单枪匹马好呢，还是浩浩荡荡的大军好呢？"康岱沙说："当然是人越多越好啊！在延安，革命的人就是很多，所以，我才到延安来，这里有党中央、边区政府，还有革命根据地，革命的人不是很多吗？"邓颖超笑着说："共产党抗日的主张，是要动员全国各阶层人民都行动起来，积极投身到抗日斗争中，这样才能打败日本帝国主义！所以我们要尽可能地动员一切人士，特别是大后方的各阶层人士加入到这个事业中来，而你是有这个条件的。"见康岱沙沉默不语，邓颖超又说道："你留在延安学习、工作或到前方去，当然也都很好。但是，你想过没有，你回重庆工作，是不是更具备优势？你可以利用你的家庭和社会关系开展工作嘛。"

邓颖超的一席话让康岱沙豁然开朗，以前总对自己的家庭情况讳莫如深，她不愿也不好意思提及家人。虽然家中长辈都还算是民主人士，但家里毕竟保留了一些封建富豪家庭的陋习。经过邓颖超的开导和在延安的进一步学习，康岱沙更加清晰地认识到：在重庆，那觥筹交错的舞会、热闹非凡的牌局仅是一些粉饰太平的道具，真实的祖国已经是满目疮痍。因此她觉得自己有责任去影响家人，去唤起他们抗日救国的热情，利用自己的特殊身份在重庆上层社会开展统战工作。

于是，1940年5月，康岱沙随周恩来从延安返回重庆。党组织要求她表面上继续当好自己的"千金小姐"，在对周边人群开展统战工作的同时，利用家庭和社会关系的有利条件，尽一切可能了解国民党内的相关情况和统治阶级内部利益关系、矛盾冲突等，并不定期直接向周恩来汇报。与此同时，周恩来、邓颖超也通过康岱沙扩大了统战工作范围：他们约见久居康家的于右任、邵力子，与其畅谈时事，宣传我党"联合抗日"的进步主张，争取他们的理解和支持；他们邀请康岱沙的叔父康心远（宝丰公司总经理）和婶母（康岱沙的婶母与邓颖超是天津女师的同窗好友）吃便饭，激发他们的爱国热情，希望他们做有利于抗战的进步商人……

渐渐地，位于重庆领事巷10号的"康宅"成为了民主人士聚集的场所，在这里，"中国民主革命同盟"（即"小民革"）正式成立，一大批爱国人士、国民党左派以及在国民党政府内担任较高职务的进步人士团结在了我党的周围。

1941年，康心之调任成都，康岱沙转到成都光华大学经济系读书，继续利用自身优势为党收集情报。一切本是风平浪静，但1943年夏却发生了一个重大意外……

一个星期六，康岱沙如往常一样坐黄包车从学校回家，快到青羊宫的时候突然被两个男人从车上拽了下来塞进了一辆汽车。康岱沙起初以为自己是被绑架了！正当她寻思对策时，汽车却开进了警察局，并把她的眼睛蒙上，转投到了一所有武装看守、戒备森严的监狱。

当康岱沙再次睁开眼睛的时候，已经到了阴暗潮湿的大牢，"叫天天不应，叫地地不灵"。这时，她才终于明白，这不是绑架，而是被国民党特务逮捕了。原来，她在成都的活动早就被盯上了，但由于国共合作抗战的大环境和其父康心之的社会影响，特务轻易不敢动手。但到1943年，国际形势发生了变化，共产国际解散，国民党趁机叫嚣要中共交出军权和政权，国内局势一时间变得异常紧张，国民党特务到处抓捕爱国青年和民主人士。从延安归来的康岱沙理所当然成为了"关照"对象。

面对紧锁的牢门，康岱沙在心里默默告诉自己："现在不是

恐惧的时候,只能靠自己了,要迅速想办法。"她很快镇定下来,面对监狱内的多次审问,一口咬定自己就是一名在光华大学读书的学生,其他一概不知。时间就这样一分一秒地过去,康家人得知女儿从学校离开后一直下落不明,急得像热锅上的蚂蚁,四处打听寻找,却一无所获。

正当家人一筹莫展,同时康岱沙也准备跟敌人对抗到底之时,一个不起眼的狱中看守竟成了康岱沙的"救星"。他见康岱沙穿着大方得体,且听说她在警察所里要求用电话,便揣摩出她肯定是一位大家小姐。这等势利小人怎会放过这"攀附权贵""挣表现"的机会呢?他寻机向康岱沙讨好,主动要帮她联系家人。就这样,康家人知道了康岱沙被捕的消息,就托康岱沙姻伯李伯申(时任四川省政府秘书长)以"身家性命"担保,才将在狱中关押了一个多星期的康岱沙营救出狱。人虽然是出来了,但国民党也将康岱沙列入了"黑名单",由省特委会对她出狱后的一切行动实行管训,如"未经批准不得离开成都40华里";要按时、按要求到指定地点汇报情况、报送"学习心得",否则康岱沙就有再次被捕的危险。康岱沙的处境变得越来越艰难了。

后经组织指示,康岱沙转到燕京大学读书。但由于她一直未按国民党的要求进行思想汇报,国民党特务机关终于对她失去了"耐心",竟于数天内给她寄去了两封内容相似的警告信,要康岱沙于6月下旬的某天到某地去汇报思想,如不到场,后果自负。看来特务是对她下了"最后通牒"了,情况非常紧急。为了保证康岱沙的安全,党组织决定将她送回延安。1945年2月,康岱沙终于回到了党中央的怀抱。

新中国成立后,康岱沙曾先后担任驻印尼、柬埔寨和罗马尼亚等国使馆的高级外交官，为新中国的外交事业作出了积极贡献，成为了新中国第一代杰出的"女外交官"。

【点评】

康岱沙勇于摆脱资产阶级思想和生活环境的束缚，一心追求进步，在革命斗争的洗礼中逐渐成长为一名坚强的无产阶级战士。勇于自我革命，是我们党最鲜明的品格，也是我们党最大的优势。今天，我们每一个党员都要学习康岱沙自我革命的精神，坚持自我净化、自我完善、自我革新、自我提高，确保党的纯洁性和先进性。

供稿：红岩联线管理中心

漆鲁鱼：万里寻党

1927年初，北伐军占领南京，英帝国主义借口保护侨民，炮击南京，制造了骇人听闻的流血事件。中共重庆地方执行委员会决定于3月31日在重庆打枪坝举行"重庆各界反对英帝国主义炮击南京市民大会"。上午11时许，各界群众两万余人进入会场。四川军阀派打手封锁会场进行镇压，打死137人，打伤千余人。漆南薰不幸中弹受伤，在群众的掩护下从城垛跳下，被埋伏的暴徒捉住，拖至两路口，被他们残忍地剖腹、敲牙、腰斩数段。

这就是震惊中外的重庆"三三一"惨案。

漆南薰曾留学日本，是著名的经济学家。"三三一"惨案发生后，日本的报纸进行了报道。当时，漆鲁鱼在日本东

漆鲁鱼（重庆市委党史研究室　供图）

京医学专科学校留学,从报纸上得知四叔漆南薰遇难的消息。漆南薰是他的启蒙老师,漆鲁鱼到日本留学,也是漆南薰资助的。得知惨案真相和四叔的遇难细节后,漆鲁鱼学医救国的梦想被击碎了。他参加了中国共产党在东京的外围组织"中国留学生社会科学研究会"和"青年艺术家联盟",深受当时在日本的郭沫若、夏衍等人的影响。

1928年7月,学业期满的漆鲁鱼从日本归国,他谢绝成都、重庆等城市大医院的聘请,回到老家江津李市坝开办了一家私人小诊所,以此掩护革命活动。1929年10月,漆鲁鱼成为中共正式党员,担任中共江津县李市支部宣传干事。他经常免费为穷苦百姓义诊,由于医术精湛、对人和气,四乡八里都知道李市坝名门望族漆家出了位文质彬彬的"留洋医生"。

1930年1月,江津党组织遭到破坏。上级通知漆鲁鱼立即转移,他先到中共四川省委报到,组织安排他到上海从事地下工作,到上海后他随即被分配到闸北区,在区委书记陈云的直接领导下开展党的秘密工作。他的公开身份依然是医生。这年8月的一天夜晚,漆鲁鱼在张贴标语时,因为人生地不熟被跟踪的暗探抓捕,遭到严刑拷打,但漆鲁鱼始终没有暴露共产党员的身份,最终以"聚众写宣传标语的共党嫌疑"被判刑一年,关在上海提篮桥监狱西牢。

1931年8月,漆鲁鱼刑满出狱,经严格审查后,上海党组织安排他到鄂豫皖根据地工作,当他抵达后才知道部队已经转移了。当时上海党组织提供给他的路费,只够单面路程。他决定回到上海,等待党组织重新安排工作。在没有返程路费的情况下,他决定步行回上海,实在饿得走不动的时候,不得不沿路乞讨。这是漆鲁鱼的第一次"乞丐生涯"。1932年初,漆鲁

鱼终于回到上海，数月的风餐露宿，他已经和乞丐差不多了。

组织上对漆鲁鱼再度严格审查后，决定根据他精通医术的特长，派他到广东汕头筹建党中央和江西中央苏区的秘密联络站"中法药房汕头分行"，秘密向中央苏区供给和转送无线电器材、印刷器材和药品。在汕头，他默默为党工作了两年多。1934年4月，他接受党组织的安排回到瑞金，受到中央局李维汉和陈云等领导同志的亲切接见，而后出任中央苏区卫生部保健局局长。

第五次反"围剿"失败后，红军被迫进行战略大转移。因陈毅等同志负伤严重，漆鲁鱼便留下担任江西军区卫生部部长，护理陈毅等负伤同志。红军主力长征后，斗争形势更加严峻。1935年卫生部随红二十四师转战，在江西寻乌遭数倍之敌重围，漆鲁鱼率领医务人员参加突围战斗，在掩护大家突围时，他孤身一人，弹药耗尽，不幸被俘。被俘后，他机智冒充被我军击毙的国民党军医李晓初，说自己是被迫留在红军中，敌人查验后确有李晓初其人，便将漆鲁鱼释放了。

漆鲁鱼获释后，身无分文，但他下定决心一定要找到党。他从瑞金起程，经会昌、寻乌、定南、兴宁，再南下，辗转跋涉，风餐露宿，乞讨度日。凭着坚强的意志，他挪动着疲惫的身体，过丰顺，经揭阳，从潮州来到汕头，但到了汕头才知道联络站早已撤销。他暗下决心，决定到上海寻找党组织。

他在汕头一直等到1935年8月底，流落街头，身上还裹着从江西穿出来的老棉衣，身上长满虱子，万幸有家难民救济机构，把他收容了，总算一天能喝上三顿稀粥。有过上海工作的经历，他有心学了上海话。汕头方面便把他当成上海来的难民，把他和一群难民安排在一只货船的底舱里，过了很多天，终于到了上海。此时，上海笼罩在白色恐怖之中，我党的活动处于沉寂的地下状态，他找了几处过去的联络点都无果。身无分文，举目无亲，他蓬头垢面，踯躅街头，又一次沦为乞丐。

漆鲁鱼这位乞丐当然与其他乞丐有本质的区别。他专门在上海闸北区北四川路一带乞讨，希望在"内山书店"见到鲁迅先生，通过鲁迅先生寻找我党组织，但希望最终破灭了。1935年11月初，他病卧街头，正当奄奄一息之时，一位行色匆匆的路人停留下来，对他审视良久，便招来一辆黄包车，把他送进医院抢救。

这位救了漆鲁鱼的人，原来是他在闸北工作时的同志何鸣九。何鸣九告诉漆鲁鱼，他也和党组织失去了联系。但何鸣九提供了一条重要信息：漆鲁鱼的堂兄漆相衡来上海做教授了。一丝新的希望出现在漆鲁鱼眼前，他知道堂兄也是中共党员。但当他找到了漆相衡时，漆相衡却在残酷的斗争现实面前脱了党，只安心做教授了。漆相衡"忠告"漆鲁鱼，希望他公开登报脱离中共，凭借他留学的背景和精湛的医术，就能留在上海教书。

堂兄的一席话让他彻底失望，漆鲁鱼不辞而别，从上海长途跋涉，辗转回到重庆江津老家李市镇，渴盼在家乡找到党组织。谁知自从他1930年离开家乡后，江津的党组织一再遭到破坏，此时只有几位骨干分散隐蔽，漆鲁鱼根本联系不上他们。

1936年初春，漆鲁鱼到重庆寻找党组织，但此时重庆党组织也不复存在了。他寄住在漆南薰遗孀、四叔娘凌树珍家里，找了一份临时工作，以解决生活之需。他始终抱着一个信念：不能坐等党组织来找自己，只有自己行动起来，才能回到党的怀抱。

漆鲁鱼发现重庆本地的《新蜀报》是中立的，《商务日报》是进步的。于是他便投"文"问路，写了几篇言论文章投稿，不久就被采用了，《商务日报》时事编辑温田丰登启事约见他。几经交往，两人成了好朋友，温田丰使漆鲁鱼成为评论专栏作者。漆鲁鱼名声渐渐大了起来，《新蜀报》特聘他担任国际新闻评论编辑，有了《新蜀报》和《商务日报》两个阵地，漆鲁鱼的知名度越来越高，被重庆救国联合会推选为总务干事。

重庆救国联合会以秘密和公开相结合的方式开展活动，逐步发展成为重庆抗日救亡运动的中心。重庆救国会下属有重庆学生界救国联合会、重庆职业青年救国联合会、重庆文化界救国联合会、重庆妇女界救国联合会，还联系和团结了一些公开团体。救国会发动社会各界为绥远抗战募捐，举行要求释放全国救国会"七君子"的宣传运动等，把重庆的抗日救亡运动推向了高潮。

漆鲁鱼在重庆的积极主动工作引起了中共中央的注意。1936年10月，中央特派员张曙时到重庆与漆鲁鱼取得联系，恢复了他的党籍，建立了中共重庆干部小组，漆鲁鱼任组长。重庆干部小组是重庆自1935年党组织被破坏后建立的第一个党组织。这年冬天，党中央从延安派邹风平、廖志高和《新华日报》成都办事处负责人罗世文，成立了中共四川省工作委员会（简称省工委）。经省工委批准，重庆干部小组改为中共重庆市工委，任命漆鲁鱼为中共重庆市工委书记。

新中国成立后，漆鲁鱼先后担任西南出版局副局长、西南文教委员会秘书长、国家卫生部部长助理、成都市副市长、成都市政协副主席等职。

【点评】

  漆鲁鱼不畏艰辛、万里寻党的故事令人感动。习近平总书记指出，全党同志要强化党的意识，牢记自己的第一身份是共产党员，第一职责是为党工作，做到忠诚于组织，任何时候都与党同心同德。今天，我们要学习漆鲁鱼同志心中有党、一心向党的精神，时刻提醒自己是一名共产党员，牢记自己的党员身份，为党的事业不懈奋斗。

供稿：钟治德

后 记

本书由中共重庆市委宣传部组织编写。张鸣同志对编写工作高度重视，多次提出指导意见，亲自审定相关稿件。曾维伦同志主持编写工作，对稿件审核把关。周廷勇、包家竹、丁颖、廖仁武、何磊、张杨、兰定兴、史甲庆等同志承担了具体编辑工作。

本书在编写过程中，得到了各区县（自治县）党委宣传部和市级有关部门及专家学者的大力支持，特别是中共重庆市委党史研究室、重庆红岩联线管理中心、中国民主党派历史陈列馆、刘伯承同志纪念馆、聂荣臻元帅陈列馆、杨尚昆故里管理处、邱少云烈士纪念馆等单位的有关专家提出了宝贵意见，同时，也借鉴了相关党史文献资料，在此一并表示感谢。

从故事征集到出版面世，时间仓促，加之水平有限，纰漏在所难免，恳请读者指正，以便修订。

编 者

2019年12月